长白山诗派丛书

张福有 主编

吴文昌诗词选

吴文昌 ◎ 著

时代文艺出版社

图书在版编目（CIP）数据

吴文昌诗词选 / 吴文昌著. —长春：时代文艺出版社，2019.7
（长白山诗派丛书 / 张福有主编）

ISBN 978-7-5387-6041-5

Ⅰ.①吴… Ⅱ.①吴… Ⅲ.①诗词－作品集－中国－当代 Ⅳ.①I227

中国版本图书馆CIP数据核字（2019）第005305号

出 品 人　陈　琛

产品总监　郭力家

责任编辑　杜佳钰

封面题字　王云坤

装帧设计　孙　利

排版制作　毛倩雯

吴文昌诗词选

吴文昌 著

出版发行 / 时代文艺出版社

地址 / 长春市福祉大路5788号　龙腾国际大厦A座15层　邮编 / 130118

总编办 / 0431-81629751　发行部 / 0431-81629755　北京开发部 / 010-63108163

官方微博 / weibo.com / tlapress　天猫旗舰店 / sdwycbsgf.tmall.com

印刷 / 三河市万龙印装有限公司

开本 / 710mm×1000mm　1 / 16　字数 / 488千字　印张 / 33.75

版次 / 2019年7月第1版　印次 / 2019年7月第1次印刷　定价 / 208.00元

"长白山诗派丛书"编辑委员会

顾　问：王云坤　张岳琦　唐宪强
　　　　肖模文　张志军　王　库　刘庆霖

主　任：张福有

副主任：蒋力华　吴文昌

主　编：张福有

副主编：温　瑞　邵红霞　叶剑波　尹宝田

成　员：冯国际　王　娟　孟凡迎　聂德祥
　　　　寇彦龙　张文学　沈鹏云　宋有才
　　　　高丰清　张吉贵　张玉璞　黄春华
　　　　张应志　贾春泉

巍峨长白　张福有 摄

⊙ 2011 年 8 月 22 日，张福有在长白山天池

主 编 简 介

张福有，别署养根斋，祖籍辽宁东港，1950年生于吉林集安良民村，中央党校研究生，研究员。中国文联全委，中国摄影家协会理事，中国作家协会会员，中国书法家协会会员。曾任集安县委办公室副主任，通化地委办公室副主任，吉林省委副秘书长兼办公厅副主任，白山市委副书记兼政协主席，吉林省委宣传部副部长（正厅长级）兼吉林省社科联党组书记、副主席，吉林省文联（吉林省作协）党组书记、副主席和吉林省社科院副院长，吉林省政协常委，中华诗词学会二届、三届副会长等。现为中华诗词学会顾问，吉林省诗词学会会长，长白山诗副社长，《长白山诗词》主编，吉林省长白山文化研究会会长，吉林省文史研究馆馆员，吉林师范大学客座教授，中国社科院东北工程专家组成员，吉林省文物局集安麻线高句丽碑、安图长白山神庙遗址、抚松枫林遗址专家组成员。著有《养根斋诗词选》《张福有诗词选续辑》《诗词曲律说解》《长白山诗词史话》《高句丽王陵统鉴》等，辑笺《长白山诗词选》，编著《长白山诗词论说》《百年苦旅》《集安麻线高句丽碑》等，主编《长白山池南撷韵》等三十多部，有三十多项考古新发现，填补空白，纠正误识误读。2012年荣获"全国优秀科普名家"称号。被《长白山诗词》和"诗词中国"推荐为："吉林诗家""中华诗人"。力行以诗证史，倾心培育长白山诗派，为长白山文化研究和建设做出开拓性贡献。

长白瀑布　张福有 摄

⊙吴文昌

作 者 简 介

　　吴文昌，中国作家协会会员，吉林省诗词学会副会长，原吉林省委组织部副部长、省人事厅厅长，出版格律诗专辑《临清集》《心远集》《俯仰集》，在《人民日报》《光明日报》《吉林日报》《新文化报》《中华诗词》《作家》发表诗词三百多首，《俯仰集》荣获第三届吉林文学奖。

⊙吴文昌书法

总　　序

　　经过多年的策划，"长白山诗派丛书"今年终于全面启动了。

　　早在1994年春，时任中共白山市委副书记蒋力华建议拙斋编辑《长白山诗词选》，并云："担纲者，非兄莫属也。"拙斋深感兹事体大意深，可做，亦应做好。只是时任中共吉林省委副秘书长兼办公厅副主任，分管综合、信息、督查等政务工作，没有时间去做。1996年5月9日，拙斋亦被省委派到白山，任中共白山市委副书记兼市政协主席。当晚席间，力华说："老兄，《长白山诗词选》这回可以动手了吧？"我答："此事现在真的可以做了。"

　　此后，两年的业余时间，均做此事，每天只睡两到四个小时。辛苦，但很充实，也很快乐。

　　1998年9月8日，拙斋在白山市主持召开了全国第三次长白山文化研讨会暨《长白山诗词选》首发式。应拙斋之请，时任吉林省政协主席张岳琦同志莅临会议。中华诗词学会孙轶青会长写来贺诗。中华诗词学会常务副会长、《中华诗词》杂志社社长梁东，副会长、《中华诗词》主编刘征，副会长兼秘书长、《中华诗词》常务副主编周笃文，副会长、《中华诗词》常务副主编杨金亭，副会长、河南省诗词学会会长林从龙，中华诗词学会顾问、广西政协副主席、诗词学会会长钟家佐，《诗刊》常务副主编丁国成，著名诗词理论家丁芒等国内诗词大家齐聚白山，共襄盛举。会上，诸位诗词界权威盛赞《长白山诗词选》的辑笺和出版发行。丁芒先生着重谈了《长白山诗词选》的史学意义。梁东先生说："白山市委能从历史文化遗产中吸取力量，从几千年历史中展望未来，难能可贵。"刘征先生说："张福有同志辑笺《长白山诗词选》的出版，为繁荣中华诗词做出了不可磨灭的贡献。"周笃文先生说："词的源头可以追溯到《纪辽东》。《长白山诗词选》收录了隋炀帝和王胄的《纪辽东》，既是对长白山文化的贡献，也是对中华诗词的贡献。"杨金亭先生说："随着《长白山诗词选》的出版，呼唤长白山诗派的出现。《长白山诗词选》的出版，不仅是张福有同志对长白山文化的贡献，对繁荣中华诗词也做出了不可磨灭的贡献。这部书的问世，为研究长白山文化在中华文化中的个性与特色，提供了资料。这对于建设长白山诗派，很有益处。现在，全国的诗词创作空前活跃，不足之处是缺少诗派，或者说，有的流派还在形成之中。随着《长白山诗词选》的出版，呼唤长白山诗派的出现。只有众多诗派形成之后，才能有真正的诗词的繁荣。"这都是十分难得、甚为宝贵的评价和建议。尤其是杨金亭先生的意见，对于我们吉林省的诗词创作，具有特别重要的指导意义。中华诗词学会这几位先生的重要讲话，均收录在2001年10月出版的《长白山诗词论说》一书中，由时代文艺出版社出版。

　　培育长白山诗词流派，最重要的是加强诗词建设。加强诗词建设，是一项宏大的事业，要将其作为事业来对待。要有事业心和责任感，在队伍建设、阵地建设、理论评论建设、风格流派建设等方面取得突破。就此问题，我们抓了三十年，大致分为三个阶段：

　　第一个阶段是前十年。从1987年5月15日吉林省诗词学会成立，到1998年9月8日全国第三次长白山文化研讨会暨《长白山诗词选》首发式的举办。这十年多，主要是打基础，从组织上做准备和铺垫。长白山诗社几位社长特别是文中俊先生，做了很多工作。这十年多，虽然没有明确吉林的诗词发展要以什么为目标和主攻方向，但加强队伍建设、办好《长白山诗词》，传承旧体诗词、发展和繁荣诗词创作等方面，是明确的，而且是非常重要的。这是打基础的阶段。

第二个阶段是中十年。从1998年9月8日到2008年9月12日，即从全国第三次长白山文化研讨会暨《长白山诗词选》首发式起，到吉林省诗词学会第二次会员代表大会的召开。主要目标是深入挖掘长白山诗词的历史底蕴，建立、健全各级诗词组织。

长白山诗词底蕴深厚，从《诗经》的"大东""追""貊""商"，到词的源头《纪辽东》；从汉、魏、晋、唐、宋，到辽、金、元、明、清，长白山诗词源远流长，而且有优秀的传世作品。隋炀帝的《纪辽东》，唐太宗的《辽城望月》，李白的《高句丽》《送王孝廉觐省》，张元幹的《念奴娇》，萧太后的《秋猎》，王寂的《渡辽》，赵秉文的《长白山行》，刘敏中的《卜算子·长白山中作》，朱元璋的《鸭绿江》，康熙的《望祀长白山》《柳条边望月》《松花江放船歌》等，吴兆骞的《长白山》《长白山赋》，乾隆的《驻跸吉林境望叩长白山》《望祭长白山》《吉林览古杂咏》《吉林土风杂咏十二首》等，张凤台的《赠刘建封》，刘建封的《白山纪咏》等，十分珍贵，不可多得。尤其是"三吴"——吴兆骞、吴大澂、吴禄贞，二沈——沈承瑞、沈兆褆，"吉林三杰"——成多禄、宋小濂、徐鼐霖，在长白山诗派中都堪称独树一帜，成就斐然。

《长白山诗词选》出版之后，我又陆续查找到一些与长白山直接有关的诗词。如，从金代王寂的《张子固奉命封册长白山回以诗送之》七律中可知，金代是派张子固到长白山北的神庙即安图"宝马城"封册长白山神为"开天宏圣帝"的。此事，《金史》中无记载，是以诗证史的典型例证。2009年，我将王寂这首七律收录进《长白山池南撷韵》一书，由吉林人民出版社出版。从王寂《鸡儿花》的五律中，可知他在信州偏脸城中的大明寺住过。曹雪芹的祖父曹寅，随康熙东巡到过吉林，有词《满江红·乌拉江看雨》，可谓坚证。吴大澂在《皇华纪程》中留下很多诗词，一路上在吉林境内吃住过好多地方。其实，他在第一次奉使吉林时（光绪六年腊月十五晚）就住在敦化官地镇岗子村，当时叫通沟镇，通沟驿站就是吴大澂增设的。通沟驿站的位置，与现在的通沟书院紧相比邻，仅距几十米。这都是不可多得的力作和掌故。这些长白山诗词作品，奠定了长白山诗词流派的根基。这是一笔非常宝贵的精神文化遗产。

我们要培育、建设长白山诗词流派，首先要深刻认识古人这些长白山诗词作品的重要价值，从中汲取养分，才能将其很好地传承下去。全省多数市州和有条件的县市区，都建立了诗词组织。2001年，由翟志国选编的《长白山诗词精选》，收录了《长白山诗词》自1985年创刊到2000年十五年间的诗词精品，正式出版。2003年出版的拙著《一剪梅情缘》，事由李克谦先生发端，俞平伯之子俞润民、陈煦伉俪热心助力，欧阳中石先生题写书名，严迪昌先生作序，全国近三百位诗人参与，感动了全国诗词界，其中的主要文章被收入《中华诗词年鉴》。

《长白山诗词选》出版以后，得到书法家的高度重视。徐邦家先生率先书写，出版专著。全省很多县市的县志、市志中，选入与当地有关的长白山诗词。吉林省地方志办公室又让我从志书里的诗词中，选收《志咏长白》等一百首，专门出版。《长白山诗词百韵》，是根据蒋力华先生的提议，由我从《长白山诗词选》中选录的。这一百首诗词，周至清代六十首，民国十首，当代三十首。书已出版，书法作品还举办了展览。

第三个阶段是后十年。从2008年9月13日到2018年4月4日，即从吉林省诗词学会第二次会员代表大会的召开起，到这次编辑的"长白山诗派丛书"书稿送交时代文艺出版社。

2008年9月13日，我们召开了吉林省诗词学会第二次会员代表大会。经会长办公会讨论、张岳琦会长审定，我在报告中提出"发展振兴我省诗词事业，培育、建设长白山诗词流派，使之进一步融入全国诗词由复兴走向繁荣的大潮"的五项主要工作任务：一是，扩大诗词队伍，加强组织建设；二是，提高创作质量，办好《长白山诗词》；三是，深入生活，深入实际，多创作关心时事、反映现实、感悟人生的作品，使之成为诗词创作的主流；四是，加强对外交流；五是，与时俱进，积极开发电子网络传媒中的诗词活动。其中主要是通过大规模采风创作，锻炼、提高队伍，坚持出版大型主题诗词集。这期间，在集安、长白山池南区、江源、通化县、公主岭、白城、农安、辉南、珲春、图们、梅河口、通榆、长白山池北区、四平、东丰、吉林市龙潭区江密峰镇、敦化等地举办的诗词采风和诗词活动中，我们都反复强调培育、建设长白山诗词流派这一重要工作，形成共识，齐心协力地抓落实，见到显著成效。

2010年3月21日，中华诗词学会顾问、《中华诗词》主编杨金亭先生在我省农安诗人叶宝林的诗词研讨会上高兴地说："可以说，长白山诗词流派，现在已经初步形成。"这是杨金亭等先生对吉林和东北诗词事业的充分肯定。

三十年间，我们主要做了以下工作：

一是，连续组织大型采风活动。

1. 2005年4月23—24日，关东诗阵第一届年会暨杏花诗会在白城市召开。

2. 2006年，关东诗阵年会暨百家诗人咏黄龙活动于7月12—13日在黄龙府农安召开。

3. 2007年4月29日—5月2日，在集安召开年会，著名诗人熊东遨、包德珍、韩林坤、张驰参加。出版采风诗集《历代诗人咏集安》。

4. 2008年3月16日，由耐寂轩主主编的《长白山诗词》刊发《关东诗阵专号》，共收关东作者一百三十余人，近五百首作品。

5. 2008年9月5—7日，由长白山池南区管委会、关东诗阵联办的"长白山池南颂采风之旅暨关东诗阵2008年年会"在长白山池南区召开。出版采风诗集《长白山池南撷韵》。

6. 2009年3月23日，在中共吉林省委宣传部的大力支持下，召开了《长白山池南撷韵》出版座谈会，来自吉林、黑龙江等地的六十多位作者代表出席。

7. 2009年6月12—14日，在公主岭市举办"公主岭诗乡之旅暨关东诗阵2009年年会"，著名诗人熊东遨、李枝葱参加。出版采风诗集《公主岭风韵》。

8. 2009年7月，通化县"酒海溢香"诗会。出版采风诗集《酒海溢香》。

9. 2009年9月28—30日，由白山市江源区、中华诗词论坛、吉林省诗词学会、长白山文化研究会主办，中共白山市江源区委宣传部、关东诗阵、江源区文化旅游局承办的"江源毓秀金秋采风"活动暨《百年苦旅》首发仪式、庆祝关东诗阵成立五周年大会在江源区举行，包德珍、张驰再度参加。出版采风诗集《江源毓秀》。

10. 2010年5月，举办白城杏花诗会，熊东遨、钱明锵参加。

11. 2010年7月6日，在辉南玛珥湖山庄举办"当代诗人咏辉南龙湾采风行"活动。出版采风诗集《当代诗人咏辉南》。

12. 2010年9月11日，农安诗会暨关东诗阵2010年年会。出版《黄龙逸韵》。

13. 2011年6月，再次组织通化县采风活动，召开关东诗阵2011年年会。出版采风诗集《诗人走进通化县》。

14. 2011年8月，《图们江放歌》出版。8月19日—21日，在图们市朝鲜族百年部落举行首发式，三十位诗友聚集一堂，围绕《图们江放歌》出版发行的历史意义、文化价值、培育长白山诗词流派等问题开展研讨。

15. 2011年12月，《辛卯开岁联唱集》出版。

16. 2012年7月20—22日，梅河口采风活动，召开关东诗阵2012年年会。采风作品收入《梅津汇律》《海龙吟》。

17. 2012年9月22—23日，《珲春韵汇》《延边礼赞》出版，为延边设州六十周年献上厚礼。

18. 2013年8月5—6日，通榆向海采风活动，召开关东诗阵2013年年会。出版采风诗集《鹤乡雅韵》。

19. 2014年5月28日，中共四平市铁东区委、区政府和四平市诗词学会，共同举办"纪念纳兰性德诞辰三百六十周年端午诗会"，吉林省诗词学会参加活动。

20. 2014年7月4—6日，《诗情画意鹿乡行》采风启动仪式在东丰县举行。"中华诗词论坛·关东诗阵"的主力五十位诗友参加采风，召开关东诗阵2014年年会。12月31日，中共东丰县委、县政府隆重召开《诗情画意鹿乡行》首发式，有七百多人参加。

21. 2014年8月28日，中华诗词学会主办的"寻梦纳兰性德祖地，走进诗情画意四平"诗词研讨会在四平市铁东区叶赫大架山晨亮会馆举行。全国诗人走进四平，省诗词学会大力支持。四平市诗词学会为了宣传纳兰性德祖居地，研究纳兰性德诗词，还举办了纳兰性德诗词大讲堂。

22. 2015年12月18—21日，"纪念刘建封诞辰一百五十周年长白山诗会"在长白山一山一蓝生态主题酒店举行。诗词中国组委会代表、中国出版集团中版文化传播公司总经理助理沈昊，向"诗词中国创作基地定点合作单位"一山一蓝生态主题酒店、长白山历史文化园授牌。2015年度关东诗阵年会召开。会后结集出版《韵补东荒》。

23. 2016年9月23—25日，吉林省诗词学会组织东北三省部分诗人在吉林市龙潭区江密峰镇采风。"精彩龙潭"诗词座谈会暨关东诗阵2016年年会在龙潭区档案馆召开。关东诗阵九名版主参加了这次活动。

24. 2017年4月29日—5月1日，"敖东绮韵"关东诗阵2017年年会在敦化举行。敦化市诗词学会和通沟书院于亚茹院长给以大力支持。

关东诗阵的年度采风，得到了吉林省委原书记王云坤的高度重视和鼎力支持，多次题写书名，得利了吉林省政协原主席、中华诗词学会顾问、省诗词学会老会长张岳琦和中共吉林省委原副书记、省诗词学会顾问唐宪强的大力支持。只要能脱开身，他们都尽量到采风市县参加活动。平时，也帮助省诗词学会解决不少难题。吴文昌同志曾任中共吉林省委组织部副部长、吉林省人事厅厅长等职，出任"中华诗词论坛·关东诗阵"首版助理，帮助论坛把关定向，做了很多重要工作。个人出版有《临清集》《俯仰集》等三本诗集。聂德祥同志退休前任吉林省诗词学会副会长，是学会资历最深的副会长，出版有《试剑集》和《虎啸集》，积累了大量资料和诗词档案，为学会的建设做了很多工作。在每年诗词采风之后的编书工作中，副会长翟志国的从严把关让人记忆犹新。出力最多的是副会长温瑞，眼明手快，加快了进度，保证了质量。副会长邵红霞和关东诗阵首版助理高丰清多次参与编书。除了采风之外，我们还根据中华诗词学会的部署，编辑出版了《中华诗词文库·吉林诗词卷》，堪称是对长白山诗词流派建设成果的一次集中检阅。我们还根据中华诗词学会的部署，编辑了《当代中华诗词集成·吉林卷》。

二是，坚持办好《长白山诗词》，出版具有地域特色的诗词作品集。《长白山诗词》，有国内外公开刊号，张岳琦主席提出明确的办刊理念："扎传统之根，开时代之花，育佳作之林，建诗友之家。"双月刊，现已出刊一百四十八期。

在采风之后正式出版的大型主题诗集之外，我们还编辑出版了《香远溢清》《百年苦旅（诗贺）》《戍楼浩咏》《人民警察颂》《法书吟鉴（诗贺）》《李元才书法集（诗贺）》《白山纪咏》《雪域情怀》《纪辽东》《辛卯开岁联唱集》《松花玉咏》《长白山黑陶》《公主岭玉米之乡》《吴景升文集（诗贺）》等诗集。九台、德惠、农安及白山、集安、通化县等地，都有固定的诗词刊物和诗集出版。真可谓硕果累累，被中华诗词论坛张驰先生称为"关东诗阵现象""吉林诗词现象"，被周笃文先生誉为"关东铁军"。

关东诗阵的历任首版及版主，无偿做了大量工作。《关东诗阵·精华卷》，从2004年10月，到2018年3月，共有一百六十二卷，收录精华诗词曲一万零五百八十五首（篇）。其中，诗七千三百一十首，词三百一十六首，曲九十五首，赋四篇，楹联十五副。吉林省诗词建设成就斐然，与长白山诗社序列在吉林省政协有直接关系。三十多年前，中共吉林省委强晓初书记大力支持成立长白山诗社和省诗词学会，诗社有编制、有经费、有公开正式刊号。张岳琦主席等吉林省政协主要领导继续大力支持，使得吉林的诗词事业不断发展。

在近十一年由吉林人民出版社等出版的二十多本大型主题诗集中，有诗词三万多首，其中约有两万首是相对集中写长白山的诗词作品。这是长白山诗词流派的重要内容和代表作。采风所得的丰富作品与大家平时创作的作品，构成"长白山诗派丛书"的坚实基础。出版《会意天风合律鸣》等八本诗词专辑的中共吉林省委宣传部原常务副部长、省诗词学会副会长蒋力华同志，对长白山诗词创作取得的这些丰硕成果，由衷地高兴，指出：建设"诗域吉林"，已经初见成效。

三是，重在培养提高创作队伍。吉林省内多数市州县区，都有诗词组织和刊物。很多诗人都出版了自己的诗词专辑，有的出版过多本。白城"四匹狼"、德惠"三花一剑"、磐石"草堂八友"、"佟江七子"、"通化八拙"等，名传省外。李容艳、陈淑艳等诗友将关东诗阵每年一度的采风创作称之为"拉练"。每次"拉练"，关东诗阵都是主力。以《长白山池南撷韵》为例，本书作者来自全国二十三个省、市、区一百九十八人，其中，东北三省九十八人，占近百分之五十。在东北三省的九十八人中，吉林省八十一人，占百分之八十二点七。在中华诗词学会举办的六届

"华夏诗词奖"中，先后有邵红霞、奚晓琳、张文学获一等奖，翟志国、于德水、褚艳芳、寇彦龙、李红光、赵丽萍、李振平获二等奖，刘庆霖、陈旭、吴菲、边郁忠、张彦、于海凤、吴文昌、田子馥、宋轼霖、张英玉、张景芳、叶剑波、冯振江、房爱广获优秀奖。其他奖项吉林诗人就更多了。

　　被诗词界誉为"诗坛铁军"的这支队伍，招之即来，来之能咏。人民出版社出版的《呼唤》，中华诗词学会第四次会员代表大会的志贺诗《蟹岛唱和集》，近三年恭王府的《海棠雅集》，在很短的时间内，我在大家的支持下，均约提供了二分之一的作者、三分之二的作品。

　　四是，积极争取发展繁荣长白山文化、长白山诗词进入吉林全省工作决策中。根据我们的建议，长白山文化建设包括长白山诗词建设，陆续被写入省党代会报告、省委全会的决议和省政府、省政协的工作报告中，写入省委常委会、省政协的年度工作要点中，真正进入全省的工作决策。这是前所未有的重大转变，标志着长白山文化、长白山诗词建设，已经由研究层面，进入到实施层面，意义重大，影响深远。这一重大转变的时点，恰逢长白山得名一千周年之际。据《辽史》记载，辽圣宗统和三十年（1012年），"长白山三十部女直乞授爵秩"，并有"长白山女直国大王府""鸭绿江女直大王府"之说。女直即女真，因为避辽兴宗耶律宗真之讳，辽改女真为女直。在长白山得名一千周年之际，吉林省政协于2012年6月27日，在省宾馆成功地举办了长白山文化发展论坛，机遇巧合，意义殊深。时任省政协主席、后为省长、现为省委书记的巴音朝鲁主持会议，时任全国政协副主席孙家正到会做重要讲话，省政协副主席任凤霞主持第二阶段论坛，省政协书画院院长、省诗词学会副会长蒋力华具体负责筹备这次长白山文化发展论坛。著名学者余秋雨先生和我发表主旨演讲。我的讲演的重要内容，就是阐述长白山文化是代表吉林文化的标志性符号，长白山诗词是长白山文化的精粹，介绍长白山诗词流派的重要成果。

　　五是，凭借网络、手机等现代传媒手段，开展全国联动唱和。吉林省诗词学会与中华诗词论坛合办关东诗阵。有了这个平台，堪称如虎添翼。正是利用这一平台，从2005年开始，我发起了贺春唱和。每年从腊月廿三"小年"开始，到次年正月十五结束，开展同韵贺春唱和，成为当代中华诗词的一道靓丽风景。2011年春节，由沈鹏、周笃文、张福有、张岳琦四家发起辛卯开岁联唱，在内地及港澳台地区引起了热烈反响，上万名诗歌爱好者上网参与，以祈福祖国、讴歌时代和歌唱生活为主题的联唱，为新春佳节增添了浓郁的中国传统文化气息。仅半个月时间，高筑吟楼八百九十九楼，点击一万三千多人次，参与唱和的诗人遍布内地三十一个省、市、自治区、直辖市和香港、澳门特别行政区以及台湾地区。这是2005年春节以来贺春的高潮，内地三十一个省、市、区和港、澳、台地区三百多位诗人参与和诗，共得同韵和诗三百八十三首，陕西旅游出版社出版了《辛卯开岁联唱集》，《人民日报》2011年11月22日做了报道。2011年，张岳琦主席的"先"韵和我的"芳"韵唱和，仅半月时间，有近千人参加，加上步四家联韵，三韵共收和诗一千二百三十首，盛况空前，史无前例。周笃文先生盛赞曰："真昭代祥瑞也！""功德无量！"

　　2012年春节，更是高潮迭起。初一漏夜，书坛泰斗沈鹏先生以手机发给我七律的首联。我即转给周笃文先生得续颔联，返我后又接成颈联发给张岳琦先生，足成一律。我将其发至网上，并提示诗友云：为客岁四家联唱之继响也，不啻当今吟坛又一雅事。

　　从2005年乙酉到2016年丙申，地支满一轮，历经十二年，得内地三十一个省、市、区一千二百四十多位诗人响应，共得贺春和诗四千二百多首。2016年，我们悉遵蒋力华君雅意，以《长白山诗词》2016年增刊形式，编辑出版了《春韵满神州——十二年贺春唱和集》，收录一千二百四十余位作者两千六百多首诗。2017年和2018年，又收到一千余首同韵和诗。每年春节的贺春活动，都迅即传播到很多网站。贺春主题帖成为全国诗词界目前吟楼最高（超千层）、人气最旺（过万点）的热帖。广大网友评价，网上和诗迎春，堪称一个创举。这些活动的成功，发起者因势利导，组织者既是诗人，同时又能亲自上网。张岳琦同志和周笃文先生每天都亲自上网看稿，发现情况，随时沟通协调。在和诗过一百首、二百首、三百首、五百首之后，我们相继依原韵作诗感谢诗友。春节期间，我每天都在网上工作十六个小时左右，一千多楼的跟帖，除极个别者外，每帖必回，好的给以鼓励，致以谢意；遇有出律的和需要修改的，提出意见和建议，有的还要反复多次才能定稿并不断编帖。讨论中，充分发扬学术民主，尊重作者意见。同时面对近千名作者，我都通过论坛短信、电子邮箱和手机，及时掌握作者的姓名、地址、邮编、电话，建立通讯录，出书后，给作者寄书。

大量艰苦细致的工作，赢得了广大诗友的敬意和感佩。2011年春节，安徽诗人胡宁在回帖中写道："什么叫精气神？什么叫凝聚力？"张岳琦先生在给我的短信中写道："联句唱和，蔚为壮观。此乃今年诗坛特有的盛事！工作浩繁，完全是奉献。"周笃文先生称赞道："开岁诗联唱活动形成了一种新的网络文化现象，在互联网飞速发展并影响着人们生活的今天，还有这么一群诗歌爱好者拥有着健康向上浪漫诗意的过年方式，堪称诗坛铁军，真是奇迹！"并致信于我："爱兄之骆驼精神，诗坛殆罕其匹也！"周笃文先生欣慰地说："这次活动还是一次成功的探索，它激活传统，继雅开新；网络诗文，表现当代。"

每年网上贺春结束后，我都在蒋力华的支持下，选二三十首精品佳作转给《吉林日报》刊发，《长白山诗词》也选发百八十首，做到网刊互动。

2018年的贺春活动，共收到和诗四百五十多首。《长白山日报》以三个版的篇幅，刊发一百五十首。《协商新报》刊发五十首，《城市晚报》刊发三十六首，《长白山诗词》第3期刊发一百二十首。

六是，创立新词牌，精心创作继雅开新的标志性作品。马凯先生提出"求正容变"，周笃文先生提出"继雅开新"，深有见地。就此，我们做了一些探索。

（一）规范《纪辽东》词谱，三年多全国有二十八个省、市、区三百多位诗人创作《纪辽东》四千多首。隋炀帝，即杨广（569—618），首创《纪辽东》，堪称不朽。大业八年（612年），隋炀帝伐高句丽，渡辽水，大战于东岸，并作《纪辽东》。其中"轻歌凯捷丸都水"句，"丸都水"在《全汉三国晋南北朝诗》《隋书》和《奉天通志》中均作"九都水"，乃误。我在辑笺《长白山诗词选》时将其订正为"丸都水"。"丸都"，系高句丽都城国内城的守备城——丸都山城，在今吉林省集安市城西北二点五公里处。而九都，于历史、地理等方面均不确。"丸都水"，确指应为丸都山城下的通沟河。通沟，亦称豆谷、洞沟。1998年9月8日，时任中华诗词学会副会长兼秘书长周笃文先生指出，根据任半塘先生的论断，隋炀帝和王胄的《纪辽东》，当是词的源头。之后，周笃文先生还给我转来任半塘先生论及曲辞起源应始自隋代之大札，征引旁博，确凿不移。任半塘先生的论断是可信的。宋词源于唐曲子，唐曲子自燕乐出，实始于隋。这就将词起源于晚唐、中唐之说，又向前推进了。宋人郭茂倩明确指出："《纪辽东》，隋炀帝所作也。"即录以冠"近代曲辞"。龙沐勋肯定《纪辽东》"为倚声制词之祖"，"为词体之所托始"，这应当是不争之定说。隋炀帝的《纪辽东》，传到敦煌莫高窟中，以《求因果》为名，有四十五首。之后，两宋、金、明、清历代，都不乏类似《纪辽东》的词作，只是调以《武陵春》《贺圣朝》《导引》《祝英台》《双头莲令》《隔溪梅引》《阮郎归》变格等别名。这些词牌及作品与《求因果》《纪辽东》在体式上的联系在于"七五为章"，上下两片，四十八个字；差异在于平仄、韵脚变化增多且不换韵。词之源头，是隋炀帝的《纪辽东》。《纪辽东》，开长白山诗词之先河。词的源头能与世界文化遗产吉林集安之丸都山城乃至长白山文化相连，实为中华诗词发展史上之佳趣，更是长白山文化、长白山诗词、集安文苑中不可多得之瑰宝。2009年秋，我借《江源毓秀》创作之机，依隋词体格，作七言五言，双调联章，边创作边作规范平仄与用韵。以七律格式为底本，对于五言句，减偶数句七言句前二字。共得四种格式，就首句末二字论，有平平脚、仄平脚、平仄脚、仄仄脚四种，兼有些许变化。平仄粘对同律，词性不用对仗。仄平脚句要防孤平，可用拗救。此外，一三五不论，二四六分明。平收，均用平韵。仄收，同韵部叶仄，也可不叶。拙文在《长白山诗词》2009年第6期和"中华诗词论坛·关东诗阵"发出之后，立即得到周笃文先生的鼎力支持，挤出宝贵时间惠赐《贺〈纪辽东〉词谱问世寄张福有并序》，誉之为："《纪辽东》词谱得福有兄悉心整理，厘定四格并亲制六组二十四阕，以为发凡起例。此大功德也，堪称不负平生之名山事业。"《中华诗词》2010年第8期，刊登了拙文《规范词谱传承〈纪辽东〉》。2010年9月25日，我在全国第二十四届（浙江乐清）中华诗词暨夏承焘、吴鹭山学术研讨会上宣读了《规范词谱传承〈纪辽东〉》的论文，此后，又上来一些作品。至此，可以说我们传承《纪辽东》的初衷完全得以实现。2011年4月，吉林人民出版社出版的《纪辽东》专辑，收录《纪辽东》一千八百一十五首。当隋炀帝初征高句丽、创作《纪辽东》一千四百周年之际，《纪辽东》突破四千首。仅蒋力华一人，就创作《纪辽东》四百多首，出版《纪辽东》专辑《天风直引大荒边》。李容艳以刘建封与拙斋的六十首《白山纪咏》为题材，一气呵成专题纪咏《纪辽东》六十首。繁荣《纪辽东》，以慰先贤，期启后世，已成现实。

（二）张文学创《玉甸凉》词体。《纪辽东》是整理古词，规范词谱所得。纯属吉林诗人自创词谱，近年有《玉甸凉》《一剪梅引》《海龙吟》。2007年，吉林省诗词学会副会长张文学先生草创《玉甸凉》，当时自度一曲，因词中有"玉甸生凉"，长春女诗人吴菲建议以《玉甸凉》名之。温瑞等整理了《玉匋凉》词谱，遂得一百九十四首《玉匋凉》作品。后来得知《新修康熙词谱》中有《玉簟凉》，音同意别格异，乃一趣也。

（三）赵光泽自度词，我帮其修改并制《一剪梅引》词谱，得佳作二百八十多首。2010年7月23日，我们与通化市诗词学会和辉南县诗词学会共同组织了"当代诗人咏辉南"采风创作活动。辉南县诗词学会会长赵光泽等自度一曲《辉发怀古》，在括号中标明："自度，无名，请养根斋斧正赐谱为盼。"初稿共十句，一百零四字。我当时正在图们市参加"图们江文化研讨会"，起早试改并制谱。这个谱十分好记，就是将《一剪梅》在七字句前加一相对的七言律句，并作为一片。再重复一片，即为全词。叠韵处，可以不用叠韵，而选用"红了樱桃，绿了芭蕉"式的对偶韵句。但韵脚过密会给创作增加难度。第一个四字句不押韵亦可，如"燕子回时，独上西楼"。通过网上讨论，温瑞整理了六式词谱，迅即掀起创作热潮，辉南采风期间，创作三百多首《一剪梅引》，《当代诗人咏辉南》一书中选编二百二十多首。2010年，在侯振和先生建议下，又收到《一剪梅引》近百首，《图们江放歌》一书中选编六十六首。这两部诗集所收三百首《一剪梅引》，多为精品。

（四）我创《海龙吟》词谱，出版专辑。2012年夏日，为商定梅河口采风暨中华诗词论坛成立十周年事，我三下梅河口。市政协及市诗词学会遵市委领导同志意见，高度重视，精心设计，诸多要项、细节，日渐清晰。王志明兄提示，江源采风，《纪辽东》兴；辉南与图们采风，《一剪梅引》新牌创立得获颇丰。梅河口采风，亦应有所标记。李延平录白万金考乾隆诗《海兰河屯有序》予拙斋，得知"海兰霍吞"即"海兰河屯"。此地多生榆树，故民间称为榆城。遂认同"海龙"当为"海兰"之异写。读罢取其题与序中"海"字、诗文中"龙"字，亦恰合梅河口市旧名海龙县，又近词牌《水龙吟》，故作《海龙吟》，双调小令，四十二字，四仄韵，上下片六言句，宜用对仗。结，五字句，宜去声一字领，上一下四。

主要句式，从《水龙吟》中析出，求其简便。有了词谱，我先抛砖，率作二十六首《海龙吟》。梅河口采风期间，共收到《海龙吟》一千五百多首，选编一千二百三十四首，在吉林人民出版社出版了《海龙吟》专辑。

长白山文化是古老的，长白山诗词的传承是全新的。我们比较注意防止对长白山文化、长白山诗词的误解与误导。针对"东陲无文""长白山没有文化"之类的片面认识，多做一些说明和介绍。特别是利用我们在考古田野调查中的新发现，深化对东北史和长白山区开发史、长白山诗词发展史的研究。

2014年10月20日8时31分，我在抚松发现枫林遗址和长白山手斧。手斧是打制的，是旧石器概念。据吉林大学教授、中国考古学会旧石器专业委员会副主任陈全家先生鉴定，长白山手斧距今约五万年，石斧是磨制的，是新石器概念。手斧是人类第一次懂得对称美、掌握对称艺术制成的生产劳动工具。2015年7月7日下午4时29分，我在抚松漫江发现长白山石磬，后经专家鉴定，将其定名为"长白山石磬1号"，一磬双音，小三度，应是新石器时代的打击乐器。原始人的诗性思维，与长白山人的诗意创造，在一开始就浑然一体！因而，诗意长白，是长白山人伟大的历史创举和不朽杰作。长白山手斧与长白山石磬，本身就是绝妙的史前诗。

我们今天所用"长白山诗派"这个概念，有其特定的含义。长白山雄伟壮丽的自然景观，是诗词创作的不竭源泉；深厚的历史文化底蕴，是诗词创作的牢固根基；反映长白山文化建设的成果，是诗词创作的重要题材；保护长白山生态、发展长白山文化产业的需求，是诗词创作的持久动力。这些方面，是对长白山诗派的直观诠释和诗意表达。

近些年来，我们在长白县发现战国时赵国的积坛，连同此前曾在长白县八道沟发现赵国蔺相如的青铜戈，考证在集安阳岔发现的赵国阳安君李跻的青铜短剑，在集安的良民发现公元247年东川王所筑高句丽的第一个平壤城，考证辽源龙首山城一带是扶余的后期王城，燕秦汉长城到了吉林境内，《史记》中的"筑障塞"，《汉书》中的"起营塞"，通化平岗山祭坛和敦化官地岗子遗址、岗子类型的全新发现，为寻找燕赵文化东进、汉代郡县和史书中的挹娄、鞨鞨白山部及渤海国东牟山，开拓了全新的视野。考古田野调查为长白山文化研究和长白山诗词创作，提出了很多新课题。围绕这些新发现，诗人写了很多诗词，经常在《长白山诗词》上发专栏，在"关东诗阵文库"中建专题。通过诗词创作，积累以诗证史的资料，进而认清这些新发现和新研究成果的重大历史文化价值，这对于正确揭示长白山地区的开发史、提升东北文化软实力，具有重要意义。

所谓长白山诗词，是指描写长白山景物与风土人情的旧体诗词。古今中外，有关长白山的诗词是大量的。长白山诗派的成果，是诗意长白的创作载体和诗化结晶。

长白山诗词流派是历史形成的。从唐宋到辽金，从元明到清，特别是有清一代，长白山诗词十分丰富。纳兰性德，祖籍四平叶赫，其词被称为"北宋以来，一人而已"。著有《东海渔歌》的清代女词家顾春，祖籍汪清，其祖父鄂昌是雍正朝权臣大学士鄂尔太之侄，词名远播。二人被誉"男有成容若，女有太清春"，这二人堪称长白山诗词流派的重要代表。《白山诗介》是乾隆、嘉庆年间由铁保编纂的诗集，共十卷。清代，八旗文人把诗词作品辑成总集，均在题目上冠以"白山"二字。除《白山诗介》外，还有三部：雍正年间由伊福纳编纂的《白山诗钞》，四十余卷；乾隆初由卓其图编纂的《白山诗存》（卷数未清）；光绪、宣统之际，由杨钟羲编纂的《白山词介》五卷。这些汇辑满族诗人的诗词集，均用"白山"来冠名，已经被称为"白山文学流派"。还有《白山诗草》，程洎著。还有《长白山诗》，作者均为满洲已故之人。铁保编著《熙朝雅颂集》的前半部，全是白山诗选。《大东景运集》亦为铁保所辑，收近二百家满族诗人作品，分立小传，标明诗之源流。还有流放宁古塔的清代流人诗，多有佳作、力作。惜目前所见对于清诗流派的研究专著，无涉长白诗派。对于当代长白山诗词，有的研究专著也未置一词，不免遗憾。

长白山诗派，是从历史上白山文学流派中析出之一支。长白山诗词作品的风格，向以"拙、重、大"为标志。王寂在金朝鼎盛时期，以诗词考得进士，以文章政事显称于世。其诗诸如"按辔澄清须我辈，据鞍矍铄奈吾身"，不掩舍我其谁之志；"只凭忠信行蛮貊，岂有文章动鬼神"，毫无委曲求全之音。其诗文清刻镵露，博大疏放，是金代"国朝文派"的代表性人物，其特征是具有"质朴贞刚"的文化气质。此论堪称定评。这一"质朴贞刚"的文化气质，到有清一代，大家林立。吴兆骞的"长白雄东北，嵯峨俯塞州"，"白雪横千嶂，青天泻二流"，沈承瑞的"龙形蟠大野，云气撼沧溟"，"混同天一色，长白雪千堆"，"吉林三杰"翘楚成多禄的"断垒十重摇树色，大江三面走秋声。老来别有兴亡感，不向西风诉不平"均堪称代表作。这类作品，铿锵有力，远胜咿呀软语。今人张文学的"纵使八千岁，也入大荒东""乔岳巍巍何太白，披甲傲苍穹""湛湛天池清虚砚，愿将吾、砚尽俱成墨。大写意，忘情泼"，毫无酸腐气，脍炙人口。他的《水调歌头》《金缕曲》，皆以豪放著称，首首俱佳，几乎成品牌。古往今来的一大批诗人、一大批作品，均可列出一大批佳作。加之状写长白山土产、风情、史典、田园的诗、词、曲，乾隆以降，代不乏人，迄今可举黄龙府刘庆霖、东辽温瑞、边台聂德祥以及丸都、梅津、柳河、大东、公主岭乃至辽海、黑水等诸家例证。

不难看出，从金代的"国朝文派"到清代的"白山学派"，遝至今之长白山诗派，一脉相承。长白山诗派，是从历史上的"国朝文派""白山学派"延续而来的，还将继续发展，不断壮大、完善。

对于长白山诗派，近年来陆续有一些研究论文发表：

蒋力华：《研究长白山文化　弘扬长白山精神》，《社会科学战线》1994年第6期。

张福有：《诗吟长白二千年》，《学问》2001年第1期。

张福有：《长白山诗词探源》，《学问》2001年第6期。

张福有：《试论长白山诗词及其流派》，《学问·东北史地》2004年第11期。

张福有：《长白山文化述要》，《长白学刊》2007年第5期。

赵丽萍：《解读长白山文化的恢宏卷帙——关于〈百年苦旅〉话题》，2012年5月10日《吉林日报》；《韵补东荒》，吉林文史出版社，2018年3月出版。

李容艳：《长白山诗词流派的重要使命》，2012年8月16日《吉林日报》。

王景珍：《日益壮大的长白山诗词流派》，2012年9月13日《吉林日报》。

张英玉：《试谈〈纪辽东〉对长白山诗歌流派的传承意义》，2012年11月1日，《吉林省第七次长白山文化研讨会论文集》。

贾维姝：《从长白山诗词流派看长白山文化的包容性》，2012年11月1日，《吉林省第七次长白山文化研讨会论文集》。

赵凌坤：《长白山诗词流派对长白山文化的历史贡献》，2012年11月1日，《吉林省第七次长白山文化研讨会论文集》。

王丽珠：《长白山文化的核心价值》，2012年11月8日《吉林日报》。

沈鹏云：《长白山诗词：长白山文化的精粹》，2012年12月13日《吉林日报》。

张福有：《长白山诗词流派建设刍议》，《中华诗词》2014年第7期。

黄春华：《长白山诗词述论》，《社会科学战线》2015年第6期；《韵补东荒》，吉林文史出版社，2018年3月出版。

这套"长白山诗派丛书"，先由吉林省长白山文化研究会申请了"吉林省扶持优秀文艺作品专项资金"。这是贯彻落实《长白山文化建设规划纲要》和中共吉林省委长白山文化建设工作会议精神的一项实际措施。编辑出版"长白山诗派丛书"，旨在落实习近平新时代中国特色社会主义思想，加强长白山诗词流派建设，传承长白山文化，以诗词的形式弘扬长白山精神，巩固改革开放和文化建设的成果，增强文化自信，增强长白山文化与长白山诗词的生命力、影响力和感染力，以诗纪事，以诗化人，以诗证史，增加学术储备，提升国家和东北边疆软实力。

"长白山诗派丛书"的基本选题，主要围绕：史迹寻踪，关于写东北历史文化、历史事件、文物古迹、已故人物、英烈事迹等作品；情系山河，关于写东北山水、自然风光、冰雪雾凇等作品，酌收向海鹤、东北虎等自然物产作品；城乡焕彩，关于写东北城市建设、工商事业、新兴产业、农村建设、田园风光等作品；风土弥淳，关于东北风土民情、风俗习惯、民间文化等作品。包括松花石、梅花鹿等咏物作品，酌收日常生活、咏物作品；吟旅扬旌，关于长白山文化建设、关东诗阵、诗事活动、诗乡创建、诗友酬唱等作品。

"长白山诗派丛书"的体量，每本收录作品五百至一千五百首不等，视不同作者情况，可上下浮动。数量服从内容的质量。

在编排上，予以灵活处理，由作者自定。可以分类、分词牌等，也可以按时间顺序，亦可分类后仍以时间为序。丛书有总序、总跋，亦可有个序、后记。

在数量上和入选人员上，开始考虑按长白山天池、松花江、鸭绿江、图们江及牡丹江、浑江、东辽河、嫩江等为脉络，列出各水系的三百位诗人。每人一卷，计三百卷。这样做，诗派如流，形象直观。但因进度不一，难以操作。后来，协助时代文艺出版社向中共吉林省委宣传部申报了文化产业专项基金，2018年先出三十卷，以后视情况续出，争取出版一百卷。

编辑、出版"长白山诗派丛书"，前无古人，纯属开创先河。2018年3月15日，我们在吉林省政协同馨宾馆召开了在长会长（扩大）会议，决定正式启动"长白山诗派丛书"编辑工作，成立了编委会，仅在二十天中，就交齐第一批书稿。全部书稿，在6月底前交完，2019年出书。

2017年1月6日，习近平总书记在十八届中央纪委第七次全会上的重要讲话中指出，"依靠文化自信坚定理想信念"，"以文化自信支撑政治定力"。文化自信是文化定力和支撑力的基础。人生和社会，都不能以搞笑为支撑。宋人张耒写过："支撑诽笑中，久乃化而靡。"至今读来，仍发人深省。文化支撑力是生命的灵魂。我国优秀的传统文化，培育和造就了历代知识分子自强不息的支撑力精神。唐诗中有牛僧孺的"地祇愁垫压，鳌足困支撑"诗句，宋词中有姚勉的"信天生英杰，正为国计；擎天著柱，要自支撑"的词句，元曲中有汪元亨的"梅出脱林逋，菊支撑陶令，鱼成就严陵"的曲句。这种支撑力精神，给我们以极大的鞭策。拙句中有"奥壤不咸名大东，支撑引领构时空"等。蒋力华君亦有"白发山中飘雪，崎岖健足支撑"的词句。时代虽不同，但这种崇尚自重自强、自力自撑的人文精神，是一脉相承的。诗意长白、诗梦长白、诗魂长白的支撑力精神，是一以贯之的。这是真正的洪荒之力！

长白山诗派所面对的，是长白山诗词的昨天、今天和明天。长白山诗派的昨天，应是刘建封所咏："走过大荒三百里，居然此处有桃源。"长白山诗派的今天，许是拙斋所咏："浪花不废难淘尽，始信东陲有奥文。"长白山诗派的明天，或是沈兆禔所咏："莫谓鸡林少竹枝，才人塞上补新词。"

墨西哥人马里奥·谢赫楠有名言："我们终于有机会面对神秘的过去，仿佛是进入梦一样的境界，一片需要我们去发掘、诠释、赞美和加以保护的活化石。"阿根廷女诗人阿方斯娜·斯托尔妮有名言："我感到，陌生人，在你的存在里，我被延长。"叙利亚诗人阿多尼斯有名言：

"没有诗的未来是不值得期待的。"从这些来自域外的警言中，我们可获启迪。

今年是公元2018年。从今回溯两千年，是公元18年。《长白山诗词选》中第一位有确切作者名字的诗人是高句丽第二代王琉璃明王类利。他于公元18年辞世，至今正好两千年。类利所作《黄鸟歌》："翩翩黄鸟，雌雄相依。念我之独，谁其与归。"完全是《诗经》风格的四言诗。这首诗，写于公元前17年，距今已二千零三十五年了。《黄鸟歌》能传下来，堪称奇迹！公元245年，亲征高句丽第十一代王东川王的三国魏将毌丘俭，班师后只写了两句诗《之辽东》："忧责重山岳，谁能为我檐？"这里的"檐"，是"擔"即"担"。距今一千七百七十三年。收录本丛书的拙卷，约一千五百首诗词中，有四十六首含"忧责"一词，出现频率极高，不少诗友也都随我用过"忧责"一词。概因"忧责"一词被毌丘俭用过后，《后汉书》《晋书》等不时出现，这个古老的词汇并未消亡，表示"沉重的担子和责任"的"忧责"，已经成为长白山诗派中的一个标志性词汇，有其特殊意义。一千四百零六年前，隋炀帝作《纪辽东》，写道："轻歌凯捷丸都水，归宴洛阳宫。"一千三百七十三年前，唐太宗李世民作《辽城望月》，写道："驻跸俯丸都，停观妖氛灭。"丸都，是我的故乡。读着写故乡的古典诗词，怎能不动情？从今回溯一千二百五十六年前的公元762年，是诗仙李白辞世之年。李白的《高句丽》《送王孝廉觐省》，成为长白山诗词中的瑰宝。苏东坡的"人参"，陆游的"鸭绿江"，张元幹的"山拥鸡林，江澄鸭绿"，距今均在八九百年之间。从今回溯一千年，是公元1018年。当年，柳永三十八岁。他在《点绛唇·伤感》中写道："辽鹤归来，故乡多少伤心地。""辽鹤"，是长白山诗词中的著名典故。至今读来，倍感亲切。故乡情结，古今一也。陆游在诗中所写："生计且支撑，小康何敢望？"如今，在习近平新时代中国特色社会主义思想指引下，全国全面决胜小康，胜利在即，我们怎能不心潮澎湃！

两千年啊，多么漫长！

两千年啊，又是多么短暂！

在类利、毌丘俭、隋炀帝、唐太宗、李白、柳永、苏东坡、陆游、张元幹、王寂、赵秉文、朱元璋、康熙、乾隆、吴兆骞、吴大澂等诸多先贤的眼里，我辈皆属陌生人。可是，对他们和他们的杰作，我们却并不陌生。所以，今天的诗词，有很多是留给我们的陌生人的。"一百卷前无处找，二千年后有人搜。""忧责不期当世解，祸患为免后人罹。"对此，我坚信不疑。

文化自信，是一个国家和民族的"魂"与"根"。学诗、写诗，有助于把魂定稳、把根留住。昨天是神秘的。今天是需要很好把握的。明天是值得期待的。愿我们在不懈努力的拼搏奋斗中，使我们所创作的诗词如同长白山的山水林田、沙石草木一样，一起留给未来、留给陌生人。让我们共同期待吧！

"长白山诗派丛书"总序赘语

鸡林得韵纪春秋，底事山翁退不休。

一百卷前无处找，二千年后有人搜。

钻研词谱承杨广，细辨江声禀陆游。

诗境涵生长白梦，草根也为子孙留。

张福有

2018年5月17日于长春养根斋

好诗不过近人情

——《长白山诗派丛书·吴文昌诗词选》自序

　　为弘扬中华优秀传统文化，构建中国北方文学高地，加强长白山文化建设，由吉林省委宣传部资助支持，吉林省诗词学会组织编辑的"长白山诗派丛书"第一批作品将于年内出版，拙作忝列其中，深感荣幸。按照编委会的要求和出书的规矩，开篇大都有作者的序言，这可真有点把我难住了。原因是此前我已出版过三本格律诗专辑《临清集》《心远集》《俯仰集》，每一本书我都认真作过序、题过跋，总计成文六篇，近两万字。在这些序言和跋里，我从中国是个诗的国度，到家庭家教的渊源和影响；从个人的志趣爱好，到"文革"中因受毛主席诗词普及的影响和推动阅读背诵大量唐诗宋词；从对诗词创作的基本见解，即诗贵在格，贵在真，贵在思，贵在淳，到诗词创作必须坚持时代性、人民性、继承性、创造性、地域性、差异性的深入分析，比较系统地谈了我在诗词学习创作方面多年来形成的认识和感悟。再写序，一时还真的不知道该写点儿什么好了。想来想去，我觉得若要再写，还是得从公主岭市老诗友赵世斌兄给我发的一条微信说起为好。

　　2016年春节期间，赵世斌用微信给我发来一幅当年第一期《中华诗词》首页的照片，说是本期的开篇文章即卷首语，高度评价了我当年在汶川大地震期间写的悼念青年教师袁文婷的七言绝句。由于照片像素不够，看着费劲，我就请《中华诗词》编辑部何鹤先生给我寄来两本刊物。我仔细阅读后才知道，原来这篇卷首语是中国社会科学院研究员、唐宋文学研究大家陶文鹏先生写的题目为"讴歌奋斗人生，刻画最美人物"的评论文章。其中一段这样写道："近二十年来，在《中华诗词》和各地诗词报刊中，发表了越来越多讴歌奋斗人生刻画最美人物的优秀篇章……吴文昌的《悼汶川大地震中牺牲的人民教师袁文婷》：'壮别青春一曲歌，废墟回望泪婆娑。妈妈莫怪儿先去，震后天堂稚子多。'在汶川大地震中，年仅二十六岁的袁文婷多次冲进教室救出学生，直到楼房垮塌而壮烈牺牲。诗人以浪漫主义的想象，描写袁文婷在废墟中含泪回望人间向母亲倾诉心曲的情景。她恳请母亲莫怪她先去，因为大地震后天堂上有许多孩子在等待着她去做老师。这瞬间场面和肺腑之言，催人落泪又令人感奋。袁文婷的美丽形象和这首小诗，将永远闪耀在读者的心扉。"

时过近八年，仍有评论家和读者关注这首小诗，真让我惊诧和感动。我打开百度，输入这首小诗进行搜索，结果让我大吃一惊。没想到一首短短的七言绝句，在当年竟能产生那么大的影响，除了网上海量推介和报道外，《中华诗词》2008年第九期还从网上选发了这首绝句和我写的其他六首抗震救灾诗词，中国作家协会和中华诗词学会编辑出版的《大爱无疆——2008年全国抗震救灾诗词选》也予以收录。同时，这首小诗还被有关方面和媒体评为当年最有影响力的十大作品之一。著名诗人、评论家伍锡学撰文评论说："袁文婷牺牲后，被誉为最美教师。而作者代她的英魂发出由衷的肺腑之言：妈妈，你别伤心，女儿先走了。地震后，天堂里的许多孩子需要我去照看。小诗催人泪下，胜过一篇长篇通讯。"还有一位刘姓先生（网名不具）当时在新浪博客发文评论说："此诗在短短的二十八个字中把袁文婷在地震一瞬间如何处理对学童的大爱与对母亲的至情和生死抉择作了深透的描述，语言亲切，真情毕露，虽为代言，但完全符合袁文婷当时的心境，真实可信，从而深化了袁文婷事迹的内涵，使人读后既对袁文婷舍生忘死救学生的高尚品德无限敬佩，又为她对母亲的血乳深情而深受感动，引起强烈共鸣。"更让我难以置信的是，当时，戴万民创作的相声节目《诗词的魅力》居然引用了我的这首小诗：

　　甲：诗词的魅力还在于不事雕琢但可泪雨纷纷。

　　乙：这点恐怕有点悬。

　　甲：不信？

　　乙：不信。

　　……

　　甲：叫你不信，让你再度流泪。《悼汶川大地震中牺牲的人民教师袁文婷》（略）

　　乙：主人公美丽形象和这首小诗将永远闪耀在我们心中。这恐怕就是诗的魅力所在吧。

　　一首再平常不过的小诗，何以能有如此魅力和影响？我循着这首小诗，不知不觉间将思绪又拉回到了2008年"5·12"汶川特大地震发生的日子。那一刻，电闪雷鸣，山崩地裂，房倒屋塌，瞬间八万多同胞被夺去生命，举世震惊，举国同悲。党中央在第一时间发出了抗震救灾动员令。以人民解放军为骨干的中外救援大军星夜开赴汶川，进行一场震烁古今的生死大营救。共和国从那一刻起，更高地扬起了对普通生命高度尊重的旗帜。那些日子，我整天关注来自灾区的现场直播，常常以泪洗面。对死难同胞的哀悼，对受灾父老乡亲的牵挂，对抗震救灾壮举的敬仰，使我情不自禁，有感而发，奋笔疾书，连续创作了十几首诗词。《悼汶川大地震中牺牲的人民教师袁文婷》就是我在屏前挥泪写成的，写完发出后，我竟不能自已，伏案痛哭，久久不能平静。一晃过去十年了，现在回过头再看当时写的抗震救灾诗词，仍感到激动和震撼。我确信那是我一生中诗词创作的一个难以逾越的高峰。我感到欣慰和自豪。我更加笃信："国家不幸诗家幸，赋到沧桑句便工"。著名书法家、时任国家人事部副部长的杨士秋先生看了这首小诗后，大加赞赏，说："难得，这真是愤怒出诗人哪！"我接着他的话说："悲愤、悲情更出诗人。"因为悲情是人在失去至爱和困境中产生的更深沉的一种真情，而只有真情才是可以感天动地的。

　　清代著名诗人、诗论家张问陶在论诗十二绝句中有一首这样说道："名心退尽道心生，如梦如仙句偶成。天籁自鸣天趣足，好诗不过近人情。"说得虽然平实，但非常在理。中国作为一个有着悠久历史的文明古国，历来就有讲仁爱、尚大义、重真情的人文传统和悲悯情怀。这种传统和情怀，像一条文化血脉，渗透和贯穿于古往今来的诗词创作之中，成为中国诗词的一个鲜明标志。早在《尧典》中就有了"诗言志"的说法。这里所说的"志"，其实有两个方面的含义：一方面，是指志向和抱负；另一方面是指人内心的整个思想、意愿、感情。这在《毛诗序》中说得很清楚："诗者，志之所之也，在心为志，发言为诗，情动于中而形于言。"看来志也好，言也好，诗也好，都发乎情，都是离不开情的。正所谓"感人心者，莫先乎情"是也。金代的元好问更是把情的地位和作用提到了极致："问世间，情为何物，直教生死相许？"他这里讲的"情"，当然主要指的是两性之间的爱情。但真情绝不仅于此，除了这种爱情之外，我们今天所说的真情，还应包括亲情、友情和同志之情。这些虽都是人之常情，但也弥足珍贵。

　　习近平主席在2017年春节团拜会上的讲话中，对什么是真情作了深刻生动的诠释："真情，是不虚、不私、不妄之情。真情不虚就是要忠诚老实、诚恳待人；真情不私就是要砥砺品德、刚正无私；真情不妄，就是要光明磊落、坦坦荡荡。唯有如此，亲情友情爱情同志之情才能高尚恒久，才能有益于自己，有益于亲人、友人、所爱之人、同志之人，也才能铸就守望相助、天下同心的人间大爱。"应该看到，这种真情和大爱，正是温润一个民族心灵、形成一个民族品格、涵养一个民族文化的本初性元素和天然基础。正由于此，我国诗歌才形成了寓情于景，触景生情，情景交融，以情感人，以情化人的传统和特色。翻开浩如烟海的中华文学典籍，你会发现抒情诗词和抒情散文占有很大的比重。"众不可户说兮，孰云察余之中情""天不老，情难绝""晴空一鹤排云上，便引诗情到碧霄""秋风吹不尽，总是玉关情""些小吾曹州县吏，一枝一叶总关情"。一个"情"字，几乎道尽人间悲欢离合，贯穿华夏古往今来，成为那些扣人心弦、感人肺腑、催人泪下的好的诗词作品的重要根脉和力量所在。

大概是由于受这些影响太深的缘故罢，我不知从何时起，也潜移默化地形成了多愁善感的性格。"感时花溅泪，恨别鸟惊心"，我也常常陷于这种情感中不能自拔。非典、地震、灾荒、矿难、沉船、飞机失事、烈士捐躯等，我都心情沉重，暗中落泪，并把伤怀和泪水化为诗句。我的老朋友，著名画家、书籍装帧艺术家龙震海先生曾不解地问："你的诗中，怎有那么多悲、啼、泣、泪，那么多哀、伤、痛、悼？"我当时没有回答他。过后，我给他回了一首《答震海兄问》的七言绝句，转结两句是"心底苍生眼里泪，诗家怎敢不多情"，这当是我的真实心境。

作为人的价值观念、理想追求和心境的表达，"情"在不同的历史时期，不同的社会层面，是有着不同的表现形式的，从而决定了抒情言情的文学作品内容的差异性和形式的多样性。这里不可避免地有文野之分、高下之分、优劣之分，而其中起决定作用的当是情感的层次性。

古往今来，中华民族最宏大、最高层次的情感，当属家国情怀。这是以爱国主义为核心的民族精神的集中体现，也是中华优秀传统文化的核心内涵，体现在诗词和其他文艺创作上，则形成了永恒的、历久弥新的弘扬歌颂家国情怀的主流文化艺术形态。这从屈原《国殇》中"身既死兮神以灵，魂魄毅兮为鬼雄"的视死如归，到刘邦"大风起兮云飞扬，威加海内兮归故乡，安得猛士兮守四方"的强汉胸怀；从李商隐"历览前贤国与家，成由勤俭败由奢"的清醒，到王昌龄"黄沙百战穿金甲，不破楼兰终不还"的豪迈；从陆游"王师北定中原日，家祭无忘告乃翁"的企盼，到文天祥"人生自古谁无死，留取丹心照汗青"的忠贞；从林则徐"苟利国家生死以，岂因祸福避趋之"的担当，到顾炎武"国家兴亡，匹夫有责"的警策；从谭嗣同"我自横刀向天笑，去留肝胆两昆仑"的气节，到李大钊"试看将来的环球，必是赤旗的世界"的展望，一以贯之地展现出无数先贤、先烈的强烈的家国情怀及崇高品格和追求，这已经成为我们中华民族最宝贵的精神财富，也成为激励我们爱国报国、奋发进取的巨大精神力量。我们今天重温这些慷慨激昂的诗句和警句，仍感到血脉喷张，心灵震撼，豪情万丈，感到有一种无比悲壮的气氛和力量。

　　情牵家国，关注苍生，不仅是历代进步文人的精神高地，更应该是新时代诗人的觉悟、情怀和担当。人如果没了家国情怀，整天只沉溺于一己悲欢，满足于杯水波涛，那他就永远也摆脱不了渺小，告别不了卑微，远离不了低俗，即使能写出很华丽的诗句，也是无气格、无境界、无意义。因而，在诗词创作上，坚持以人民为中心的创作导向，把爱国主义作为文学创作的主旋律，关注历史，适应时代，贴近生活，歌颂崇高，努力创作脍炙人口、感人肺腑、催人奋进的好作品，乃诗人之第一要务。对此，我笃信不疑。香港回归十周年，汶川大地震，"嫦娥一号"发射成功，抗击南方冰冻灾害，北京奥运会、残奥会圆满成功，海峡两岸基本实现"三通"，改革开放三十周年，应对全球性金融危机，三峡水电站投入使用，国庆六十周年大阅兵，上海世博会，深圳经济特区建立三十周年，中国共产党建党九十五周年，"吉林一号"卫星升空运行，党的十八大、十九大胜利召开等重大历史节点和事件，我都充满激情地写作，努力用充满时代感的诗词作品歌颂共产党好、社会主义好、改革开放好，其中大部分这类作品在中华诗词论坛网上被评为精品。《沁园春·喜迎党的十九大》不仅被评为精品，还在 2017 年 10 月 17 日《人民日报》第十六版头题刊发。词作《念奴娇·甲午深秋重走抗联路缅怀杨靖宇将军》荣获华夏诗词大赛优秀奖。我在创作历史题材的作品时，也注意弘扬家国情怀，体现以诗证史，力求能引导和启迪人们尊重历史，崇尚大义，继承和弘扬中华优秀传统文化。写承德避暑山庄咸丰行宫，"驻跸偏安仍避暑，君王不怕国沉沦"，折射的是对国家兴衰的思考；写滕王阁，"广厦千寻惊岁月，连樯百里感风云"，讴歌的是新中国成立以来，特别是改革开放以来，国家和社会发生的天翻地覆的巨大变化；写历史名山庐山，"江横脚下乾坤小，湖卧怀中日月低"，抒发的是共产党人应有的历史眼光和博大胸怀；写卡纳克神庙，表达的是对人类悠久历史文化的敬畏；写壶口瀑布，"争做黄河子，谁堪济世穷"，浸透着共产党人的历史担当精神和对未来充满信心的豪情。由于以体现家国情怀的作品为主体，我的第三本格律诗专辑《俯仰集》还荣获第三届吉林文学奖。评委会在颁奖词中，对我的作品给出了这样的高度评价："作品既讲诗言志，又尽显诗词文字、音韵、意境之美。风格真挚、豪放、凝重，胸襟恬淡豁达。"我知道，这与其说是对我的肯定，毋宁说是对我的鼓励和鞭策。"老牛亦解韶光贵，不用扬鞭自奋蹄"。人虽难以做到"庾信文章老更成"，但也不能因年老而甘于"江郎才尽"，唯有不断进取、上下求索、笔耕不辍、奋力前行，才能不断焕发和保持文学创作的青春。

"天时人事日相催，冬至阳生春又来。"真情是历史的回音，时代的呐喊，人民的心声，具有很强的时代性和人民性。习近平总书记在党的十九大报告中昭示，经过长期努力，中国特色社会主义进入了新时代，这是我国发展新的历史方位。走出一条振兴发展新路，为建设幸福美好吉林而努力奋斗，这是新形势下吉林人民面临的光荣而艰巨的任务。新的时代、新的征程、新的使命、新的呼唤，为新时代的诗词创作，为长白山诗派的形成和发展，提供了千载难逢的机遇，开辟了无限广阔的前景和发展空间。新时代激发新诗情，新诗情催生新作品。在这样的时刻，"长白山诗派丛书"

应运而生，可以说是生正逢时。这预示着，伴随伟大斗争的深入、伟大工程的建设、伟大事业的发展、伟大梦想的实现，作为长白山文化一部分的长白山诗词，一定会繁荣兴盛，长白山诗派一定会以全新的面貌走向全国，展现在世人面前。我们每一个诗人和诗词爱好者，都应以此为契机，跟上新时代的大潮，把生命和才情融入不朽的事业，凝心聚力，奋发进取，点燃心灵深处的创作激情之火，情系人民，胸怀大爱，心存悲悯，自觉地为人民抒写，为人民抒怀，为人民抒情，以更多充满真情大爱、充满时代精神、充满家国情怀、人民喜闻乐见的好作品回馈时代，回馈祖国，回馈民族，回馈人民。这是时代的呼唤，这是人民的要求，这是诗人的责任。在这神圣的历史使命面前，我们既别无选择，更责无旁贷。

吴文昌

2018 年 5 月成稿 10 月修订

于长春市临清居

目　录

卷二　律诗

卷三　词

卷四　联

卷一　绝句

陇上四咏

一、登嘉峪关咏叹

雄关夸锁钥，千载扼河西。

大漠今无事，原非马不嘶。

二、过临洮感怀①

塞上雨潇潇，征鼙久寂寥。

行人思李广，指点问临洮。

【注释】

①此首单载于《人民日报》2014年03月29日12版。

三、游阳关旧址寄语

千古伤情地，离人一曲歌。

劝君休折赠，杨柳已无多。

四、谒伏羲庙有悟

阴阳穷物理，奇偶演恢宏。

万象究根底，原从一里生①。

2008年9月24日

【注释】

①原从一里生：道家认为"道生一，一生二，二生三，三生万物"。

握别韩长赋同志

送君归魏阙，无语作离歌。
雾重悲难掩，知音恨不多。

2009 年 12 月 1 日

附，韩长赋《和文昌赠别诗兼赠吉林诸同志》：

玉树琼花霞满天，东风送客一朝还。
故园休问今何处，前路相拥大自然。

公木一百周年诞辰祭①

文坛称巨匠，桃李满乾坤。
一曲军歌壮，千秋励后人。

2010年5月7日

【注释】

①公木（1910—1998）：中国著名诗人、学者、教育家。河北省辛集市人。原名张永年，又名张松甫、张松如，笔名有公木、木农等。早年参加革命，从事宣传工作。1998年10月30日病逝于吉林长春。主要作品有《中国人民解放军进行曲》《公木诗选》《诗论》《中国古典诗论》《中国诗歌史》《中国诗歌史论》《诗要用形象思维》《中国文化与诗学》《老子校读》《老子说解》《老庄论集》《先秦寓意概论》《十里盐湾》《崩溃》《黄花集》《第三自然界概论》《毛泽东诗词鉴赏》等。

用伯硕先生韵贺集安创建书法之乡

一纪辽东韵，千秋古剑情。

而今挥墨处，争创更繁荣。

2011 年 8 月 14 日

九台老书记韩国荣被评为长春市十大藏书家

藏书超万卷，读破远嚣尘。

风雨频来扰，羡君多不闻。

2011年9月15日

九一八事变八十周年闻警报

警报惊心魄，追思齿发寒。

男儿当励志，莫让剑锋残！

2011年9月18日

贺沈鹏云任关东诗阵版主

翰墨书中俊，诗文卓不群。

关东添宿将，鹏翼待凌云！

2012年1月1日

海口小居见孙女一扬整日同陌生小朋友玩感怀

蹦跳同来往，厮磨展率真。
童心淳可羡，一见即相亲。

2012年2月19日

赞裴九娘口号

杀贼轻生死，千秋侠骨香。
碑前读烈女，谁个是儿郎？

2013年4月8日

甲午战败一百二十周年前登山海关有思

山海夸屏障，雄关冠古今。
如何强虏犯，弱却不能禁？

2014年8月25日

贺北京恭王府丙申《海棠雅集》四咏

一

漫步恭王府，怜香别有情。
夜深花已睡，未敢作高声。

二

腮红欺越女，蕊嫩逞娇柔。
因恐游龙戏，君前莫点头。

三

无心攀富贵，出众自堪夸。
昔日深宫客，今开百姓家。

四

御苑春来早，嘉宾座上多。
只缘花解语，岁岁引高歌。

2016年3月30日

十咏吉林省第二批对口支援新疆干部

一

受命离桑梓，乘风过玉关。

已然身许国，何惧万千难。

二

下马三杯酒，迎宾一曲歌。
援疆初到此，大爱已知多。

三

晨来星月隐，前指尚谈兵。
多少无眠夜，蓝图始绘成。

四

鸿猷三四五，战略展新姿。
莫负东风劲，扬帆正此时。

五

房暖心承爱，居安策惠农。
民生知首要，挥汗立新功。

六

援疆开绛帐，责任重千斤。
心血酬桃李，成材卓不群。

七

三载无寒暑，支医大爱深。
万千痊愈者，众口赞鸡林。

八

犬吠人心警，鸡鸣月色寒。

无眠身在岗，情系北疆安。

九

寂寞初长夜，思亲泪似泉。

安边人忘我，忠孝两难全。

十

援建凭添韵，文华自信强。

白天鹅一曲，瀚海振新航。

2016年7月8日

感戊戌清明公祭

昔日丰碑冷，今多祭奠声。

英魂休怨怼，毕竟有清明。

2018年4月5日

严冬乘火车赴本溪外调

岁暮弥知行路难，风侵车冷怨衣单。

嘘窗更觉天难测，瞻念前途感万端。

1967年12月15日

转业伤怀

高烧病卧泪蒙眬，去向揪心怨道穷。
寄愿儿孙当谨记，国无战事莫从戎。

1987年8月5日

望天池瀑布

倒挂三江气若虹，雪崩山裂走蛟龙。
多情胜似杨枝水，滋润年年五谷丰。

1996年9月8日

日暮吊西陵

遥临浑似到芜城，不尽奢华葬大清。
一片辉煌残照里，怅然无语吊西陵。

1996年12月5日

五十岁生日抒怀

未负青天未负民，竭诚半世远污尘。

案头今古评官语，多是笑贪非笑贫。

1998年5月31日

雨中华盛顿

风雨华城别样姿，白宫国会两迷离。

蓦然觑得樱花旧，知是红衰翠减时。

1999年4月25日

温 莎 堡

遗恨桩桩久耳闻，虽多悲剧莫伤神。

君王幸有多情种，不爱江山爱美人。

2000年6月14日

昭陵六骏浮雕

踏月追云下九霄，随王伴驾战功高。

昭陵六骏图观后，画马名家愧运毫。

2002年8月21日

六登长白山天池

六上凌虚谒阆门，攀缘俯仰此寻根。
重游何故无重感，视角常移景自新。

2002年9月12日

沈 阳 怪 坡

上下终难辨若何，游人指点困疑多。
大千世界无穷妙，处处留心有怪坡。

2002年10月2日

秋日查干湖

碧水长天秋雁飞，苇丰蒲茂正鱼肥。
时人争赞查干美，谁晓当年是与非。

2003年9月5日

老 舍 茶 馆

名剧何须叹落差，而今时尚重商家。

不堪攘攘红尘里，老舍纡尊也卖茶。

2003年9月10日

瑞士圣加伦逢复活节

悄无声息掩千门，满目皆为祈祷人。

做客时逢复活节，钟声响彻圣加伦。

2004年4月12日

伦敦蜡像馆

以假乱真细入微，明星政要共芳菲。

闲来做客名人馆，笑问同游我是谁。

2004年4月22日

席间题赠浩亮先生

挺胸抖镲英姿爽，迈步出监唱更佳。

身世浮沉休计较，红灯依旧照中华。

2004年4月25日

【题解】

此首七绝为新韵。

访西柏坡

战火熏陶苦难磨，千秋浩气小村多。
劝君为政防骄躁，莫负当年西柏坡。

2005年9月10日

于阳朔看《印象刘三姐》

灯影漓江夜幕开，壮家儿女对歌来。
山呼水唱刘三姐，天地人间一舞台。

2005年10月4日

桂林象鼻山前擎鹰小照

鼻饮漓江足濯清，身端何虑影斜横。
擎鹰筏上君休笑，只羡渔人不钓名。

2005年10月5日

赠武夷艄公

桴影篙声过五夷，画中诗里自沉思。

游人不解艄公苦，只管徜徉九曲溪。

2006年10月5日

咏叹冬宫①

心仪十月访冬宫，但觉风光已不同。

往事如烟终去远，唯留巨舰傲苍穹。

2006年10月17日

【注释】

①冬宫：俄国沙皇的宫殿，在圣彼得堡，始建于18世纪中叶，是俄罗斯古典主义建筑。1917年二月革命后资产阶级临时政府设于此。同年俄历十月二十五日（公历11月7日）阿芙乐尔号巡洋舰按照列宁的起义计划炮击冬宫，工人与士兵占领了冬宫，建立了无产阶级政权。现为博物馆。

赠韩国友人张明国先生

2006年10月27日晚，由首尔侨民协会朴洋安排，在汉江边华克山庄同韩国《来日新闻》董事长张明国先生共进晚餐。张先生是中国人民的老朋友，20世纪80年代曾因翻译《毛泽东选集》而入狱，但对中国人民友好之情始终不改，且待人热情，谈吐儒雅，风采迷人，真有相见恨晚之感。席间，我赠《济州乡校》一诗，先生甚爱，反复吟诵，并指着窗外说："你看，江水奔流，青山屹立，夜色苍茫，灯火辉煌。汉江的夜色多么迷人。但这一切很快都会过去，明天的黎明会更美好。"我惊叹他的诗情和才华。

　　曾译毛公四卷文，丰姿今日尚超群。

　　谈诗对饮江边夜，一见相倾似故人。

2006年10月27日

答文阁小弟

　　近日小弟文阁因公南行，触景生情，诗兴大发，吟成后连连用手机给我发来，并问："可乎？"答曰："可。"小弟甚不平，回文曰："只一可字，意只可尔，嗟夫！"乃回一首七绝答慰小弟。

　　莫叹嗟夫莫自矜，诗文渐进屡成吟。

　　并非一可无斤两，炼字当须吝似金。

2007年2月10日

谢耿铁华先生赠《桓州集》①

　　近日，耿铁华先生托张福有将其新出版的《桓州集》捎来赠我。福有在序中写道："2005年4月白城'杏花诗会'，铁华兄以《谢白城诗友盛情办会》为题，一口气写了六首七绝"，"六绝一诵，四座皆惊"。我亦反复诵读，深感皆咏春之佳作也。乃赠七绝一首，贺《桓州集》出版，谢铁华先生厚意。

　　杏花时节献佳篇，唱暖还寒四月天。

塞北何愁无柳色，诗牵春早到江边。

2007年3月11日

【注释】

①耿铁华：别名花犁，号桓州旧友，吉林扶余人，现任通化师范学院高句丽研究院院长，社会科学重点研究基地主任，学科首席教授，擅诗文，主要著作有《中国高句丽史》《桓州集》等。

清明遥祭母亲

每年清明节前，我都要利用周日驱车百里到乡下为母亲扫墓。但上周日因下雨，路不能行，未能如愿。今天略好，正值清明，妻子王雅芬与二弟文显、小弟文阁等下乡祭扫，我因公务不能脱身，含悲题诗一首，嘱小弟在母亲墓前为我烧化。

又到清明祭母时，不堪哀念雨如丝。

苍天当是知人意，才遣春阴伴泪啼。

2007年4月5日

题赠吉林省和苏州市书画家笔会

心有灵犀笔有神，丹青挥洒竞风云。

江南秀美关东壮，尽入毫端作画魂。

2007年4月12日

咏退思园^①

旷古名园举世稀，畹芗奢靡惹微辞^②。
日能三省长离祸，思过何须到退时。

2007年4月13日

【注释】

①退思园：位于苏州市吴江区同里镇，建于清光绪十一年至十三年（1885—1887），是任兰生的私家花园。园虽不大，却很精致，古朴清幽，颇具特色，2000年被列入世界文化遗产名录。

②畹芗：即任兰生，字畹芗，号南云。光绪五年（1879），投风颖六泗兵备道，光绪十一年（1885）正月因遭弹劾被革职回乡，花十万两银子修"退思园"，园名取《左传》"进思尽忠，退思补过"之意。光绪十三年（1887），任又被起用。

洞庭东山

茶农不是武陵人^①，莫让渔郎错问津。
此地吴姬多有意，东山特产碧螺春。

2007年4月14日

【注释】

①武陵，地名，今湖南常德市。东晋陶渊明《桃花源记》载：武陵人捕鱼为业，沿桃花溪泛舟，不知走了多远，发现了世外桃源。碧螺春茶产于太湖洞庭东山，因其颜色碧，形像螺，又值春天采制而得名。原名吓煞人香，相传康熙南巡至此，当地未婚少女沐浴更衣后采嫩茶，放在贴身的胸兜里，将鲜茶焙干，茶奇香，康熙甚喜，乃改其名为碧螺春。

夜泊苏州

2007年4月15日晚，在苏州画院的同志陪同下，乘游船绕护城河观赏苏州夜景。微风细雨，灯光变幻，舟行碧波，楼台掩映，真使人有置身仙境之感。

涛声灯影晚风疏，船载欢歌入画图。

若问江南何最美，杏花春雨夜姑苏。

2007年4月15日

题通榆杏花节二首

一

先得东风领众芳，无边花海漫天香。

时人当斥登徒子，莫怪新红早出墙。

二

花落红残土亦香，虚名不重重流芳。

只羞难作身千亿，未引春风遍大荒。

2007年6月29日

赞美人松

长白山下的美人松，亭亭玉立，直插蓝天，看了赏心悦目。可有人说，美人松虽美，但不成材，余不以为然。

翩翩仙女下凡来，丽质何须用剪裁。

美献人间难论价，休言此树不成材。

2007年7月4日

读《郑欣淼诗词百首》二首

昨天，收到北京故宫博物院院长郑欣淼先生签名相赠的《郑欣淼诗词百首》。认真品读，感怀至深。先生诗词，格调高古、淳朴自然、情真意切、文辞优美，一派大家风范。乃回小诗二首，向先生表示感谢和仰慕之情。

一

鸿爪无心印雪泥，漫吟舒啸两由之。

情缘物动非随意，大气天成是好诗。

二

思亲咏史唱河山，总遣真情上笔端。

俯仰人生多少事，皆成佳句壮吟坛。

2007年7月7日

赠于魁智李胜素

国粹休言已唱衰，梨园又见两英才。

清歌一曲人心醉①，疑是梅杨转世来②。

2007年8月2日

【注释】

①清歌：京剧的别称。

②梅杨：指已故京剧表演艺术家梅兰芳、杨宝森。于魁智、李胜素是中国京剧院一团著名演员，分别是杨宝森、梅兰芳两大流派的优秀传人，被公认为当代京剧界的生、旦领军人物。

题"干饭盆"国家森林公园①

峦环九九望朦胧，玄奥深藏话不穷。

记者当年迷路处，疑云依旧绕重重。

2007年8月29日

【注释】

①"干饭盆"：系白山市江源区大阳岔林场经营区内的一处山间盆地景观。据说大盆地中有九九八十一个小盆地，一环套一环，状如迷宫。这里森林茂密，遮天蔽日，进入其中罗盘手机失灵，方向路径难辨，有许多神秘的传说。2003年7月，曾有三位记者在此采风，迷路走失，经各方寻找营救，七天后在靖宇县境内找到方脱险。这件事曾轰动一时，成为一个谜。人们遂将"干饭盆"称为东方"百慕大"，吉林"神秘谷"。

戏题小犬豆豆

　　家有吉娃娃小犬，名唤豆豆，活泼可爱，十分逗人、黏人。每天下班回家，都发现它在门口焦急地守望，玩具被叼得满地都是。家中无人时，豆豆一定很难耐。

　　　扭腰晃胯对斜阳，玩具叼来送去忙。

　　　最怕家人归太晚，百无聊赖怨天长。

2007年9月10日

读龚保华同志《风露霜华》二首

　　近日，部分诗友小聚，席间慕名向吉林日报社文化新闻部主任龚保华同志求其所著《风露霜华》，保华慨允，并提笔在扉页上写道："吴兄雅鉴，小弟这厢有礼了。"赠语俏皮有趣。待展卷细品，更觉保华诗、文、画俱佳，真报界才女也。

一

　　　风雅评章韵味深，易安愁字绛珠心。

　　　柔情不注龚郎笔，怎有催人泪下吟。

二

　　　凭窗凝望岂愁思，夕露晨霜各有时。

　　　难掩才情催纸笔，人生笑看总成诗。

2007年11月28日

答周维杰兄赠诗集

近日，维杰在病中给我转来刚出版的诗集。维杰号笨翁，称"狂徒"，是我省著名书法家、诗人，也是我的老朋友，他为人、为官、为文，都充满了一种率直、豪放和大气，特别是诗词，直抒胸臆，不拘一格，很有特色，读其诗真有同维杰品茗对话之感。特赋小诗一首谢维杰兄赠书，并真诚地祝维杰兄早日康复。

摘朵云来笑一声①，男儿乐事在横行。

仰天歌罢归田去，留得清狂自在名。

2007年12月10日

【注释】

①此句系化用周维杰"摘朵白云笑一声"诗句。

咏莫愁湖海棠①

销魂三月海棠开，带雨含烟燕雀猜②。

风动花摇人欲醉，闻香疑是莫愁来。

2008年3月30日

【注释】

①莫愁：古乐府中所传女子。一说为石城（今湖北钟样）人，善歌谣，今其地有莫愁村。一说为洛阳人，十五岁嫁为卢家妇。或将石城误为石头城（今江苏南京），今其地有莫愁湖，湖畔广植海棠。南朝梁武帝萧衍有诗《莫愁歌》云："河中之水向东流，洛阳女儿名莫愁。"唐李商隐诗《马嵬》也有"如何四纪为天子，不及卢家有莫愁"之句。

②燕雀猜：这里指海棠美丽连燕雀都猜疑不知为何物。典出自曾巩

《游琅琊山》诗："先生鸾凤姿，未免燕雀猜。飞鸣失其所，徘徊此山隈。"

悼人民教师袁文婷

5月12日14点28分，汶川大地震中什邡师古镇民主中心小学教师袁文婷临危不惧，一次次冲进教室救出一个又一个孩子，最后壮烈牺牲，年仅二十六岁。多病寡母闻讯悲痛欲绝，令人唏嘘。

壮别青春一曲歌，废墟回望泪婆娑。

妈妈莫怪儿先去，震后天堂稚子多。

2008年5月23日

贺长白山机场首航

8月3日，应吉林民航集团邀请，参加长白山机场首航仪式。机场投入使用，结束了长白山旅游机场空白的历史，对推动长白山旅游和各项事业的发展都具有重要意义。特成诗以为贺。

振兴提速写华章，天路新开庆首航。

从此白山添两翼，引擎声里续辉煌。

2008年8月3日

赞"鸟巢"①

奇美雄姿举世骄，弘扬绿奥领新潮②。

百年夙愿今圆梦，圣火西来到鸟巢。

2008年8月8日

【注释】

①"鸟巢"：是北京国家体育场的代称，宏伟壮观，以其状如鸟巢而得名。

②"绿奥"：指绿色奥运。北京奥运会的口号是举办一次绿色奥运、科技奥运、人文奥运。

席间再赠浩亮老师①二首

今夏，浩亮夫妇又来长春避暑，我和滕玉琢、龙震海等朋友两次宴请，共同探讨京剧发展和走向问题，甚是投机，有感而发，成诗两首，赠浩亮老师。

一

文武兼修苦练成，红灯伐子久驰名②。

樽前漫议梨园事，共赞当年第一生。

二

戏剧人生毁誉多，尘封水洗任消磨。

而今唯念栽桃李，再续梨园盛世歌。

2008年8月11日

【注释】

①与浩亮老师及其夫人曲素英女士相识于2005年8月。当时，浩亮老师专程来长春指导省京剧院倪茂才等复排《红灯记》。虽初次见面，但一见如故，招待宴会上曾当场赋诗一首："挺胸抖镲英姿爽，迈步出监唱更佳。身世浮沉休计较，红灯依旧照中华。"

②红灯伐子：指浩亮舞台艺术代表作《红灯记》《伐子都》。

长白山花楸树

阵阵金风飒飒来，经霜一夜百花衰。
花楸不忍芳菲尽，独自凌寒带血开。

2008年9月7日

咏长白山天池

云影天光百丈深，纤尘不染碧沉沉。
难能千古无求取，化作三江淌到今。

2008年9月12日

赞福有续刘建封句①

日前，从网上看到张福有续刘建封《白山纪咏》，成诗六十首，实属不易，乃赋一绝，以表钦佩。

　　　　莫道今人逊古人，白山纪咏韵难分。

　　　　刘公当有成全意，留与知音补阙文。

2008年9月13日

【注释】

　　①刘建封（1865-1952）：字石荪，号天池钓叟，山东诸城人。光绪三十四年（1908），奉钦差大臣、东三省总督徐世昌之命，应长白府张凤台、李廷玉之约，率队踏查长白山，历尽艰辛，为天池十六峰命名，探明鸭绿、松花、图们三江源流，勘分奉吉界线，著有《长白山三江源流考察》《白山穆石辨》《长白山江岗志略》《白山纪咏》等。宣统元年（1909），刘建封以"谙练边情，勤奋耐苦之员"，奏准补"边绝要缺"，任安图第一任知县。《白山纪咏》系刘建封踏查长白山途中边走边记之句，多为两句一组，未及成绝成律。

夜赏兰州黄河铁桥①

　　　　历尽沧桑本色娇，灯辉水影映前朝。

　　　　君来若问兴衰史，尽在黄河第一桥。

2008年9月21日

【注释】

　　①兰州黄河铁桥：俗称"中山铁桥"，位于兰州市滨河路中段。清光绪三十三年（1907），在兰州道彭英甲建议和甘肃总督升允的赞助下，清廷动用国库白银30.669万两，由德商泰来洋行喀估斯承建，美国人满宝本、德国人德罗作技术指导，建起了长233.3米宽7米的黄河第一座铁桥，号称"天下黄河第一桥"。

鸣沙山月牙泉①

泛爽飞琼问幻真，金沙绿树美无伦。
月泉切莫追时尚，常驻丰姿别瘦身。

2008年9月23日

【注释】

①鸣沙山：位于敦煌城南约5公里处，因沙动成响而得名。月牙泉被鸣沙山环抱，古称沙井，俗名药泉，自汉朝起即为"敦煌八景"之一，得名"月泉晓彻"。月牙泉南北长近100米，东西宽约25米，最深处约5米，千年不干枯，弯曲如新月，有"沙漠第一泉"之称。

鸣沙山见驼队

笑语欢声满面春，明驼飞逝起沙尘。
而今时尚兴游乐，不运丝绸运客人。

2008年9月23日

马尾船政文化馆①

风气先开仿造船，遗踪觅处论前贤。
堪怜洋务终成梦，留得心酸痛百年。

2008年11月17日

【注释】

①马尾船政文化馆：是以马尾船政学堂历史为主要内容的文化历史展览馆，坐落于福州马尾闽江入口处。1886年左宗棠在马尾创办了海事学堂——"求是堂艺局"，后来由沈葆桢改名为船政学堂。聘请法英专家授课，课程都是采用外国原版教材，教师授课也是用法语和英语。学生上午上理论课，下午进行实践，这与传统的中国科举教学有很大的不同，也充分体现了其先进性，为中国近代培育了一大批先进的思想家、技术人才和海军人才。开中国近代对外开放的先河，被誉为中国近代教育的发祥地，近代远东规模最大的造船产业基地，中国近代海军的摇篮和近代航空业的萌生地。马尾船政的兴衰，折射出中国近代百年屈辱的历史。

春梦江南（依小弟文阁韵四首）

近日，文阁小弟因公南行，顺便赏乌镇，谒普陀，下钱塘，一路行吟，成诗四首。余见其诗文日进，甚喜，乃次韵以和。

一

常随思绪到遐方，寄爱诗书老更狂。
伏案心期蝴蝶梦①，好追春色下钱塘。

【注释】

①蝴蝶梦：出自《庄子》："庄周梦为蝴蝶，栩栩然蝴蝶也，自喻适志与！不知周也俄而觉，则蘧蘧然周也。"

二

莺歌燕舞柳丝长，软语吴姬迓客忙。
醉卧何羞三白酒①，留名怎比齿留香。

【注释】

①三白酒：系指南方地产酒，因用白水、白米、白面酿成而得名。

三

浮生何必觅莲台，当以慈悲效九垓。

心济苍生行灭苦，纵无佛面亦如来。

四

杂花生树草阡阡，越女吴儿笑灿然。

夹岸鹃声啼不住，似催春色上归船。

2009年4月16日

附，吴文阁《南行四咏》：

一

花茂林幽掩陌阡，廊桥水阁自悠然。

不知何处书声朗，疑是茅公暗上船。

二

南天遥望一莲台，法号经声动九垓。

佛恋名山虽不去，却将慈雨广施来。

三

莺飞时节走南方，软语春风醉欲狂。

莫把家乡夸最好，繁华自古在钱塘。

四

小巷清幽碧水长，雨丝风片画船忙。

多情最是三白酒，茶后犹存几缕香。（白，新韵）

读史偶感四首

一

楚汉相争草木残，古沟杀气至今寒。

当年一曲鸿门宴，功过千秋辨亦难。

二

剑斩银蛇入帝乡，休言故事总荒唐。

难能不耻知三逊①，揽得英才守四方。

2009年4月17日

【注释】

①知三逊：指刘邦著名的"三不如"。《史记·高祖本纪》载，刘邦在总结夺取天下的经验时说："……夫运筹帷幄之中，决胜千里之外，吾不如子房；镇国家，抚百姓，给馈饷，不绝粮道，吾不如萧何；连百万之军，战必胜，攻必取，吾不如韩信。此三人，皆人杰也，吾能得之，此吾所以取天下也。"

三

百战虽赢惹罪愆，乌江横剑古今怜。

项王休叹无神助，成败由人不在天①。

【注释】

①项羽被刘邦打败，率二十八骑从垓下突围。汉军追者数千人。项王自度不得脱。谓其骑曰："吾起兵至今八岁矣，身七十余战，所当者破，所击者服，未尝败北，遂霸有天下。然今卒困于此，此天之亡我，非战之罪也。"

四

莫以兴衰论短长，国人自古爱阳刚。

至今凭吊前贤者，一样坟前拜项王。

汶川地震一周年再祭遇难同胞和烈士二首

一

肠断声凄唤不还，菊花满地祭周年。

伤心岂止巴山泪，举国同悲哭汶川。

二

蜀水巴山骨肉亲，西南遥祭痛犹新。

伤情更怕猿啼苦，撕碎春光不忍闻。

2009年5月13日

欣闻倪茂才获第二十四届戏剧梅花奖二首

得知我省著名京剧高派老生倪茂才获得第二十四届中国戏剧奖·梅花表演奖及白玉兰榜首奖，十分高兴和激动。由于喜欢京剧，我与茂才成了忘年交。茂才为人真挚，天资聪颖，嗓音高亢，扮相俊雅，从艺三十多年来，屡拜名师，两次读研，刻苦学习历练，演技日臻成熟，在上海中国戏剧节上成功演出《孙安动本》，一举捧回梅花奖，真乃实至名归，特成小诗两首以为贺。

一

振遏云林响不衰①，传薪喜有后生来。

孙安一曲惊伶界，更让时人识茂才。

【注释】

①振遏云林：出自《列子·汤问》："击节悲歌，声振林木，响遏行云。"说的是秦国的薛谭向秦青学习唱歌，还没有学完秦青的技艺，就自以为全掌握了，便告辞回家。秦青没有挽留，在城郊的大路旁为薛谭饯行。席间，秦青按照节拍，慷慨悲歌。歌声振动林木，高入云霄，好像连浮动的白云也在驻足倾听。薛谭于是向老师谢罪，请求返回。从此专心学艺，终于成才。

二

皮黄粉墨寄情怀，总把新腔献舞台。

梅绽兰芳心向远，春来更盼百花开。

2009年5月16日

答震海兄

著名画家龙震海兄对余曰："汝诗词中伤心流泪之句何其多耶？"乃赋诗作答，震海回短信曰："此为实理，无情何以出真，无真何以感人？"余答曰："高论也。"

花开花落总堪惊，别恨离愁怨更生。

心底苍黎眼里泪，诗家怎敢不多情？

2009年6月6日

观傣族泼水节活动表演

象鼓芒锣响入云，争相泼水不饶人。

劝君到此须牢记，只湿衣裳莫失身。

2009年6月22日

观众参与爱伲族抢亲表演活动

挨肩耳语笑盈盈，喜把新郎暂扮成。

山寨风光虽正好，抢亲切莫动真情。

2009年6月22日

大理蝴蝶园戏题

争奇斗艳似花开，飞舞翩翩去复回。

堪笑吴郎虽已老，犹招蝴蝶满身来。

2009年6月24日

大理崇圣寺三塔①

三塔凌云宝殿高，佛门圣地万人朝。

生来未把蒲团跪，笃信心香不用烧。

2009年6月24日

【注释】

①崇圣寺三塔：是南诏国和大理国时期建筑的一组颇具规模的佛教寺庙，位于原崇圣寺正前方，呈三足鼎立之势。崇圣寺始建于南诏丰佑年间（824—859），大塔先建，南北小塔后建，寺中立塔，故塔以寺名。原寺在咸丰同治年间已毁，只有三塔完好地保留下来。

云南新华石寨子银器加工

匠心巧手共争妍，日夜砧声伴不眠。
多少辛酸多少梦，小锤敲过一千年。

2009年6月25日

谒张飞庙①

古庙灯辉宝像雄，云阳江上仰清风。
偏安何故千秋立，因怕儿孙废武功。

2009年7月2日

【注释】

①张飞庙：又名张桓侯庙，位于长江南岸飞凤山麓，与云阳县城隔江相望，系为纪念三国时期蜀汉名将张飞而修建，距今已有一千七百余年的历史，始建于蜀汉末期，后经历代修葺扩建。庙前临江石壁上书有"江上风

清"四个大字，字体雄劲秀逸。庙内塑有张飞像，珍藏有汉唐以来的大量诗文碑刻书画及其他文物数百件，多为稀世珍品。素有"三绝"（文章绝世、书法绝世、镌刻绝世）之盛誉，号称"文藻胜地""巴渝一胜境"。

访白帝城①

白帝城高势入云，托孤佳话动夔门。

如何殿上来朝者，不拜君王拜老臣？

2009年7月3日

【注释】

①白帝城：位于重庆奉节县瞿塘峡口的长江北岸，东依夔门，西傍八阵图，三面环水，雄踞水陆要津。据传西汉末年，公孙述割据四川，自称蜀王，因见此地一口井中常有白色烟雾升腾，形似白龙，故自称白帝，遂于此建都，并将紫阳城名改为白帝城。三国时的蜀汉皇帝刘备伐吴兵败，退守白帝城，病死在永安宫。临终前将国事家事一并托付诸葛亮。现存白帝城乃明、清两代修复遗址。

船过夔门①

雄称天下岂虚闻，涧峭林深日月昏。

东去大江拦不住，青山一破作夔门。

2009年7月3日

【注释】

①夔门：长江三峡瞿塘峡之西门。峡西端入口处，两岸断崖壁立，高

数百丈，宽不及百米，形同门户，故名。峡中水深流急，江面最窄处不及五十米，波涛汹涌，呼啸奔腾，令人心悸，素有"夔门天下雄"之称。杜甫在诗中写道："白帝高为三峡镇，瞿塘险过百牢关。""众水会涪万，瞿塘争一门。"

夜泊巫峡

半江明月半江风，知是巫山第几重。

灯火万家辉两岸，一声长笛过巴东。

2009年7月3日

白山湖上题赠友人

己丑初秋，应红石林业局朋友之邀，与老友龙震海、滕玉琢等赴红石参观，从白山湖出发，溯松花江而上，舟行甚缓，友人嘱题诗，乃成一绝。

细品清茶忘赋诗，总教山水惹痴迷。

友人情重舟行缓，指点松江说剡溪①。

2009年9月15日

【注释】

①剡溪：《世说新语·任诞》记王子猷居山阴，雪夜欲访剡溪戴安道，经宿方至，造门不前而返，只说："吾本乘兴而行，兴尽而返，何必见戴。"戴安道，名逵，诗书琴画皆精。《晋书》载其"性高洁，常以礼

度自处，深以放达为非道。"王子献是王羲之第五子，向以任诞放达、率性而为著称。

松花砚咏五首

一

山涵水润结灵胎，巧手天成誉九垓。
昔日皇家宫里物，今朝百姓案头来。

二

池水无波室有香，每成佳句似癫狂。
自从偶得松花砚，更觉书中日月长。

三

案上湖山翰墨魂，文房四宝砚为尊。
临池莫笑趋风雅，信笔涂鸦也自珍。

四

腕上风云笔底情，洋洋洒洒寄碑亭。
王侯掌故平民事，多自毫端砚里生。

五

吟友如云集砚乡，挥毫试墨竞华章。
诗成千首三江动，名砚因声势更扬。

2009年9月18日

苏小小墓咏叹四首

一

油壁香车探苦因，西泠无日不伤春。
翩翩蜂蝶频来去，可有知音入梦魂？

二

堪怜小女太痴狂，一片真情付阮郎。
身在青楼心似玉，只将才调作柔肠。

三

连理鸳鸯梦未成，芳魂千载绕西泠。
时人莫斥烟花贱，杨柳春风别有情。

四

名重何须入史书，西陵芳草自荣枯。
文人生就多情种，争效香山唱小苏。

2009年10月3日

题曹家沟百年老井四首①

一

寻访频惊物候新，时移总掩旧征尘。

多情闻有曹家井，曾照当年路上人。

【注释】

①清光绪三十四年（1908）初夏，奉天候补知县刘建封应长白府张凤台、临江县李廷玉之约，受钦差大臣、东三省总督徐世昌之命踏查长白山，兼查松花、鸭绿、图们三江源流。踏查中，共推刘建封为领班，率二十余人，于临江启程，跋涉三个多月，历尽艰辛，首次完成全面、科学踏查长白山之壮举，为长白山百二名胜和奇峰十六命名。刘建封写下《长白山江冈志略》《白山纪咏》等，张凤台写下《长白汇征录》，刘建封、李廷玉等写下《长白设治兼勘分奉吉界线书》等不朽著述。刘建封一行曾在三岔子林子头曹家沟（现属白山市江源区）曹建德家用过早餐，当年曹家用过的古井至今仍在。

二

遗踪难觅叹嗟呀，险越山溪路尚遐。
犬吠鸡鸣虽阒寂，却留老井辨曹家。

三

查水巡边履险劳，晨风夜雨透征袍。
渴来痛饮曹家井，钓叟何曾怕路遥。

四

苦旅匆匆越百年，寻踪重踏暗欣然。
曹家沟口碑身耸，题记新书笔似椽①。

2009年10月10日

【注释】

①题记新书：张福有撰并书《曹家沟纪略》，刊石立于沟门。

江源三咏

一、松花石

雨润风雕几亿年，形奇韵雅秀江川。
娲皇或是初衷改，只赐人间不补天。

二、五花山

萧瑟金风入夜寒，晨来惊见五花山。
霜林不怨缤纷短，只把辉煌付瞬间。

三、黑陶

陶艺精深此大观，江源炉火续龙山。
得来岂止归窑变，更在千烧百炼间。

2009年10月11日

席间献杨诚兄台

此次赴甘肃考察，老友杨诚在黄河边上设宴款待。我和杨诚都任过省委组织部副部长，后来又都被任命为人事厅厅长，政府换届时又同样到人大做人代选委主任委员工作。老友重逢，分外高兴。不胜酒力的我竟也喝得微带醉意，口占一绝，献给杨诚。

虽未同堂共做官，倾心却胜结金兰。
重逢陇上情难尽，斜倚黄河把酒干。

2009年10月17日

九寨沟珍珠滩

声如惊雷出翠岚，流金缀玉韵深涵。

珍珠满地君休拣，不义之财未可贪。

2009年10月24日

羊 皮 古 渡

寻梦长河大漠歌，遗风不似旧时多。

难能千古羊皮渡，犹自年年逐逝波。

2009年10月27日

花　棒　赞①

塞外秋深日色寒，惊沙无际路行难。

纤纤花棒身虽弱，却引春风到贺兰。

2009年10月27日

【注释】

①花棒：生长在腾格里沙漠中的一种灌木，耐风沙、干旱，生命力极强，给荒凉的沙漠增添了几分绿色和生机，被誉为沙漠里的"花姑娘"。

伊斯坦布尔街头冰激凌老人

两手僵红制作忙，当街献技劝人尝。

寒风刺骨身虽冷，犹恐诸君说不凉。

2010年1月14日

伊斯坦布尔餐馆吉卜赛献舞女郎

飞旋扭转劲煽情，犹恐樽前笑不成。

辘辘饥肠频献舞，半为玩乐半谋生。

2010年1月14日

哭秉哲兄

晨起，就接到电话，得知赵秉哲同志因病医治无效，于1月24日
4时40分逝世，我简直不敢相信自己的耳朵。赵秉哲是优秀的少数民
族干部。他为人正直，勤勉敬业，长期带病坚持工作，直到生命最后
一息。我强忍悲痛，草成一绝，献给秉哲。

噩耗三传信为真，苍天何故妒贤人。

音容昨日成追忆，却在今朝哭寝门①。

2010年1月24日

【注释】

①寝门：一般指宗庙中藏祖先衣冠后殿的大门。白居易《哭诸故

人，因寄元八》诗："昨日哭寝门，今日哭寝门。借问所哭谁，无非故交亲……"李商隐在《哭刘蕡》中也有"平生风仪兼师友，不敢同君哭寝门"的诗句。

王家岭矿难救援感怀二首①

一

守望屏前眼欲穿，心悬援救带忧眠。
梦中身作千斤顶，支护同胞虎口还。

二

劫后终闻救得回，半含欣喜半含悲。
惊天矿难成常事，借问寻根当怪谁？

2010年4月8日

【注释】

①2010年3月28日14时30分左右，中煤集团一建公司六十三处碟子沟项目部施工的华晋公司王家岭矿（在山西省临汾市乡宁县境内，为中煤集团与山西焦煤集团合作组建的华晋煤业公司所属）北翼盘区101回风顺槽发生透水事故，造成一百五十三人被困井下。经全力抢救，一百一十五人获救，三十八名矿工遇难。

玉树震难同胞集中火化

烟伴悲声动九垓，群僧超度语哀哀。

同胞此去当无怨，毕竟天堂无震灾。

2010年4月18日

贵州西江苗寨风情三咏

一、拦门酒①

阿妹山门列队迎，角杯劝酒倍添情。

男儿没有三杯量，莫向西江寨里行。

2010年4月19日

【注释】

①拦门酒：是苗族同胞迎接客人的一种礼仪。设三道拦门酒则是苗寨人迎接客人最盛大的欢迎仪式了。每道门口，都有苗族小伙吹奏，门前姑娘人数逐级递增，尤其是第三道门，人头攒动，花团锦簇，姑娘们盛装迎候在歌舞表演场的入口，捧着装满米酒的牛角杯，逐个给客人敬酒。如果进门不碰酒杯的话，你只是远道而来的客人，喝酒也只需点到为止。如果碰了酒杯，说明你已成了好朋友或家里人，必须把整杯酒一饮而尽。

二、游方节①

苗寨千门向日开，游方男女共徘徊。

车中船上风霜苦，妹劝阿哥乘梦来。

【注释】

①游方节：又称"友方"，是苗族青年男女进行社交和娱乐的一种形式。苗族小伙子和姑娘们往往通过这种活动结识朋友、物色对象或倾吐爱情。

三、祭鼓礼①

铁炮芦笙响震天，盛装铜鼓示心丹。

牯牛莫怪阿哥狠，无血焉能祭祖先。

【注释】

①祭鼓礼：祭鼓节是黔东南苗族祭祀祖先的传统节日。有的地方三年一祭，有的地方则逢三、五、七、九年时祭，而大部分地方是十三年一祭。祭鼓节又称吃牯脏、鼓社节。属于同一个鼓社的村子要同时举行祭鼓活动。内容包括醒鼓、祭鼓、藏鼓等。

临屏闻《藏女的天籁之音》

晨起临屏搜看玉树震难集中火化场面，点击记者报道的《藏女的天籁之音：不懂你语言但懂你悲伤》画面，传来一丧母藏女撼人心魄、如泣如诉的歌声，不禁潸然泪下，乃成一绝，献给藏女，悼念遇难同胞。

烟凝哀痛上青云，灵鹫低徊日色曛。

藏女送娘歌一曲，屏前都是断肠人。

2010年4月19日

咏 春 寒

入夜风声又未停，曙光无力透窗棂。

倒春寒冷君休恼，早有柔枝暗泛青。

2010年4月27日

井冈山茨坪毛主席旧居读书石

久慕终来访柿坪①，读书石上品人生。

伟人渐远音容杳，笔底谁驱百万兵。

2010年5月9日

【注释】

①柿坪：即茨坪，原是井冈山市的政治、经济、文化中心，市人民政府所在地，新址将迁入厦坪。此地古时长满柿树，称为柿坪。因当地人念"柿"为"茨"，后渐改为茨坪。茨坪古时本属遂川县管辖，因永新县令狡诈，设计焚香叩天地圈套，以香烟吹向何方而定县界。焚香时，永新县令又巧用衣角一拂，使香烟倒向永新，因而判为永新县管，所以茨坪过去是"插花"在遂川县境内。井冈山斗争时期，这里是红军巩固的后方，军事根据地中心。红四军机关和湘赣边界特委等党政军的机关后期都在茨坪办公，留下了许多革命遗址。读书石就是当年毛泽东读书坐过的地方。

题井冈山烈士陵园袁文才王佐雕像①

曾将赤胆献红军，祸起萧墙误杀身。

难得豪雄情未泯，忠魂依旧守山门。

2010年5月10日

【注释】

①袁文才，1898年出生，江西宁冈县（今井冈山市）人。王佐，1898年出生，江西遂川县人。袁文才、王佐都生长在井冈山地区，早年因反抗土豪劣绅的压迫，相继投身绿林，组织队伍，"杀富济贫、除暴安良"，在茅坪和茨坪遥相呼应，控制了整个井冈山。1927年10月，毛泽东率领的秋收起义部队到达井冈山后，积极团结改造袁文才、王佐，他们也愿意向共产党靠拢，把毛泽东和起义部队接上井冈山，并率部接受改编，参加了创建井冈山革命根据地和建立红军队伍的艰苦斗争，为中国革命做出了重要贡献。1930年2月，袁文才、王佐在永新县含冤牺牲，时年32岁。1950年，党和政府追认袁文才、王佐为革命烈士。1965年，毛泽东重上井冈山时，亲切地会见了他们的家属。

井冈山百竹园四题

一、紫竹

绛紫仙妆气不凡，灵根原在普陀山。

堪伤大雅无人识，沦落红尘作钓竿。

二、方竹①

别样风姿别样情，虽殊同类却无争。

新来时尚尊圆润，只好违心隐角棱。

【注释】

①方竹：是一种变异竹种，竹竿看上去是圆的，摸着却是方的。

三、毛竹

不愿人称百竹魁，无声无息满山隈。

参天蔽日身虽伟，却作寻常任剪裁。

四、斑竹

怅望千秋帝子魂，斑斑遗迹至今存。

若非盛世仍多舛，怎忍天天作泪痕？

2010年5月10日

南昌八一起义纪念馆

石破天惊现曙光，军旗浴血出南昌。

身居盛世清平久，莫忘当年第一枪。

2010年5月13日

上海世博会参观纪咏三首

一、中国馆

观者如山队似龙，百家竞秀此为雄。

千秋文脉发新韵，举世争夸中国红。

二、吉林馆

白雪天池十六峰，杜鹃岳桦美人松。

一声虎啸三江震，早有春潮起大东。

三、意大利馆

新潮古典两兼容，琴海西来旖旎风。

不是入园闲逛景，他山石好正堪攻。

2010年5月22日

应雪漫千山约题落花如雪

日前，雪漫千山君约题"落花如雪"，称花是梨花，题必七绝，韵限九青，应者甚众。

重门深掩草青青，玉蝶纷纷落满庭。

莫信东风偏冷艳，梨花原本即多情。

2010年5月25日

春日杂咏四首

一、春雨

露浓花重燕莺鸣，谁遣春风遍省城。

润物都夸昨夜雨，不知挥洒可公平？

二、鹃啼

树茂花繁草色青，水澄天碧日新晴。

子规也晓城中好，来绕楼台叫几声。

三、落花

一夜春归尽卸妆，顿无浪蝶与蜂狂。

落红不解炎凉意，犹自随风播土香。

四、晨读

料峭轻寒日上初，酒酣高卧体心舒。

良宵虽短君休怨，忙趁春光好读书。

2010年5月28日

应一扬求题冠时儿新居

儿冠时喜迁新居，孙女一扬甚喜，竟突然冒出一句："爷爷你
给我写首诗呗！"余惊喜万分，遂成一绝。

一扬抿嘴笑颜开，只把新床作舞台。

蹦跳撒欢拦不住，骄阳惊诧入窗来。

2010年5月31日

观"龙虎"石刻怀吴大澂^①

龙骧虎视汉威仪，笑傲鸿门任骋驰。

兵败岂因疏调度，将军才大不逢时。

2010年6月4日

【注释】

①吴大澂（1835—1902）：江苏吴县（今苏州）人。字清卿、止敬，号恒轩，别号愙斋、白云山樵，同治六年（1867）进士，授翰林院编修，后出为陕甘学政。光绪三年（1877）赴山、陕襄办赈务，次年授河北道。光绪六年（1880）三月吴大澂为三品卿衔，赴吉林随同铭安帮办一切事宜，旋即改为"督办"。吴大澂于6月行抵吉林，即与吉林将军铭安商酌防务事宜，于整军吏、守边强边等方面多有建树。1885年6月8日，吴大澂会同珲春副都统依克唐阿重勘东部边界。经吴大澂、依克唐阿再三辩驳，据理力争，于1886年10月12日正式签订《中俄珲春东界约》及《中俄查勘两国交界道路记》。含补立"土"字牌，添立"啦""萨""玛"字界牌和一至十八记号；收回黑顶子；争得图们江口通航权等，从而捍卫了祖国的神圣领土。矗立在珲春市区的极具清代建筑风格的龙虎石刻五角碑亭，就是珲春人民为纪念爱国大臣吴大澂谈判胜利而建立的。石刻正面篆书阴刻"龙""虎"二字，左下竖刻"吴大澂书"，字体流畅，气势磅礴。吴大澂于谈判期间曾多次书写"龙""虎"二字，抒发其"龙骧虎视"的大无畏的爱国精神。后因兵败海城，以"不谙军务""疏于调度"罪名被革职。

2010年6月5日

新民宾馆首届美食节业务技能展示四题

一、福寿长丝

避暑何须走似狂，此中多有脆甜凉。

雕花巧手能驱热，爽送人间福寿长。

二、盲切菊花豆腐

不羡人怀济世才，只将刀俎巧安排。

切凭手感非盲目，为有菊花心底开。

三、一把抓

叫重声连报重音，堪惊练得硬功深。

抓来精准皆夸手，无误当知在内心。

四、摆台与插花

巧手雕成春满园，花香蝶舞鸟争喧。

后厨佳艺争夸美，扮靓前台更可餐。

2010年6月12日

端 午 也 题

遥知箫鼓动江潮，竞渡声喧上碧霄。

疑是旅游推善策，闭门无语读离骚。

2010年6月16日

问心碑前也问

上任携粮誉古今①，贪泉敢饮也堪钦②。
倘能无愧为官宦，何必碑前现问心？

2010年6月23日

【注释】

①上任携粮：指晋武帝时清官邓伯道赴任自带粮食，不领俸禄，只饮官中之水。

②贪泉敢饮：指东晋时新任广州刺史吴隐之，路过"贪泉"，闻饮者日后必贪，大有感慨，竟连饮三杯，并题诗于碑上以明志："古人云此水，一饮怀千金。纵使夷齐饮，终当不易心。"吴后成为有名的廉吏。

咏五大连池①

寻觅攀缘上险峰，池连五璧醉朦胧。
倘无巨变夷陵谷，哪有奇观赏不穷。

2010年7月3日

【注释】

①五大连池：世界地质公园，位于黑龙江省的东北部，地处小兴安岭山地向松嫩平原的转换地带，总面积一千零六十平方公里，矗立着十四座新老期火山，喷发期从史前的二百多万年到近代的二百八十多年前。景区布满了火山景观，还有五个汐水相连如串珠般的湖泊，这是由最新期火山岩浆填塞了浩瀚的远古凹陷盆地湖乌德林湖而形成的，五大连池因此而得名。

瑷珲历史陈列馆感怀

家山北望泪婆娑，弱水居然成界河①。

六十四屯留血证，徒闻签约息干戈。

2010年7月6日

【注释】

①弱水：黑龙江古称，原为中国内河，《中俄瑷珲条约》签订后，成为中俄界河，大片国土被俄攫取。

梦随诗友到龙湾四首

龙湾诗会，规模盛大，余因公务，未能参加，乃以梦成诗，聊补缺憾。

一

袅袅轻云淡淡风，林芳壁峭玉潭葱。

诗家到此皆沉醉，只写奇观忘写龙。

二

阵阵蛙鸣伴鸟鸣，回笼觉醒梦难成。

景佳不怨良宵短，忙绕龙潭趁晓行。

三

一任炎炎热浪汹，泛舟湖上赏飞虹。

霏霏细雨知人意，时带清凉送好风。

四

一心痴恋是清澄，醒淡勋阶醉忘名。

蛱蝶翩翩休唤我，逍遥胜过老庄生。

2010年7月10日

题赠沱牌集团舍得酒

山含灵秀水飞琼，精酿佳醪别有情。

痛饮只缘沉醉好，能从舍得品人生。

2010年8月11日

咏陈子昂古读书台①

书台凭吊仰文宗，一曲幽州客动容。

岂止前朝轻伯玉，从来弊政重平庸。

2010年8月11日

【注释】

①陈子昂（661-702）：字伯玉，射洪（今属四川）人。唐睿宗文明元年（684）中进士，后升为右拾遗。而后随武攸宜东征契丹，多次进谏，未被采纳，却被斥降职。陈子昂在政治上曾针对时弊，提过一些改革的建议。在文学方面针对初唐的浮艳诗风，力主恢复汉魏风骨，反对齐、梁以来的形式主义文风。他自己的创作，如《登幽州台歌》《感遇》等共

三十八首诗，风格朴质而明朗，格调苍凉激越，标志着初唐诗风的转变。卸任归乡后遭迫害致死。陈子昂读书台位于四川省射洪县城北二十三公里处的金华山上，是他青年时代读书的地方，原名读书堂，或称陈公学堂。其旧址在金华山古观之后，今祖师殿一带，建于唐大历年间，曾多次损毁重建。现在的陈子昂读书台，是清光绪六年（1880）重修后的格局。

雨中峨眉山

凌空浑似出凡尘，法相时藏看未真。

钟磬遥闻知有寺，凝神松下悟兰因①。

【注释】

①兰因：佛教用语，讲究因果，讲究参禅，讲究了悟，就是参透因果。

戏题峨眉猴

眼神不定似疑猜，时在人前弄巧乖。

行抢偶逢君莫怕，灵猿劫后可消灾。

2010年8月14日

峨眉李白琴台①

遗台犹在冷清清，谁问青莲与蜀僧。

多情击掌堪怜我，时引琴蛙叫几声。

2010年8月14日

【注释】

①李白琴台：位于峨眉山万灵寺南侧，相传是李白与蜀僧广浚弹琴对饮吟诗的地方，附近有一琴蛙池，游人击掌，蛙鸣如琴，甚是有趣。

赞公主岭全国产粮冠军市

公主岭欲建碑林，福有、志国先后来电话，嘱予以《赞公主岭全国产粮冠军市》为题，作绝句一首。

地沃人勤国惠农，秋来稻菽浪千重。

粮丰自可安天下，青史堪书第一功。

2010年8月16日

苏州山塘街①

小桥流水画船忙，老店吆声日月长。

七里山塘人络绎，多来寻觅旧时光。

2010年9月12日

【注释】

①苏州山塘街：始建于唐代宝历年间。公元825年白居易奉命到苏州任刺史。上任不久，他坐轿子到虎丘去，看到附近的河道淤塞，水路不通，回衙后，立即找来有关官吏商量，决定在虎丘山环山开河筑路，并着

手开凿一条山塘河。它东起阊门渡僧桥附近，西至虎丘望山桥，长约七里，故俗称"七里山塘到虎丘"。

虎丘真娘墓^①

香魂一去岂轻生，衣冢长留梦未成。
凭吊人皆夸节烈，谁怜公子更多情。

2010年9月12日

【注释】

①真娘：也称贞娘，名胡瑞珍，唐名妓，贞洁的化身。安史之乱时，她从北方流落苏州，被迫堕入妓院，善歌能诗，才貌出众，为苏州绝色佳丽。一位富有才情的书生王荫祥，出重金欲留宿于真娘处。真娘上吊自尽，以死守身，是一位卖艺不卖身的烈女。王荫祥甚悔，出钱修真娘墓，并在墓石上刻"香魂"二字。

虎丘千人坐^①

千古佳传在虎丘，生公遗迹至今留。
经真原本由人解，顽石如何也点头？

2010年9月12日

【注释】

①千人坐：石名。在今江苏省苏州市虎丘山剑池旁。相传南朝梁代高僧"生公"说法于此。唐代陆广微《吴地记》："（虎丘山）池（剑池）边有石可坐千人，号'千人石'。"另一说法是，晋代高僧竺道生云游

到虎丘，在此讲经说法，有千人列坐听经，遂取名"千人石"。由于太守下令不准百姓前来听经，生公"乃聚石为徒"，继续讲经。其时百鸟停鸣静听，虽时值严冬，白莲池中千叶白莲一齐开放吐香，群石点头。所以有"生公说法，顽石点头"的成语。

虎丘吴王阖闾试剑石①

梦断娃宫日月昏，惊看越甲入吴门。

夫差重色终倾国，先辈空留试剑痕。

2010年9月12日

【注释】

①试剑石：相传是吴王阖闾为测试"莫邪"宝剑的锋利程度而一剑劈开的一块石头。这只是个流传千年的神奇故事、美丽传说，事实上，这块石头是典型的火山喷发后的凝灰岩，久经风化，沿着裂隙形成这样一条大缝，酷似剑劈。

虎丘千人石①

红染坚岩感尚腥，至今犹让客心惊。

吴宫春色争夸好，香艳多为血写成。

2010年9月12日

【注释】

①虎丘千人石：是苏州虎丘著名的石景之一，位于苏州城西北七里处，游客雨天至此，千人石就会幽幽地随雨水渗出红色液体，人称渗血。

千百年来，这一直是个未解之谜。相传，千人石下是两千五百多年前吴王阖闾的坟墓。坟墓修好后，吴王怕这些工匠们泄露了坟墓内的机关，便把成千上万的能工巧匠杀死在千人石上，工匠们的鲜血渗透了千人石。其实，这是因为千人石下有一层名叫流纹岩的岩石里含有铁元素，在晴日太阳的暴晒下，铁元素与空气中的氧元素发生反应，形成了氧化铁，经千百年风霜雨雪的吹打侵蚀，流纹岩里的氧化铁游离在千人石外，每当遭受狂风暴雨的侵袭后，氧化铁就被雨水冲刷带了出来，故雨水呈现淡淡的红色。

焦山《瘗鹤铭》①

云浮虎跃古今无，看遍碑铭总不如。
寄愿来生能作鹤，崖前也赚右军书。

2010年9月14日

【注释】

①《瘗鹤铭》：举世皆知，立在镇江焦山上，古今闻名。一传说为南北朝时书法家陶弘景所书，另一传说是我国晋代大书法家王羲之写的。它和陕西的"石门铭"一起被称为全国的两大名碑。宋代的文人黄庭坚说碑上的字是"大字之祖"。相传，有一年春天，王羲之路过镇江，在焦山南麓一座小庵里，看到有一对仙鹤，心里非常喜欢。当家和尚见王羲之喜欢，答应卖给他。王羲之说："等我办完事回来，再带它们，现在还要你费心照管。"过了几个月，王羲之办完事回来得知仙鹤已死，并葬后山。王羲之挥动羊毫写下了"瘗鹤铭"三个大字和一百多字碑文，倾吐了王羲之对死去仙鹤的思念。那碑上的书法真是神来之笔，近看字字笔势开张，远看个个像仙鹤翩翩飞舞。

焦山古炮台①

当年遍地血淙淙，千五男儿作鬼雄。
凭吊无言忧海上，夹滩梦又起秋风。

2010年9月14日

【注释】

①焦山古炮台：位于镇江市焦山东麓，八座炮台成马蹄形排列，炮口面对大江，扼守着长江的咽喉地带。自古以来这里就是兵家必争之地，历史上曾有"焦圌险要屯包港，元宋兴亡战夹滩"的惨烈战斗场面。1840年鸦片战争期间，清廷为了加强长江下游的防务，决定修建焦山炮台，与圌山、象山、江都都天庙三处炮台略成掎角之势，以守卫焦山及长江航道。1842年7月21日，英侵略者发动了扬子江战役，直逼镇江和南京。英侵略军侵入长江，曾遭到圌山和焦山炮台守军英勇抵抗和沉重打击。副都统海龄率兵奋力抵抗，面对八十余艘敌舰，终因寡不敌众，炮台失守，守焦山军民一千五百多人全部捐躯，海龄也自焚殉国。革命导师恩格斯在《英人对华新远征》一文中称颂道："如果这些侵略者到处遭到同样（镇江）的抵抗，他们绝对到不了南京。"

题赵春江藏情摄影二首①

一、陈塘沟

地老天荒一曲歌，原生难觅苦奔波。
人前欲道终寻得，话未成声泪已多。

二、羌姆石窟

置身疑似到敦煌，雨蚀风雕日月长。

无奈山深人未识，谜团千古费猜详。

2010年10月20日

【注释】

①赵春江：著名摄影家，曾十三次进藏拍摄藏民生活。举办过《陈塘沟·夏尔巴人》《羌姆石窟》大型摄影展。

戏题广州塔①

玉立亭亭入碧霄，寰中独步领风骚。

群楼俯首君休笑，自古英雄仰细腰。

2010年11月14日

【注释】

①广州塔：即广州新电视塔，塔身与天线总高度六百余米，为世界同类塔第一高度。因塔腰较细，造型独特优美，被喻为"小蛮腰"。

欢呼歼-20首次试飞成功①

出鞘凌云一剑横，威龙身现五洲惊。

长空从此添新锐，任尔诸强夸隐形。

2011年1月17日

【注释】

①歼-20是：继歼-10三代战机之后，我国自主研制的第四代隐形战机，因喷涂为黑色，被网友亲切称为"黑丝带"。

通化县采风四绝句

一、观张杰撕纸艺术表演

横撕竖扯屑纷飞，欲解玄机恨眼迟。
一纸乾坤惊四座，原来巧手是须眉。

二、东宝人胰岛素

敢以尖端为国争，登攀堪赞两书生。
相如若是真消渴，何必当初恋锦城。

三、品通天红葡萄酒

晶莹红似玉生辉，惹得诗家乐忘归。
酒美自然能醉客，何须借重夜光杯。

四、西江贡米

未以皇封叹不凡，出身风雨日炎炎。
劝君当惜盘中粒，细数艰辛细品甜。

2011年6月21日

浙江四咏

一、咏兰亭

千古兰亭一曲歌，至今依旧惹吟哦。
流觞曲水亲临后，更愧胸中墨不多。

二、咏岳王庙

精忠刺训捣黄龙，百战难酬壮志雄。
魂断风波千载后，时人争唱满江红。

三、咏胡雪岩故居

时移难再续辉煌，左右逢源亦自伤。
红顶商人趋若鹜，有谁读过庆余堂？

四、咏鲁迅故居朱安居所

蛛丝尘网结雕栏，独守焉能未觉寒。
人去岂知谁作孽，堂前无语吊朱安。

2011年7月2日

图们三咏

一、二十四块石

森严成阵浪吞声，疑是当年秋点兵。

顽石无心人有意，何须空惹史家争。

二、百年朝鲜族部落

世外居然隐小村，鸡鸣犬吠送晨昏。
客来盘腿三杯后，一醉全成部落人。

三、望图们江

如诉江声径向东，百年恨逐浪千重。
秋来凭吊忽惊雁，疑是同悲张鼓峰。

2011年8月22日

珲春林业局午餐题赠长白清莲

文厚林深隐俊贤，吟坛驰骋每先鞭。
出身说破惊诗友，才女原为检尺员。

2011年8月27日

二次入藏四咏

一、寄愿布达拉宫

雄姿百丈入青云，千载悲欢凝此身。
一自重光逢盛世，更将福祉惠生民。

二、大昭寺感怀

经幡金顶望迷离，一地虔诚拜欲痴。
名寺千秋香火旺，众生冷暖问谁知?

三、望青藏铁路

巨龙长啸谱新篇，内地西南一线牵。
莫怨藏青难蜀道，汗凝心路可通天。

四、林芝嘎定沟口占

古木幽篁藏鸟音，青峰绝壁立千寻。
坐听涧水争流去，观景何须问浅深?

2011年8月31日

贺天宫一号发射成功

携电乘风出酒泉，寰中惊羡我开篇。
岂因大地真挨挤，自古炎黄志在天!

2011年9月30日

琼岛海边退潮观捉蟹有题

何曾贯甲闹龙庭，只为形殊惹恶名。

世路若非难直走，生来谁个愿横行！

2012年2月20日

咏乐山卧佛

似醒似睡似凝哦，雨骤风狂奈我何。
莫怪千秋从未动，起来恐惹是非多。

2012年2月24日

春日栽菊感题

因羡霜魂本色骄，精心栽得数株苗。
兴来狂语东篱下，除却浇花不折腰。

2012年4月18日

凑趣题耐兄春日醉卧图

鼾随平仄起雷声，抿嘴当为好句成。
醉忘晨昏休笑我，只缘诗酒太关情。

2012年4月24日

海棠四咏——九台

首届检察海棠笔会暨检察开放日活动致贺

一

耻与群芳竞斗奇，迟来自感也逢时。

只将靓丽添春色，未问东风第几枝。

二

落红无数岂须愁，又有新芳上树头。

因怕春归人寂寞，海棠十万补风流。

三

纱裙罗袜入时装，敢与天香论短长。

莫斥海棠花太艳，当羞人世宠轻狂。

四

芳姿洁质美无瑕，生在亭亭玉女家。

一朵率先从此始，边台争唱海棠花。

2012年5月11日

天一阁藏书楼①

久慕天一阁藏书楼，"五·一"有幸亲临。是日游人如织，多观景照相耳。楼有一联云：两浙光风三月柳，千秋功业一楼书。联甚佳，却无人品读，余驻足良久，感慨良多。

　　辉煌往昔此藏珠，却教游人视若无。

　　多怨难酬家国志，有谁肯读一楼书？

2012年5月21日

【注释】

　　①天一阁：全国重点文物保护单位，坐落在浙江省宁波市月湖之西的天一街。天一阁是中国现存年代最早的私家藏书楼，也是亚洲现有最古老的图书馆和世界最早的三大家族图书馆之一。始建于明嘉靖四十年（1561年），由当时退隐的兵部右侍郎范钦主持建造。范钦平生喜欢收集古代典籍，后又得到鄞县（现鄞州区）李氏万卷楼的残存藏书，存书达到了七万多卷，其中以地方志和登科录最为珍稀。

贺神九赞刘洋

　　携雷驭电破重霄，神女堪夸胆气豪。

　　从此家乡来伙伴，嫦娥不觉月寒高。

2012年6月17日

承德避暑山庄咸丰皇帝行宫

　　1860年，英法联军进犯北京，八里桥一战，清军大败，京师震悼，咸丰帝以"西狩"为名，逃往热河，并钦准一系列丧权辱国的不平等条约。

　　京畿一败即蒙尘，西狩原来是骗人。

驻跸偏安仍避暑，君王不怕国沉沦。

2012年6月29日

北京暴雨成灾感私家车主自发到机场无偿转送受困旅客

车灯闪闪寂无声，涉险奔波助客行。
莫道人心终不古，草根虽弱却多情。

2012年7月23日

万鹭岛为鹭立言二首①

一

翩翩无意惹生疑，捉捕虽劳乐未疲。
莫谓寻鱼伤格调，世间谁饿不充饥。

二

悖理求鱼莫笑痴，何妨试上最高枝。
凌虚放眼心胸阔，胜似临渊未可知。

2012年7月31日

【注释】

①相传古时有一张姓地方官，刚上任时装出一副清官模样，不久即露

出贪官本相。百姓给其取名"张鹭鸶"。有能文者赋诗曰：翩翩来似鹤，下处却寻鱼。

赞王皓伦敦奥运乒乓球男单冲金失利后坦然一笑

伦敦奥运乒乓球男单决赛，王皓第三次登顶未果，作为吉林人深感遗憾。记得2010年6月18日，王皓到长春参加乒超联赛，我和李洪刚等球迷设宴为他们接风壮行。我当时赠王皓七绝一首：直冲横打领新风，报国扬威屡建功。两挫岂能消壮志，三临奥运再称雄。这次王皓又失利，心里真不是滋味。但从电视转播中，看到王皓失利后坦然一笑，又为王皓的成熟和大度而骄傲，乃又赋诗一首，传给王皓的父亲王忠全，嘱其转给王皓，祝他愈挫弥坚，在接下来的团体赛中，奋勇拼搏，过关斩将，为国家和家乡人争光。家乡父老永远爱他，支持他！

夺冠虽然志未申，从容笑对也堪珍。

百年奥运三冲顶，试问寰中有几人。

2012年8月3日

访二闲堂主许清忠进门额头被撞戏题

休言小院少风流，荠菜花开景更优。

今作二闲堂上客，进门无奈忘低头。

2012年8月12日

梅津古渡感怀

艄公唱里隐艰辛，水上春秋也恼人。

渡尽万千来往客，前头依旧是迷津。

2012年8月16日

三晋行四绝句

一、大同九龙壁^①

携得甘霖下碧空，先王壁上舞霓虹。

因怜三晋多干旱，长住人间供洗龙。

【注释】

①大同九龙壁：位于山西省大同市城区和阳街，建于明代洪武末年，是明太祖朱元璋第十三子朱桂代王府前的琉璃照壁，距今已有600多年的历史。壁高8米，厚2.02米，长45.5米。壁上均匀协调地分布着9条飞龙。两侧为日月图案。壁面由426块特制五彩琉璃构件拼砌而成。9条飞龙气势磅礴，飞腾之势跃然壁上。相传荒旱之年求雨，往黑龙身上浇水，天即下雨，非常灵验。

二、洪洞县古槐下感明代大移民^①

背井何曾忘祖庭，千秋遗恨总难平。

痴情化作思乡鸟，岁岁归留泣血声。

【注释】

①明朝在洪洞大槐树处迁民是我国历史上规模最大、时间最长、范围

最广的有组织、有计划的移民。元末战乱之后，历经二十余年，朱元璋统一了天下，但是，此时的江山已是遍地疮痍，布满了战争的创伤；山东、河南、河北一带多是无人之地。为了恢复农业生产、发展经济，为了使人口均衡、天下太平，巩固明王朝的统治，明洪武年间，朱元璋采取了移民政策，按"四家之口留一、六家之口留二、八家之口留三"的比例迁移。传说这些客死他乡的移民，化作一种无名鸟，每年洪洞县在大槐树下祭祀移民之日，这些鸟就遮天盖地飞回来，落在大槐树上悲鸣，祭祀完毕又飞走，人们给它们取名叫"思乡鸟"。

三、戏题黄河铁牛

虽是沧桑早烂柯，神牯依旧镇长河。
当钦先辈知盘碎，留给儿孙牛市多。

四、谒舜陵感题

传禹承尧继圣明，千秋佳话仰无争。
问声世上钻营客，谁敢无亏对舜陵？

2012年9月3日

荧屏观中国海军首艘航母辽宁舰入列口占

百年航母梦成真，势锁鲸鲵力万钧。
从此蓝疆棋局改，岂容宵小再欺人！

2012年9月25日

八桂行偶成四首

一、南宁至北海道中

金风虽已度南陬，依旧葱茏未觉秋。

花树有情应笑我，居然一梦过钦州。

二、涠洲岛海边观日出不遇

风助涛狂响似雷，五更痴望待云开。

不期人指惊呼处，竟是渔舟浪里来。

三、北海银滩

名滩久慕始遥临，难抑诗情欲放吟。

此地银沙能醉客，世人何必苦淘金。

四、广西龙虎山①

青藤古树草萧萧，九转清溪泛碧涛。

龙虎有灵当顿悟，名山原本属猿猱。

2012年10月4日

【注释】

①龙虎山上有三千多只猕猴，实际是猴山。

哭送周维杰兄

我刚从维杰兄家回来。周兄的书房和文房四宝及书写的部分作品，依然如故。睹物思人，伤感不已。明天早九时，就要举行告别仪式了。赋小诗一首，再送周兄一程。

凄风苦雨伴严霜，辗转哀思怨夜长。

梦里几回惊坐起，秋声疑是唤周郎。

2012年10月16日

在西藏获悉不咸得确解感怀

山海膺名本出凡，千秋解却假真掺。

璇如一语拨云后，更使人争仰不咸。

2012年11月7日

入藏山南行咏雍布拉康①

雪域曾夸第一宫，不堪人去也成空。

而今幸有开基地，依旧年年任好风。

【注释】

①雍布拉康：位于泽当十一公里的扎西次日山上。"雍布"意为"母鹿"，因扎西次日山形似母鹿而得名，"拉康"意为"神殿"。雍布拉康是西藏历史上第一座宫殿。据史书记载始建于公元前二世纪。松赞干布暑期由宫殿改作寺庙。文成公主初来西藏时每到夏季都会和松赞干布来这里居住。至五世达赖时又在原碉楼式建筑基础上修了四角攒尖式金顶，并将其改为黄教寺院。

2012年11月9日

悼 罗 阳

明天是罗阳追悼会的日子，泪赋小诗一首祝罗阳走好

虽是无心待庆功，西行也怨太匆匆。

堪钦一命酬家国，化作飞鲨镇海空。

2012年11月28日

贺《情牵雪域——吉林省对口支援西藏工作十周年巡礼》首发式隆重举行兼赠我省援藏干部

我所在的吉林省文化援藏促进会编著的大型系列丛书《情牵雪域——吉林省对口支援西藏工作十周年巡礼》及其姊妹篇《历史不会忘记》（总计六本），引起省委省政府的高度重视，以省委组织部、省委宣传部的名义举行了首发式。从前一天晚上起，省内各大媒体均进行集中报道。特赋小诗以记之，并向援藏干部表示敬意。

凝成六卷一碑丰，十载高寒不朽功。

壮士何辞家万里，只将肝胆写精忠！

2012年12月1日

读桑公《感恩——留给大家的感谢信》再悼

桑公逢文在临终前写了一篇《感恩——留给大家的感谢信》，十分感人。信中说："感恩，一直是萦绕在我心中的一个情结。我自幼失去双亲十三岁只身从山东来到东北投奔哥哥。当我要去当学徒工

的时候，小学老师拿出月工资的三分之一支持我报考中学，靠国家助学金读完大学，使我从一个孤儿成长为一名副省级干部。在我的人生旅途上，有无数人呵护我，支持我，提携我，让我心中充满感激，我早就下定了人生准则：我要用毕生的精力，报答我的祖国和人民。"读到此处，不禁潸然泪下，成小诗一首，再悼桑公。

报效终生爱最深，国忧民瘼总牵心。

感恩一纸临终寄，读未成声泪满襟。

2012年12月10日

雪花四首

一

飞花虽软悄无声，却让芳华顿陨零。
寄语香魂休怨怼，冬眠过后是重生。

二

款款仙姝下界来，琼花万朵眼中开。
若非老谢偏怜女，谁晓千秋咏絮才。

三

银花无语落重重，冷面柔心寄意浓。
不以缤纷夸靓丽，只将祥瑞兆年丰。

四

随风入夜落纷纷，铺展银装满地新。

洁去洁来非自好，舍身只为掩埃尘。

2012年12月25日

贺我军运-20运输机首飞成功

合力攻关胆气豪，鲲鹏一举入云霄。

三军从此添神翼，威架长空万里桥①。

2013年1月29日

【注释】

①运-20：大型运输机被誉为"空中桥梁"。

应图们闲鹤兄约补题华严寺一首

名寺千秋不染尘，梵音日夜警迷津。

古今多少焚香客，真得禅机有几人？

2013年1月30日

蛇年春节鸣放鞭炮减少感题

官家锐减旧威仪，鞭炮声疏车马稀。
堪赞中枢新号令，今年公款限开支。

2013年2月15日

春日罕见大雪戏题

春来惊见雪封门，大野茫茫日月昏。
信是东君耽醉酒，错安时序乱乾坤。

2013年3月2日

吟 诗 偶 感

诗多佳句岂无因，腹有真情笔自神。
细品前贤传世作，名篇多带血啼痕。

2013年3月2日

清明再赠母亲

奔波祭扫又清明，九叩难酬养育情。

幸有年年诗一首，娘知儿是血吟成。

2013年4月4日

德惠"6·3"特大火灾事故感题并悼遇难同胞
二首

一

惨祸惊心怎忍闻，几番梦断泪添新。
亡魂此去休生怨，毕竟天庭不虐人！

二

问责声高众吏惊，谁知棍落总含情。
乌纱除却无多久，闻道前官职又升！

2013年6月8日

赞王亚平太空授课

设帐天宫小试刀，倾情后代领风骚。
神州巾帼添佳话，授课争夸第一高。

2013年6月24日

日喀则至拉萨途中赠搭车的广东两"九零后"出游女孩

去年11月初，因出席《情牵雪域》系列丛书赠书仪式，我第三次进藏。在从日喀则赴拉萨途中下车拍摄飞鸟群时，两个风尘仆仆的小女孩儿请求搭车。一问，原来两人是广东毕业不到半年的"九零后"，趁就业前的时间出来旅游，说是要游遍大江南北。听了让我咋舌，唉！这就是"九零后"，真让人羡慕！

行囊一挎即离家，无束无拘两小丫。

塞北风霜南国雨，尽情追梦到天涯。

2013年7月1日

杭州杂咏三首

一、西湖览胜

十景争夸久不衰，真真假假费疑猜。

西湖正是多神秘，才引钱江探胜来①。

【注释】

①才引句：指杭州市政府为改善西湖水质而兴修的引钱塘江水入西湖工程。

二、断桥戏题

恰是西湖四月天，花红柳绿水含烟。

断桥环顾欣逢雨，借伞无人叹枉然。

三、观岳王坟前秦桧夫妇塑像留题

千秋功罪世昭彰，奸佞焉容得志狂。
事发东窗罚跪此，问谁还敢害忠良。

2013年7月4日

春日赏花戏题

斜阳春色两温柔，满苑芬芳赏未休。
醉卧花间休笑我，诗家谁个不风流。

2013年7月7日

读几则古代风流佳话感题四首

一

朝朝暮暮话高唐，云雨千秋惹断肠。
宋玉若非能解梦，谁人还念楚襄王。

二

当垆卖酒寄情长，私奔何曾怕毁伤。
才子风流淑女怨，感人一曲凤求凰。

三

窥帘莫怪女轻狂，难得痴心自选郎。
不是红颜先示爱，谁家年少敢偷香。

四

传书弄险敢担当，成就良缘隐在旁。
牵线纵然夸月老，做媒怎比小红娘。

2013年7月21日

内蒙行四绝句（选三）

一、谒大召寺^①

古寺皇家气俨然，生辉四宝壮堂前。
人来三叩原无用，心有慈悲即福田。

【注释】

①大召寺：是中国内蒙古呼和浩特玉泉区南部的一座藏传佛教寺院，属于格鲁派（黄教）。蒙语俗称"伊克召"意为"大寺庙"，其中"召"为藏语寺庙之意。汉名原为"弘慈寺"，后改为"无量寺"。因为寺内供奉一座银佛，又称"银佛寺"。大召寺是呼和浩特最早建成的黄教寺院，也是内蒙古地区仅晚于美岱召的由内蒙古人皈依黄教初期所建的大型寺院之一，在内蒙古地区有大范围的影响。大召寺有皇家赐的伞盖、经幢、银佛等四件宝物。

二、吊昭君墓①

莫谓和亲是计贫，从来治国必安邻。

昭君一去胡尘静，青冢千秋草尚新。

【注释】

①对昭君和番，历来看法不一，否定者居多。连老杜都说："千载琵琶作胡语，分明怨恨曲中论。"唐朝还有个诗人戎昱有诗叹曰："汉家青史上，计拙是和亲。社稷依明主，安危托妇人。岂能将玉貌，便拟静胡尘。地下千年骨，谁为辅佐臣。"更有甚者，苏郁有一首七绝，说得更刻薄："关月明悬青冢镜，塞云秋薄汉宫罗。君王莫信和亲策，生得胡雏虏更多。"

三、赠内蒙古森工集团

疑似涛声撼地来，无边苍翠问谁栽。

芳林得此勤呵护，必有参天济世材。

2013年8月3日

赞通榆风力发电

谁令宝扇竞相开，巨构全因有大才。

信是节能酬报厚，风从天外刮钱来。

2013年8月11日

中国墨宝园四题

一、孙洪君题"风生水起人杰地灵"碑

难怪骚人叹笔迟，瞻榆无处不多姿。

堪骄发展添新意，水起风生蕴好诗。

二、拙作《沁园春·咏向海》忝列墨宝园

寻常一首沁园春，忝列碑林也觉珍。

错占先机非我愿，抛砖因怕玉生尘。

三、通榆年画廊

质朴无华喜气盈，民间艺术最多情。

当年七亿窗花靓①，纪录如今谁敢平？

【注释】

①1963年，通榆年画家姜贵恒与上海年画家魏瀛洲合作的年画《剪窗花》，连续发行十年，总印数达七亿多份。

四、高考状元墙

名标碑上永流芳，学子龙门竞跃骧。

机遇而今随处有，弄潮便是状元郎。

2013年8月13日

向海观鹤四题

一

翩翩总展素寒装，黑尾原来是鹤裳。
下处寻鱼因果腹，莫将生计认荒唐。

二

引颈长鸣最动情，声声凄厉惹心惊。
何当销尽樊笼苦，不向人间唱不平。

三

身影蹒跚步履迟，声含稚嫩羽差池。
鹤雏窝内今虽小，来日冲天未可知。

四

嘹唳长空一曲歌，羽衣飘举舞婆娑。
劝君且慢排云上，我酝诗情尚不多。

2013年8月18日

蒙古黄榆别咏

不攀富贵不求怜，独守炎凉自淡然。
岂是平庸难大任，成材怕被换银钱。

2013年8月23日

与养根耐寂等在向海编辑《鹤乡雅韵》湖边小憩得句

斜阳无语照残荷，湖上秋风冷碧波。

水鸟不知人累否，奔忙只为捕鱼多。

2013年9月21日

贵州五题

一、西江千户苗寨

三下西江采竹枝①，天晴风爽正秋时。

行来莫负丰收景，老酒新炊好赋诗。

【注释】

①采竹枝：指2010年作者访苗寨时曾写《竹枝词》三首。

二、茅台镇

赤水青山不染尘，祥云着意掩迷津。

多情更有茅台酒，十里闻香已醉人。

三、织金洞

四百台阶奋力攀，抚膺挥汗步维艰。

仙源别处休夸大，此洞能容十万山①。

【注释】

①十万山：指织金洞的一处景观十万大山。

四、黄果树瀑布

蓝天白练舞迷离，鸥鹭徘徊欲下迟。

观瀑岂唯丰水季，清秋身瘦也多姿。

五、遵义会议会址

梧叶秋声访播州，万千思绪绕心头。

纷纷世事深难测，更仰中华第一楼。

2013年11月24日

又遇雾霾感题

晨来又是雾霾天，一片浑茫感似烟。

童稚不知污染苦，追嬉争扮小魔仙。

2013年11月25日

参加张孟桐毛体书法展纪念毛泽东诞辰一百二十周年

雄视千秋一代骄，万钧笔下起狂飙。

时人情重尊毛体，更信中兴梦不遥。

2013年12月26日

感谢王云坤先生马年前夕为余画《竹报平安》图

胸中劲节手中竿，常伴萧萧到夜阑。

家国情怀从未改，春来寄语报平安。

2014年1月27日

马年春节新风四题

一

别样风光甲午春，东来清气爽乾坤。

堪夸官宦多知趣，谢客安居深闭门。

二

私宴寻常小店多，豪华馆冷少笙歌。

纪纲整肃三公惧，剑指谁人敢犯科。

三

探亲访友走城乡，自驾纷纷来去忙。

难得公权能上锁，官车从此不张扬。

四

辞岁欣然少噪音，安详原更顺民心。

儿童未怨烟花冷，也晓清新抵万金。

2014年2月12日

踏残雪游南湖公园惊见小草发芽有题

破雪凌寒草色新，小芽因嫩更堪珍。

多情当谢东风早，先送春光到水滨。

2014年2月26日

马航失联多日忧思口占

搜救依然语未详，同胞生死两茫茫。

心忧连日疏茶饭，到处逢人问马航。

2014年3月11日

应白衣子约凑一首配图的

欸乃声轻荡水滨，小舟摇醒一江春。

山花也晓谁勤早，未醉蝶蜂先醉人。

2014年3月13日

贺公主岭市荣获中华诗词之乡称号三周年

又是春来花盛开，凝神艺苑久徘徊。

响铃何以飞声远，为有诗乡多俊才。

2014年4月2日

为《长白山诗词》第四期封底照补题

遍野琼花满目新，尘嚣远避此栖身。
格高自有知音赏，不信无人来问津。

2014年5月7日

东丰行十绝句

一、东丰农民画馆刺猬紫檀木画案①

雄姿百丈立千秋，雨打风吹更劲道。
材大休嗟难得用，献身书画自风流。

【注释】
　①东丰农民画馆刺猬紫檀木画案：木材产于非洲加蓬共和国。画案长5.5米，宽2.07米，厚0.28米，重4吨，树龄在千年以上。

二、人工饲养野猪

野性虽驯未尽抛，无拘无束满山坳。
肉香个大人夸好，优势原来起杂交。

三、龙腾寺

宝殿三重觅福田，声声钟磬响悠然。

世间多少焚香客，谁叩佛门真问禅？

四、东风农民画应邀到联合国总部展览

万紫千红敢率先，寄身圣殿史无前。

农民书画争夸好，土到家时洋上天。

五、东丰梅花鹿

圣地灵山自有家，身沾仙气染梅花。

割茸阵痛虽难忍，再度更新尤可夸。

六、龙头湖诗墙

长廊迤逦靓湖滨，惹得骚人屡问津。

莫道农家唯稼穑，汗凝诗赋更堪珍。

七、大丽花

富丽虽将国色羞，却藏娇艳耻风流。

不期身许东丰县，一夜芳名播九州。

八、柞树①

远离名贵耻攀高，甘寄深山守寂寥。

绰号虽多仍本色，只求奉献不招摇。

【注释】

①柞树：绰号较多，如：青杆柳、老柞木、柞栎哄子、橡子树等，多带调侃之意。

九、杨木林镇贝母基地

寸金寸土岂夸张，下产珍珠上产粮。
更信强农科技振，小村能改旧时装。

十、张家文化大院

休言大院数乔家，此地文华更可嘉。
入夜灯辉人不寐，书声催放小康花。

2014年7月22日

四平战役纪念馆烈士名录红墙

捐躯数万死生轻，趋赴何求身后名。
今日红墙当日血，谁人凭吊不心惊。

2014年8月30日

重走抗联路感题十首

一、蒿子湖抗联密营

路险林深到密营，至今重走尚心惊。
满山秋叶红如火，疑是英雄血染成。

二、将军泉

清泉虽尚起微澜，殉国将军已不言。
井畔徘徊心痛彻，问君饮水可思源？

三、抗联饮马池

当年曾蓄一池清，时有蹄声伴水声。
抗日此间皆热土，何须饮马到长城。

四、磨坊

此处曾经日夜忙，只磨橡子不磨粮。
断炊难改英雄气，依旧欣然奋自强。

五、李子林

种者无心胜有心，随缘落地孕根深。
抗联若问今何在，一片芬芳李子林。

六、青松灶

青松隐灶散炊烟，迷惑豺狼自保全。
破敌岂唯凭勇力，更须智慧巧周旋。

七、抗联洪炉

打铁声声震耳聋，精心冶炼运神工。
抗联硬骨来何处，尽在洪炉烈火中。

八、城墙砬子会议旧址

红崖壁立势凌云，抗日当年此整军。
烽火硝烟虽去远，仰观依旧念殊勋。

九、日军解剖杨靖宇遗体为之惊叹

威震关东胆气豪，战旗举处卷狂飙。

捐躯岂止山河恸，更令宵小也折腰。

十、杨靖宇殉国地

山河破碎奋挥鞭，百战功垂不朽篇。

力尽蒙江殉国处，后栽松树已参天。

2014年10月5日

登青城山三清洞

林密云深古洞藏，时人难至此烧香。

登攀未半身先软，方觉修成路尚长。

2014年12月25日

戏题小孙女一扬在海口金海湾庭院池塘中捉蝌蚪

摆摆摇摇三几只，捉来丢进瓶瓶里。

乖乖听话莫担心，玩过当真能放你。

2015年1月15日

题赠著名张派青年京剧演员张蕾蕾五首

一

亮脆媚柔夸水音，青衣刀马见功深。

满身精彩弘张派，未负恩师一片心。

二

西厢虽总重红娘，敢以莺莺夺上妆。

一曲离歌千古怨，座中谁个不神伤。

三

袅袅娉娉一展喉，满堂彩里演风流。

闻君唱罢诗文会，更觉无才便是羞。

四

华贵雍容帝胄风，娇羞满面辨英雄。

状元媒好人争唱，蕾蕾担纲更走红。

五

名噪何曾敢息身，研修数载苦耕耘。

学成更展凌云翼，来日梨园信领军。

2015年1月30日

贺吉林省长白山文化建设工作会议与第八次
长白山文化研讨会

浩瀚三江起不咸，融通今古壮奇观。

堪骄最是龙兴地，文蕴生机又涅槃。

2015年3月24日

和张应志《冰凌花》

还寒时节见冰凌，顿觉爱怜心底生。

信是雪封非冷峻，护呵新蕊更多情。

2015年3月27日

清明前为父母扫墓泪题①

茫然何处觅三春，但见曾添土尚新。

岁岁清明唯祭母，不堪今更吊双亲！

2015年4月4日

【注释】

　　①父亲去年8月6日逝世，享年九十一岁。母亲1976年10月逝世，享年五十三岁。去年父亲与母亲合葬，今年清明第一次为双亲扫墓，不胜伤怀。

哭送占清老叔

噩耗惊传问假真，遥将老泪寄灵椿。

启蒙恩重虽需报，争奈苍天不待人！

2015年4月19日

贺养根兄六十六华诞

耕耘哪敢论艰辛，巨作频添渐等身。

喜得华年逢大顺，高扬手斧再披榛。

2015年4月27日

沈园泪题四首

一

报国忧思岂是空，江山异代此心同。

生来憾未轮台戍，挥泪题诗祭放翁。

二

千古伤心话沈园，谁将并蒂总摧残。

不堪重读钗头凤，犹惹痴情作泪弹。

三

柔情难得共豪情，抱恨无端两未成。
铁马春波千古恨，至今凭吊泪犹横。

四

泪替诗翁暗问天，如何报国苦无缘。
忠良若总输奸佞，谁舍身家再靖边？

2015年6月24日

杭州休假五绝句

一、乌镇乘乌篷船

水乡三月早莺啼，不尽缤纷望眼迷。
单桨一摇花影碎，乌篷已过小桥西。

二、访昭明书院

寻寻觅觅小街行，书院无言续雅声。
信是人知文选重，先王不问问昭明。

三、谒矛盾墓

擎旗两代领高吟，坎坷难移报国心。
一纸临终书入党，未曾读罢泪沾襟。

四、赏龙泉宝剑

千秋工艺此承传，百炼能摧铁似绵。

知是边关仍有事，夜阑几度抚龙泉。

五、看社戏

老调新声百姓心，人生谁不爱乡音。

戏台虽小兼天下，千古悲欢唱到今。

2015年7月26日

耐兄逝世一周年寄怀四首

一

不堪思念已经年，搜遍荧屏眼欲穿。

入梦常疑君尚在，几番惊起黯潸然。

二

关东立马举旌旄，抡酒裁诗胆气豪。

振臂曾教三省动，至今犹可感风骚。

三

难得知音难得情，人前不吝赞临清。

蒙兄厚爱羞难报，唯以微忱作笔耕。

四

君行虽远莫神伤，毕竟栽培最久长。

琢璞不期成大器，诗坛新锐已担纲。

2015年7月27日

媒体屡曝佛门糗事戏题并张岳琦先生赠和

入戒休夸断六根，而今莲座也沾尘。

绯闻屡曝争无结，更信僧家也是人。

2015年8月2日

附，张岳琦先生赠和诗：

前任主持清六根，少林破旧遍灰尘。

自从换了花和尚，古寺繁华傲世人。

立秋后酷热戏题

秋气迟来暑未消，关东八月也难熬。

蓦然生得倾囊意，买断清风作土豪。

2015年8月13日

胜利日感怀二首

一、向抗战老兵致敬

堪赞风云百战身，精忠报国拯黎民。

而今虽老雄心在，追梦犹能励后人。

二、吊抗战英烈

国破当年动地哀，救亡何惧赴泉台。

神州今日河山丽，信是英雄血换来。

2015年9月3日

贺中国女排十二年后重夺世界杯冠军

曾经失据久徘徊，夺冠艰辛泪满腮。

知是人心需再振，女排风范又重来！

2015年9月7日

贺屠呦呦获诺贝尔医学奖

无求无欲苦登峰，济世壶凝不朽功。

国药岂能甘寂寞，一鸣足可傲环中！

2015年10月6日

随吉林省作协文化援疆代表团赴阿勒泰采风七绝句

一、吉木乃神石城

海落山隆起石城，自将磨洗砺峥嵘。
安疆莫谓敌难御，此地能当百万兵。

二、古石人雕遗迹

鹄立凝神对夜空，诗家欲解韵难通。
千秋风雨沧桑变，都在冥冥不语中。

三、喀纳斯湖怪传说

探秘何须费苦吟，当将猜测寄云林。
真真假假如参透，哪有奇闻说到今？

四、哈巴河白桦林

叶密枝繁铁样根，亭亭玉立靓河滨。
只缘世上多泥淖，紧裹银装不下身。

五、采风途中遇雨折回戏题

一路行来一路歌，骄阳忽隐雨滂沱。
采风难得添花絮，当谢苍天眷顾多。

六、富蕴县珍石博物馆

馆小堪惊满目新，石奇矿贵广藏珍。
徜徉更信平常理，天道从来不负人。

七、富蕴县之乌鲁木齐经戈壁滩

千里车行鸟兽稀，采风路上欲归时。
不生寸草君休怨，地下藏珍未可知。

2015年11月25日

长白山森林雷击木五题

一

一任遭逢苦难深，仍将残体立重林。
皮焦尽管黑如炭，犹护凌云不朽心。

二

莫道寻常貌不惊，当知来历最峥嵘。
一声巨响呈新态，留得初心化永恒。

三

历经天火便神奇，劫后重生一首诗。
褪尽娇柔留俊骨，铮铮如铁展新姿。

四

自从雷打耻招摇，静卧林中守寂寥。
雨骤风狂浑不觉，修身忘我亦堪骄。

五

子立忽遭天火焚，不堪只为太超群。

粉身碎骨终无悔，转世依然敢领军。

看诗友们照片咏冬日天池四首

一

虽是严冬草木凋，关东依旧起春潮。

浩吟声里仙姝醉，卧雪偷眠别样娇。

二

朔风凛冽雪盈天，冰冻无须觅渡船。

攀上银河临险境，方知冷艳更堪怜。

三

能得新诗喜欲狂，冬凌绝顶觅华章。

风来脚下琼花舞，啸傲天池韵最强。

四

一袭银装满目新，仙乡冬景更堪珍。

人间切盼能如此，玉洁冰清不染尘。

2015年12月19日

海南小住偶感四咏

一

晨起频闻鸟唱枝，微风拂面正相宜。
花繁树茂虽依旧，只是难回过去时。

二

总对沧桑叩未知，终谙天道不相欺。
人间万象非无序，江水朝东日向西。

三

屏前键舞未闻鸡，着意推敲乐不疲。
吴郎虽老情难泯，犹向残星觅小诗。

四

新来遇事总生疑，常怨昏花见识迟。
无奈樽前排寂寞，一窗风雨寄忧思。

2015年12月21日

熬鹰偶感

当年威猛海东青，野性熬光臂上擎。
试问人间屈膝辈，有谁不是被驯成？

2015年12月25日

梦游冬日天池四首

一

瑶池冬景未曾谙，梦上凌虚醉欲酣。
此地不忧污染重，天教白雪护纯蓝。

二

冰封雪覆近重霄，鸟兽深藏耐寂寥。
吟旅不辞冬路险，争临绝顶唱妖娆。

三

倒挂松江破闼门，飞珠溅玉带余温。
天池若是真沉睡，怎有熔岩地火痕。

四

蒸腾水气袅如烟，冰雪微融别有天。
虽是娇容多冷峻，内心热可化温泉。

2015年12月28日

睡海棠四题（赠恭王府海棠诗会）

一

花开虽未动京师，慵懒新妆也入时。

不见年年吟咏客，寻芳多爱睡中姿。

二

片片云霞靓水滨，花繁胜似武陵春。
子瞻一咏千秋后，诗赋争夸睡美人。

三

莫擎红烛扰芬芳，才睡堪怜夜未央。
信是此花能解语，忍将无赖入诗行。

四

风流虽惹众蜂侵，却爱清幽品似金。
为避人间烦恼事，唯求一睡守初心。

2016年3月31日

赞阿豆请缨支教援疆

鞭扬大漠马蹄轻，绛帐新添咏唱声。
莫道东荒疏翰墨，援疆从此带诗情。

2016年4月16日

御花苑杏花诗会感题四首

一

霞灿云飞满苑香，多情谁似此红装。
东风一夜花虽艳，只报春深不出墙。

二

秾艳撩人醉欲痴，无端日日惹相思。
梦中折取偷含笑，红袖添香好作诗。

三

摇曳枝头总闹春，清香入梦倍堪珍。
牧童遥指非因酒，只为杏花能醉人。

四

一树先开渐欲凋，缤纷落处惹魂消。
劝君莫踏香肌骨，留得清芬慰寂寥。

2016年4月28日

华山即景五题

一、华岳闻钟

雄立关中势接天，群峰开似五株莲。

人来此地心求净，钟磬声中好悟禅。

二、名家题壁

不逞雄强不斗奇，格高自会显威仪。
青峰白璧凝眸处，翰墨犹能寄所思。

三、西峰险径

自古华山路最难，人来谁不胆生寒。
而今我奋耆年勇，一跃登峰只等闲。

四、论剑遗痕

莫羡华山论剑雄，世间处处有奇峰。
人生若总登高处，万丈豪情自在胸。

五、石壁悬松

千寻壁上一松青，顽石无言也有情。
历尽风霜雨雪后，更知绝处可逢生。

2016年5月7日

关中览胜吊古六题

一、秦兵马俑

叱咤风云气撼人，曾平天下勇无伦。
先王或晓今多事，特为儿孙备战神。

二、华清池

浴后杨妃宠正深，不堪羯鼓骤来临。
悲歌一曲成长恨，千古风流说到今。

三、兵谏亭

风云突变起波澜，和战曾牵社稷安。
凭吊当年兵谏处，至今弹壁尚生寒。

四、茂陵（汉武帝陵）

拓土开疆胆略雄，威加海内气如虹。
武功莫谓伤民力，强盛当凭大汉风。

五、乾陵

遗诏终于废帝称，忧劳曾让国中兴。
劝君少咒当年事，或恐儿孙尚欠能。

六、法门寺

佛国关中此至尊，千秋钟鼓送晨昏。
劫灰未到非因远，信有真身护法门。

2016年5月11日

敬悼杨绛先生

著述相夫奉一生，只求无愧与无争。

百年风雨说杨绛，优雅终留旷世名。

2016年5月26日

哭送安忠凯兄

噩耗惊闻泪水横，重温学韵唤安兄。

君今一去关东冷，谁续尊前未了情?

2016年5月29日

出席纳兰性德诞辰三百六十周年中国诗词大赛颁奖晚会欣赏昆曲《纳兰》

忍将凄楚化诗行，几许秋风几许凉。

纵有万般仍抱憾①，一声容若断人肠。

2016年6月21日

【注释】

①纵有万般：指纳兰之父明珠在整理纳兰遗物时发现儿子写悲苦的东西太多，遂感慨万分地说，"这孩子什么都有，怎么就不高兴呢？"

丙申初秋咏鸳鸯花海四绝句

一

花开逆势傲芳洲，未觉天凉已近秋。
难得容颜虽靓丽，却无一朵卖风流。

二

争奇斗艳展娇颜，惹得游踪去复还。
知是秋来天欲晚，拼将多彩献人间。

三

秋来知欲减缤纷，到此徜徉倍觉亲。
岂止英雄才好色，赏花也有白头人。

四

莫伤西陆莫伤花，毕竟曾开灿若霞。
待到来年春更好，再偕老友赏奇葩。

2016年8月24日

中秋前后连日秋雨偶感四题

一

一场夜雨一场凉，花任凋零叶任黄。

莫怨秋来多有事，无秋哪有米粮香。

二

滂沱一夜乱中秋，赏月无缘几许愁。
好雨本应春日下，知时方可贵如油。

三

天惊石破羡无双，愧未龙纹笔独扛。
秋雨因之怜寂寞，偷窥夜读悄临窗。

四

因逢连日雨如丝，把酒驱寒乐未疲。
邀得朋侪三五个，微醺正好赋新诗。

2016年9月20日

咏江密峰山中特产四绝句

一、山菇娘

不抢风头不撒娇，无人赏识也逍遥。
一生历尽酸甜苦，野到纯时品自高。

二、百年古山梨

虬枝铁干立深山，百岁从容只等闲。
因重爱心羞御用，倾将所有献民间。

三、山蘑菇

林下深藏倍觉珍，暂甘寂寞养精神。

纵然遇雨蓬蓬起，撑伞何曾媚贵人。

四、铁山里红

满山摇曳笑金风，攒簇连枝点点红。

莫怪芳名沾铁字，柔情原本在心中。

2016年9月30日

江密峰采风怀古四题

一、鬲足

鬲破身消足尚存，千秋鼎立此为根。

谪仙一醉留佳话，更信文华酒至尊。

二、陶纺轮

泥掩尘封久且深，无声无息岂无心。

陶轮最是多情物，一线绵长纺到今。

三、小茶棚

驱驰古道话当时，指点茶棚寄所思。

昔日忠良不驻马，而今哪有采风诗？

四、打牲乌拉

野味山珍载满车，晋京催马快如梭。

打牲都让皇家喜，谁问民间苦难多。

2016年10月10日

题赠赵羽冰雪画摄影

冰为肌骨雪为魂，质到晶莹自不群。

莫谓镜中无热点，而今佳作喜寒门。

2016年10月26日

咏家乡其塔木优秀传统文化项目五绝句

一、民族文化馆

石碾摇车犁耙耧，撩人故事染尘埃。

莫嫌乡土缺风雅，万物多从土里来。

二、吉林三杰塑像

聚首虽难更重情，惺惺久已惜惺惺。

誉高不是因官显，腹满文华自有名。

三、皇粮碑

尘封虽浅也沧桑，曾纪丰饶贡庙堂。

地覆天翻今胜昔，农家不再缴皇粮。

四、成多禄书法作品

笔卷风云砚起澜，沉雄结字气如山。

后昆不负前贤志，蓄得梅香慰苦寒。

五、云德满族剪纸

古朴清新乡土风，精微奇巧夺天工。

珍禽异兽神仙女，都在平常刀剪中。

2016年12月11日

第三个国家公祭日泪题

泪雨悲风壮石城，缅怀岂止惹伤情。

家仇国恨当年血，都作今朝亮剑声。

2016年12月13日

三下北疆采风感题九首

一

虽近金秋未觉凉，采风三度下新疆。

缘何底事常牵挂，为有同根在远方。

二

八月重来醉欲痴，葡萄瓜瓞正其时。
呼朋斟满三杯酒，邀得金山共赋诗。

三

大漠千秋故事多，何须刻意苦吟哦。
林渠左柳虽无语，却作春风不朽歌。

四

凄然满目旧新坟，错落参差布未匀。
无奈不平行处有，阴间也讲富和贫。

五

茫茫苍翠望无边，疆北秋来草尚鲜。
莫笑牛羊慵懒甚，问谁吃饱不悠然。

六

碧水银沙画卷开，额河西去久徘徊。
多情更有金丝玉，静卧斜阳待我来。

七

白桦生辉靓水滨，卓然俱是不凡身。
饱经雨雪风沙虐，犹以坚贞护世人。

八

野旷天低触目惊，云根百态演峥嵘。

沧桑巨变遂人愿，留得奇观作永恒。

九

额河西去此源头，脉脉含情静静流。

磨洗满川顽石润，当知强力是温柔。

2016年8月26日

周总理逝世四十一周年感题

曾战龙潭不惜身，忠心辅政更艰辛。

大无大有谁能比①，千古堪称第一人。

【注释】

①大无大有：出自梁衡长篇散文《大无大有周恩来》。

2017年1月8日

赋《群英报春图》

3月12日下午，由易洪斌兄召集，王云坤先生携吉林省部分在长画家和诗人，在欧亚商都总部画室雅聚，用丈二宣，绘制巨幅《群英报春图》。王云坤先生题画名主款，易洪斌、朱辰、张建华挥毫泼墨，我与张福有、蒋力华、潘占学、陈耀辉现场先后赋诗，并由蒋力华书写。丁酉雅集，完成诗书画为一体的巨制，当是吉林文学艺术事业中的一件盛事，以前没有过，很值得纪念。

丹青挥洒写情怀，五彩云霞任剪裁。

方家心底晨曦早，唤起群英报晓来。

2017年3月12日

贺倪茂才主演京剧电影《孙安动本》首映成功

惊天三本血书丹，高派生辉壮影坛。

更信忠良能永世，九州争唱倔孙安。

2017年4月26日

贺中国首次成功试采可燃冰

采得沉冰建气田，大洋深处叩前沿。

能源革命争虽烈，舍我其谁敢率先。

2017年5月21日

看长春国际马拉松赛

迎来大赛此鸣枪，夹道人潮喜欲狂。

终见长春融国际，花中君子更芬芳①。

2017年5月21日

【注释】

　①花中君子：指长春市市花君子兰。

二下北疆采风感题十首

一、可可托海神钟山

碧水青山朗朗风，清平今古此心同。
上苍或是知人意，特立擎天警世钟。

二、可可托海水电站

水轮飞转电机鸣，莫问人间第几声。
奉献纵然超负荷，至今依旧献光明。

三、乌伦古湖风景区漫步感题

碧浪银沙日色新，欢声笑语满湖滨。
莫将戏谑当虚话，近水尤须防湿身。

四、题草原石人

满目玄机立草原，千秋一刻未曾眠。
尘封故事虽难解，读懂石人即豁然。

五、布尔津五彩滩

朝晖夕照各奇观，一片惊呼赞雅丹。
历尽劫波伤到骨，仍将五彩献人间。

六、布尔津赴喀纳斯途中牧场

原上离离接雪山，毡房宁静傍空栏。
悠然不是牛羊懒，此地丰盈卧可餐。

七、黑油山

寻觅当年岁月稠，细从黑色溯源流。
感恩大地多仁爱，不用人开自献油。

八、中俄18号界碑

疆土从来最可珍，焉能轻易让强邻。
碑前伫立沉思久，谁是将来雪耻人？

九、冰川遗迹怪石峪

沧海桑田故事多，嶙峋遗迹证冰河。
全球变暖人当信，莫以忧天为错讹。

十、赞新疆军垦第一犁

军垦旗扬动地诗，献身无意问谁知。
而今四顾多丰稔，莫忘当初第一犁。

2017年6月1日

贺"清爽吉林.22℃的夏天"旅游品牌发布会召开

何须避暑走如狂，此处天然好纳凉。

欣喜龙兴三宝地，今番续写更辉煌。

2017年6月20日

丁酉年夏日登老龙头四咏

一

纵然此处起长城，靖虏难酬未了情。

空以龙头夸老大，不堪一炬却夷平。

二

血溅危楼染碧涛，曾多死节怒横刀。

游人不解前朝恨，犹自喧声笑语高。

三

浪打高墙去又回，涛声迭起似惊雷。

闭关人醉金汤险，谁见城坚不可摧？

四

此番重上老龙头，依旧无端作杞忧。

手抚长城缘起处，衰年犹念护金瓯。

2017年7月4日

南疆行四咏

一

触目惊心石满川，骄阳似火热冲天。
茫茫戈壁虽无绿，却有风车可转钱。

二

阶梯一路到遐方，凿井埋渠寄意长。
力尽洪荒千载后，清流依旧润南疆。

三

红光无际势连绵，酷热难当烤似煎。
火焰山旁人踊跃，问谁真肯上西天？

四

珍珠满架展丰饶，惹得游人寄望高。
昔日品尝随客便，而今只管卖葡萄。

2017年7月20日

题辽源魁星楼落照

缘阶岂敢问登科，身老移情咏逝波。
信是文华天下重，无边落照此楼多。

2017年7月25日

九寨沟遭7.0级大地震寄怀

景毁人亡举国惊，闻知几度忍悲声。

不堪唯有衰年血，难尽些微救助情。

2017年8月13日

京剧杨派名家造访《文化与市场》编辑部感题

是日夜，我与好友翰森集团董事长、作家张桂民邀请参加国家艺术基金资助杨派京剧表演项目人才培训班的张关正老师和杨派名家杜镇杰、张克、李军及著名琴师汤振刚等到《文化与市场》编辑部小聚，好友倪茂才院长、老同学滕玉琢、任志富先生、张派名家张蕾蕾及艺术学院两位女院长友情作陪。席间，交流文化、诠释国粹、畅叙真情、气氛活跃，场面感人。名家们借酒助兴，纷纷献上精彩唱段和节目，彰显了艺术家平易近人的品格和高超的艺术水准，乃赋小诗一首以记之。

小楼一夜胜梨园，荟萃名家笑语喧。

难得席间聆献唱，更知杨派有渊源。

2017年11月1日

闲居杂咏（依冯小青七绝九首韵）①

一

疏星冷月透窗纱，闲处无忧退仕家。
犬吠三声浑未觉，梦中犹写墨梅花。

二

从来处世最无争，不为官阶不为名。
几首小诗虽励志，也吟怜我与怜卿。

三

日暮桥亭斜倚栏，时将灰鹭当青鸾。
翩翩倩影云中尽，遥向洪荒寄羽翰。

四

冬去春来送逝波，辛劳从未问如何。
天涯梦断三更后，司马青衫泪染多。

五

摇落缤纷花满头，忍将艳骨暗中收。
红颜虽只怜才子，未厌临清是俗流。

六

南来入夜雁声高，梦逐春风万里遥。
一袭红巾围半掩，年衰未敢弄新潮。

七

老来虽爱忆从前，未怨时人未怨天。
物欲流中谁似我，洁身甘守一株莲。

八

清溪芳草碧粼粼，布谷声中又一春。
梦里踏青呼伙伴，醒来招问觅何人。

九

痴恋梅杨半醉听，闲来偶尔写兰亭。
茶余不问尘寰事，一任楼头柳又青。

2018年3月17日

附，冯小青《绝句九首》：

一

春衫血泪点轻纱，吹入林逋处士家。
岭上梅花三百树，一时应变杜鹃花。

二

新妆竟与画图争，知是昭阳第几名。
瘦影自临春水照，卿须怜我我怜卿。

三

何处双禽集画栏，朱朱翠翠似青鸾。
如今几个怜文采，也向西风斗羽翰。

四

脉脉溶溶滟滟波，芙蓉睡醒欲如何？
妾映镜中花映水，不知秋思落谁多？

五

盈盈金谷女班头，一曲骊歌众伎收。

直得楼前身一死，季伦原是解风流。

六

乡心不畏两峰高，昨夜慈亲入梦遥。

见说浙江潮有信，浙潮争似广陵潮。

七

稽首慈云大士前，莫生西土莫生天。

愿将一滴杨枝水，洒作人间并蒂莲。

八

西泠芳草骑辚辚，内信传来唤踏春。

杯酒自浇苏小墓，可知妾是意中人。

九

冷雨幽窗不可听，挑灯闲看牡丹亭。

世间亦有痴于我，岂独伤心是小青。

【注释】

①冯小青：明成祖时期才女、怨女，诗词水平很高，真切、细腻、高雅，非常感人。"冷雨幽窗不可聆，挑灯闲看牡丹亭。世间亦有痴于我，岂独伤心是小青。"九首绝句之九，曾被曹雪芹在《红楼梦》中引用。

送　李　敖

一任时人论是非，终生北望总相违。

难能至死癫狂甚，傲骨依然未式微。

2018年3月19日

迟发悼余光中先生

一

日月西行水向东，读诗怀缅仰高峰。
先生一曲乡愁恋，谁个闻之不动容。

二

平生无意觅封侯，总以文心唱两头。
华夏千秋传未断，原来根脉在乡愁。

三

诙谐清雅一儒生，讲学吟诗奋笔耕。
力尽文坛人老后，仍求大爱不求名。

四

愿葬长江与大河，每思桑梓泪婆娑。
泉台此去当无憾，今日神州归路多。

2018年3月20日

入老战友"南飞雁"微信群有寄四首①

一

当年虽是著戎装，难改穷儒笔作枪。

驰骋半生今驻马，重逢依旧论文章。

二

战友因缘未了情，老来依旧梦魂萦。
难能共聚琼州岛，关注随时问几声。

三

并非到此俱休闲，编剧吟诗每忘餐。
莫笑空忙无事事，仍凭佳作立高端。

四

暂避严寒享翠微，清茶小酒送斜晖。
梁园虽好君休恋，冬去春来莫忘归。

2018年3月22日

【注释】
①"南飞雁"：系在海南过冬的原吉林省军区系统老战友韩志晨建的微信群名，昨将郑有义和我拉入，在异乡又找到组织了，甚喜，乃赋小诗四首以记之。

海南文昌龙楼壹号越冬生活十绝句

一

半是流居半是家，南风海气透窗纱。
冬来暂寄龙楼镇，难得从容度岁华。

二

叫卖声声入耳来，晨曦初露铺门开。
手拎肩挎君休笑，又是诗翁买菜回。

三

街头漫步感如何，海韵椰风一曲歌。
劝君莫谓龙楼小，此地航天首创多。

四

屏前凝视键频敲，冲浪寻狐岂寂寥。
一网便知天下事，而今老朽也新潮。

五

临风把酒意纵横，信口吟来句也精。
莫怨才疏佳作少，好诗不过近人情。

六

虽耽翰墨字无章，敢与名家论短长。
日课帖中随意选，笑人莫辨米苏黄。

七

老来依旧逞风流，不慕高逑爱小球。
失误虽多人却乐，输赢从未挂心头。

八

遑论红袍与翠芽，提神解渴即堪夸。
纵然四顾亲朋少，独坐窗前也品茶。

九

扯得云霞作画笺，妆成影集贮欣然。

莫甘岁月催人老，一笑犹能小十年。

十

闲来琼岛度时光，遥望家山觉夜长。

花树或知人寂寞，特于冬日献芬芳。

2018年3月22日

戊戌清明前十二韵祭双亲

一

又是清明祭祀时，心中悲苦问谁知。

夜来辗转难成梦，泪染寒衾赋小诗。

二

莫怨清明不送钱，只缘未允启新烟。

坟前三叩虽无语，信有心香到九泉。

三

贫病当年虽可哀，将雏仍以命相陪。

春晖无限恩难补，梦断千声唤不回。

四

高坟共寝越三春，仍惹渔樵屡问津。
细品碑联心起敬，更知村野隐贤人。

五

困厄何曾怨道穷，拼将羸弱振家风。
艰辛历尽芳丹桂，留得燕山不朽功。

六

堪怜病老赴仙乡，携手泉台日月长。
最是儿孙情未泯，抚碑依旧问炎凉。

七

难报天伦大爱多，至今思泪尚婆娑。
清明日近双亲远，撷得鹃声作挽歌。

八

朦胧疑似唤声高，梦近双亲醒却遥。
凭吊不堪伤往事，风吹陵树感萧萧。

九

一抔新土问谁添，知有儿孙胜孝廉。
德立礼门文脉振，书香自可慰慈严。

十

祭扫年年最动情，感恩无限忆曾经。
春晖未报长留憾，不觉坟前草又青。

十一

尽孝当年力愧无，至今相忆尚唏嘘。

一回凭吊一回老，唯有儿心未改初。

十二

谁报椿萱养育恩，喜看忠孝满吴门。

高山仰止终成卷，薪火长传教子孙。

2018年3月31日

晨起惊见桃花

不怯春寒不媚时，只将清艳展新姿。

桃花应笑衰翁钝，一夜偷开竟未知。

2018年4月20日

人和家苑赏杏花偶感

风动花摇满院香，晨来树下久徜徉。

此中红杏虽娇艳，难得从来不出墙。

2018年4月21日

九台东湖梨花岭赏花联谊会五首

一

如霜如雪又如云，疑是杨家玉女魂。

一曲梨花千古怨，谁人听罢不伤神。

二

枝头香雪问谁怜，不夺春光不抢先。

恬澹并非慵懒甚，只缘生性爱天然。

三

穿林倍感晓寒轻，为觅知音走走停。

近得芳华香遍体，原来冷艳是多情。

四

虽是洁身霜雪颜，只传春暖不生寒。

一朝东岭梨花放，便有新诗上笔端。

五

纤尘不染也风流，惹得朋侪屡豁眸。

寄语梨花别自傲，我今白雪也盈头。

2018年4月28日

题赠江密峰第二届梨花节十首

一

生性从来爱素妆，甘居山野作平常。
难能也敢寻芳信，休笑梨花压海棠。

二

白衣一袭岁寒心，不染纤尘品似金。
芳径人归香满袖，当知冷艳更情深。

三

御苑奇观谁剪裁，无边佳景惹徘徊。
春来一夜花千树，争为寻常百姓开。

四

为报三郎惜断魂，至今犹带泪珠痕。
时人虽爱梨花颂，怎可趋炎媚至尊。

五

霜姿疑是玉镶成，只爱天然不重名。
难得秋来凝硕果，酸甜虽美也无争。

六

历尽峥嵘却守常，任凭百姓赞梨王。
堪钦最是耆龄后，盛世犹能再吐芳。

七

百业腾飞展劲道，文华插翅更风流。
一年一度梨花节，总有新诗赋唱酬。

八

遗迹无须苦觅寻，小茶棚树已成林。
筹边上将曾经处，赢得诗家说到今。

九

古镇原为特产名，百年嬗变唱新兴。
农家日子甜于蜜，梦里时闻笑几声。

十

碑前无语久逡巡，丁酉题诗字尚新。
不堪陈叶虽成土，梨花依旧笑迎春。

2018年5月3日

林海雪原度假山庄雅聚偶感

老友重逢话即多，寒暄岂止问如何。
人生难得风光后，能享平常一曲歌。

2018年5月13日

参加襄阳·孟浩然田园诗词研讨会采风七绝句

一、采风感题

楼多地少莫神伤，巨变犹存文脉长。

山水田园今有幸，诗声唱彻古襄阳。

二、仲宣楼

虽作新诗不说愁，兴亡信是自风流。

若非王粲悲难遇，谁晓荆襄第一楼。

三、习家池

文脉千秋别有情，名池世代育精英。

人来佳景无心赏，只问源头清不清。

四、古隆中

何必无端羡位高，是非纠结乃牢骚。

当年旧地人争访，只仰云霄一羽毛。

五、乐飞客园区

空天一体展新奇，敢向洪荒探未知。

虽是馆藏多敛翅，放飞梦想更堪期。

六、明显陵

人生难得守平常，势及皇家也有殇。

不见至今神道上，唯留石像立斜阳。

七、敬赠中华诗词学会罗辉副会长①

诗词曲赋斗芳菲，一片吟声出翠微。
不是文星偏爱此，只缘荆楚有罗辉。

2018年6月1日至3日

【注释】

①罗辉：中华诗词学会副会长，著名诗人，对湖北诗词贡献很大。我曾开玩笑说："中华诗词不可以一日无荆楚，荆楚不可一日无罗辉。"他大笑连称"岂敢！"

次岳琦韵再贺《张福有诗词·续辑》出版

又见煌煌巨作联，养根成树满山川。
以诗证史开新境，文起辽东一脉传。

2018年6月30日

卷二　律诗

无　题

一夜离三任①，忧劳不再缠。

吟诗归本性，泼墨写天然。

上网常游目，观书总结缘。

莫嫌来电少，难得静心田。

2008年4月10日

【注释】

①三任：指我到省人大工作前，曾任吉林省委组织部副部长、省人事厅厅长、省机构编制委员会办公室主任三个职务。

千　山

我向来认为自己没有佛缘，到了佛门净地，除游览景观、研究历史、领略艺术外，对佛和禅则全然无觉，这次到千山，不知何故，却别有了一番感受。

遥望群峰秀，千株不老莲。

佛慈弘大法，塔耸护长眠。

混沌添灵气，清澄警孽缘。

菩提何处在，心净自生禅。

2008年4月29日

戊子秋再赏长白山天池

跃上云深处，奇观一望收。
层峦环宝镜，叠翠挽飞流。
影暗添深邃，波平显静幽。
谁能将碧水，挥洒济神州。

2008年9月3日

登防川哨楼

凝思上哨楼，极目倍添愁。
海阔航封渡，牌悲路断头^①。
先人赔国土，后辈痛金瓯。
往事常回首，年年涕泗流。

2008年9月4日

【注释】

①路断头：李鹏诗句。全文是："图们江水向东流，土字牌前路断头。登上哨所望沧海，旧事不堪再回首。"

秋登嘉峪关城楼

巍巍嘉峪关，地险关雄，素有咽喉锁钥之称，余向往久矣。今有幸登临，眼底边关，心头往事，不由得感慨万千。

雄关留胜迹，极目气萧森。

大漠秋风烈，长天云垒深。

控边夸锁钥，拓路祖胸襟。

虽是征鼙远，仍教起壮心。

2008年9月22日

湄洲妈祖庙[①]

圣地湄洲岛，灵光祖庙前。

灾年施雨露，险境保安全。

待字原凡女，施恩即大贤。

怅然思憾事，无语望南天。

2008年11月17日

【注释】

①湄洲妈祖庙：位于莆田市湄洲岛的北端，初建于宋代雍熙四年（987），是为纪念妈祖而设立的。妈祖（960-987）相传是湄洲岛上林氏女，名默，一生虽短暂却留下了无数救难济世的动人故事，后来被人们祀奉为神，形成一种民间信仰。一千多年来，妈祖的信仰远播海内外，分灵庙遍布世界各地，于是尊湄洲妈祖庙为祖庙。湄洲妈祖庙历代都有扩建修葺，日臻完善，现已形成错落有致、辉煌壮丽的建筑群。

公主岭市建中华诗词之乡致贺

古镇蜚声远，文源一脉长。

德怀弘礼义①，心问警存亡②。

撷韵追时代，成吟继汉唐。

响铃当笑慰，起舞贺诗乡。

2009年6月3日

【注释】

①德怀：这里指怀德。公主岭市的前身是光绪三年（1877）设县的怀德县，取古语"怀之以德"之意。

②心问：指怀德县第一任知县四川人张云祥立的"问心碑"，铭曰："问心无愧古人所难，余敢以此自命。盖因数十年来遇事则返心自问，颇有所得。兹值堂成铭以自勉。"

再题勐仑植物园

流连仙岛上，痴醉似参禅。

见榈思经叶，逢莲感佛缘。

清风随荡漾，灵雀任翩跹。

莫怪凡心淡，身融大自然。

2009年6月22日

舟行洱海

舷边观细浪，座上静闻钟。

目悦苍山雪，心怡洱海风。

普陀寻佛迹^①，南诏访行宫^②。

惜别桃花渡^③，依然似梦中。

2009年6月23日

【注释】

①普陀：这里指位于大理三岛之一的南诏风情岛上的普陀寺。

②行宫：南诏风情岛上的仿古建筑。古代南诏国的国王曾在这里建过行宫。

③桃花渡：系离开南诏风情岛的渡口名。

丽江古城

丽江多古韵，寻觅品真醇。

石径无新迹，商街有故珍。

水流飞雅趣，舟动荡清芬。

争认东巴字^①，终如五里云。

2009年6月26日

【注释】

①东巴文是一种兼备表意和表音成分的图画象形文字。其文字形态十分原始，甚至比甲骨文的形态还要原始，属于文字起源的早期形态，但亦能完整记录典藏。东巴文是居于西藏东部及云南省北部的少数民族纳西族所使用的文字。东巴文源于纳西族的宗教典籍兼百科全书《东巴经》。由于这种文字由东巴（智者）所掌握，故称东巴文。

贵州黄果树瀑布

谁倾天上水，直下滚雷霆。

地卷千堆雪，虹飞百丈绫。

摧枯夺路走，漱石辟蹊行。

人语垂濂底，堪夸别样情。

2009年6月28日

访西江千户苗寨①

移步频惊梦，成吟感万端。

祥云环古寨，碧水绕青山。

祭鼓思先祖，游方觅凤鸾。

人来皆是客，不醉莫回还。

2009年6月29日

【注释】

①西江千户苗寨：位于黔东南苗族侗族自治州雷山县东北部的雷公山麓，十余个依山而建的由吊脚楼构成的自然村寨相连成片，是目前中国乃至全世界最大的苗族聚居村寨。

悼季羡林

一生唯淡泊，举世仰行高。

报国轻勋禄，修身守节旄。

杏坛弘教化，学海领风骚。

堪赞辞三冠[①]，当今有凤毛。

2009年7月13日

【注释】

①辞三冠：季羡林生前针对人们加给他的三项桂冠，曾义正词严地昭告天下：请从我头顶上将"国学大师"的桂冠摘下来，将"学（术）界泰斗"的桂冠摘下来，将"国宝"的桂冠摘下来。

戍边楼百年怀吴禄贞[①]

百年思往事，重上戍边楼。

寻迹三千里，追功十万筹[②]。

身亡诚可叹，国破更堪忧。

当信匹夫志，犹能护阙瓯。

2009年7月19日

【注释】

①吴禄贞（1880—1911）：字绶卿，湖北云梦人。当兵后被选派入湖北武备学堂学习，旋又被派赴日本入士官学校留学，先后加入过兴中会和华兴会。回国后，曾任北京练兵处监督。1907年任东三省督练处参议，帮办延吉边防事务，遏制日本侵略延边地区的野心。回京后，升任副都统，后又出任保定新军第六镇统制。1911年武昌起义后，他积极策划北方新军起义，被袁世凯派人刺杀。有《西征草》和《戍延草》存世。当年吴禄贞曾挥毫写下慷慨激昂的《戍边楼落成登临有感》："筹边我亦起高楼，极目星关次第收。万里请缨歌出塞，十年磨剑笑封侯。鸿沟浪静金瓯固，雁

碛风高铁骑愁。西望白山云气渺，图们江水自悠悠。"

②三千里、十万筹：指吴禄贞于1907年6月，奉命从吉林省城出发，跋涉山川，沿途考察，行程近三千里，根据实地调查、综合史书档案，写成长达十万言的《延吉边务报告》，依据大量史料，精辟地论证了延吉地区的历史沿革，详述了中朝界务交涉始末，批驳了日本的"间岛"谬说，进而揭露日本蚕食中国东北领土，欲占领全东北、称霸东亚的野心。

小池观荷

凝眸池畔坐，敛气养幽情。
蛙睡沉沉寂，鱼闲动动停。
晨风摇树碧，朝露润花明。
未怨虫声噪，禅心静自成。

2009年8月6日

咏　蝉

岁岁唯清饮，辛劳不计名。
身藏重叶暗，声播九霄惊。
岂惧多非议，偏甘少奉承。
虽然名噪远，与世却无争。

2009年8月6日

贺"关东诗阵"五周年

五载艰辛路，终成一阵雄。

身源黑土内，魂系大荒中。

铁板声扬远，红牙韵品丰①。

寄言吟唱者，当与四时同。

2009年9月17日

【注释】

①铁板、红牙：指豪放、婉约两种诗风。典出自《历代诗余》所引宋代俞文豹《吹剑录》里评论苏词风格的话：东坡在玉堂日，有幕士善讴，因问："我词比柳词如何？"对曰："柳郎中词，只好比十七八女孩执红牙拍板，唱'杨柳岸晓风残月'，学士词，须关西大汉，铜琵琶、铁绰板，唱'大江东去'。"公为之绝倒。

临屏咏国庆大阅兵

屏前观盛典，劲旅壮豪情。

足落山河动，旌辉日月明。

鹰翔惊大地，弹指傲苍冥。

亮剑休生惧，宣威未起兵。

2009年10月1日

再谒天水伏羲庙又题

寻根临渭水，古庙仰遗躔。

立极依文祖，开蒙赖圣贤。

阴阳包万象，奇偶演周天。

叩拜唯生敬，何须问卦缘。

2009年10月16日

题兰州奇石馆兼赠李存旺先生

漫步寻幽趣，云根展妙玄。

神工靡斧迹，意匠显天然。

鸟兽增山色，人文壮大千。

无心真本性，石境可通禅。

2009年10月18日

峨　眉　山①

峨眉寻圣地，金顶谒奇峰②。

云绕增仙气，旌扬荡晓风。

猿灵时献寿，寺静偶闻钟。

蜀僧今不见③，谁弹万壑松。

2009年10月22日

【注释】

①峨眉山：位于四川峨眉山市境内，景区面积一百五十四平方公里，与山西五台山、浙江普陀山、安徽九华山并称为中国佛教四大名山，是举世闻名的普贤菩萨道场。

②金顶：指峨眉山金顶。

③蜀僧：指李白《听蜀僧浚弹琴》诗中的和尚。诗的原文是："蜀僧抱绿绮，西下峨眉峰。为我一挥手，如听万壑松。客心洗流水，余响入霜钟。不觉碧山暮，秋云暗几重。"

贺通化诗词学会成立

瑞雪壮文旌，吟声冻未凝。

新歌斯日韵，古调那时情。

水映千秋史，城延百岁名。

东边风景靓，挂帅问书生。

2009年11月17日

赠别韩长赋同志①

三载逢重振，操劳未得宁。

运筹谋发展，理政惠民生。

笔落开新卷，吟成寄雅情。

别时无所赠，唯有玉壶冰③。

2009年11月30日

【注释】

①韩长赋同志于我，既是领导，又是诗友，互相之间多有唱和。他多次称我是大家，征求我对他诗词的意见，弄得我惶恐不安。我赠他一首七绝，他写成书法作品，回赠给我。我和了他一首当年在《人民日报》发表的赞扬深化农村改革的《沁园春》，他在百忙中亲笔给我写了长达两页的回信，肯定我和得好，并谈了他对诗词创作的一些看法，非常珍贵，我一直珍藏着。

②玉壶冰：出自南朝宋·鲍照《代白头吟》："直如朱丝绳，清如玉壶冰。"意为像垂下的红丝绳一样直，像玉壶里的冰一样清。喻人的心纯洁、钟情、直性。

贺枝富六十大寿

今天是老战友尹枝富六十周岁庆典，因在出访土耳其、埃及途中，不能参加，乃赋诗以贺。

喜君今大寿，遥寄也欣然。

酒尚惊宾主，歌犹压管弦。

情真多好友，命舛少机缘。

运转迎花甲，重开六十年。

2010年1月10日

赞人民卫士

2010年3月2日，《吉林日报》刊发李申学同志《人民警察在多雪的冬天里》一文，张福有作《人民警察颂》倡导诗友赋诗，乃作五律一首，赞人民警察。

　　　　使命如山重，艰辛视等闲。

　　　　倾情扶厄困，浴血制凶顽。

　　　　雪厚留巡迹，风寒佐野餐。

　　　　夜深焉敢睡，心系一方安。

　　　　　　　　　　　　　　2010年3月2日

闻《中华诗词文库·吉林诗词卷》付梓致贺

　　　　万首凝佳句，皇皇一卷珍。

　　　　新花争烂漫，老圃吐清芬。

　　　　水秀文增色，山雄韵养根。

　　　　吉林诗域靓，豪放自成军。

　　　　　　　　　　　　　　2010年4月12日

共青城雨中谒胡耀邦墓①

　　　　潇潇拂面雨，难掩泪双垂。

　　　　仰视怀忠烈，倾情抚碣碑。

　　　　功丰能盖世，毁重岂无辉。

　　　　最是高风节，无心辩是非。

　　　　　　　　　　　　　　2010年5月13日

【注释】

①胡耀邦陵园位于江西省共青城富华山，东瞰鄱阳湖，西枕原隰。青山碧水环抱，钟灵毓秀。胡耀邦同志的骨灰于1990年12月5日安放于此。陵园大门矗立的两个巨大石柱上镌刻着胡耀邦的手迹"心在人民原无论大事小事，利归天下何必争多得少得"。三角形花岗岩墓碑高4.43米，底边长10米，重73吨，碑上雕刻着中国少先队队徽、中国共青团团徽和中国共产党党徽。墓碑后方一块巨石上刻着胡耀邦夫人的手迹"光明磊落，无私无愧"。

步金才子王寂韵咏古韩州①

千载韩州地，寻来景不同。

靓姿辉晓日，旧貌付沙虫。

物阜依新曲，民淳仰古风。

难眠终夜读，吟罢寄文翁。

2010年8月28日

【注释】

①王寂：王寂（1128-1194），字元老，金代文学家，河北玉田人。著有《拙轩集》《鸭江行部志》《辽东行部志》等。1193年王寂次韩州夜宿大明寺见故乡鸡儿花，曾赋咏鸡儿花五律一首："花有鸡儿号，形殊意却同。封包敷玉卵，含蕊啄秋虫。影卧夜栖月，头骈晓舞风。但令无夭折，甘作白头翁。"韩州：金代地名，即今梨树县偏脸古城。

丹 霞 山

应中央党校老同学邓苏夏邀请，在黄穗南、何积卿、余构华等陪同下，考察列入世界自然遗产名录的著名风景区丹霞山，遵嘱题诗以记之。

气孕阳元界，奇观天下雄。

丹霞辉瑞霭，碧水起霓虹。

万仞峰攀险，千年寺蕴空。

禅心归愈静，隐隐数声钟。

2010年11月13日

防川哨所望海寄怀

哨险入青云，登临望海滨。

鸡鸣三国异，水饮一江邻。

立土牌依旧，修边界已新。

不堪回首处，何日可通津？

2011年3月14日

题大唐盛世驮道岭云海摄影集出版

东边寻胜地，岭上忘归程。

云灿山方秀，林幽水自清。

雄心思阔远，雅韵唱恢弘。

来此皆为友，何须问姓名。

2011年4月14日

贺东辽河诗社成立

一夜东风劲，春光漫渡辽。
红飞桃杏绚，绿舞柳杨骄。
诗旅新扬帜，文心久润毫。
吟声随酒醉，杯碰月轮高。

2011年4月29日

壶 口 瀑 布

惊心雷贯耳，炫目雾飞虹。
入涧龙携雨，争流水带风。
壶承千载韵，源系一根同。
虽是黄河子，谁堪济世穷？

2011年5月11日

赞 "诗人走进通化县" 采风

极目东边外，诗成别有情。
赏新惊灿烂，咏史叹峥嵘。
人笃凭交友，文奇敢树旌。
密营思靖宇，俊骨壮吟声。

2011年6月18日

杭州北高峰毛泽东诗碑亭前感怀[①]

寻胜凭高望，心惊景不同。

楼环湖怨小，车挤路求通。

索道飞天外，瑶阶没草中。

碑亭诗读罢，无语待疏钟。

2011年6月26日

【注释】

①毛泽东生前十分喜爱杭州，先后四十余次莅临杭州，在杭州工作、生活八百多天，足迹遍布杭州的山山水水。他曾于1953年12月、1954年2月、1955年4月三次登临北高峰，并写下《看山》诗篇："三上北高峰，杭州一望空。飞凤亭边树，桃花岭上风。热来寻扇子，冷去对佳人。一片飘飘下，欢迎有晚鹰。"为缅怀毛泽东的丰功伟绩，纪念他对杭州的钟爱之情，经中共中央宣传部批准，在杭州北高峰修建毛泽东诗碑亭。于1999年12月26日毛泽东诞辰一百零六年之际落成。这座汉白玉诗碑高2.72米，在古色古香的诗碑亭的映衬下显得格外高洁。亭子两侧，题着"巨人三凌顶诗赋天堂美景；神州万载春辞凝华夏真情"的对联。

西藏林芝[①]

雪域藏春色，高原别有天。

熏风温四季，酥雨润三边[②]。

草茂牛羊懒，水清花木鲜。

坐观云弄影，陶令忘耕田。

2011年8月31日

【注释】

①林芝：位于中国西藏自治区东南部，内与昌都、那曲、拉萨、山南等地市相邻，外与印度、缅甸接壤，平均海拔3100米，总面积约11.7万平方公里，人口14万多。林芝地区自然条件得天独厚，气候宜人，水资源丰富，素有"西藏江南"之美誉。雅鲁藏布江从这里流过。规划中的拉林铁路也将经过这里。

②三边：指中、印、缅三国边界。

重阳有思

西风昨夜紧，晨望雁南迁。

赏菊心无绪，挥毫笔不连。

薪微忧重利，人老盼尊贤。

未料秋多事，新来渐少眠。

2011年10月5日

贺《四平诗刊》更名《四平诗词》

行来风雨路，梳理换新妆。

时代催佳韵，宏图蕴锦章。

根源黑土沃，情系庶黎长。

当趁东风劲，高歌再远航。

2011年12月3日

痛悼钱明锵先生①

不堪闻噩耗，挥泪忆钱兄。

商海雄姿健，诗坛义气横。

奔忙无倦怠，吟啸有雷霆。

君去留瑰宝，文心念赤诚。

2012年2月26日

【注释】

①钱老为人坦诚，博学多才，先经商，后从文，在文商两界皆有盛名，尤其是以词赋见长。我与钱老虽于2008年只在池南见过一面，但钱老的豪爽和才气以及对人的热心给我留下了终生难忘的印象。分别之后，虽未再见面，但在网上没断来往，他每倡导或参与国际诗词方面的重要活动及有新作，总是像老大哥那样及时告我，与我分享他的愉悦，知道他的烦恼。他的逝世，确实是中华诗词界和国际诗词交流方面的一大损失，令人悲痛。

贺中华诗词论坛十周年

十载耕耘路，花香满论坛。

趋新随世运，求雅溯诗源。

国爱堪担任，民亲敢立言。

欣然连键响，屏展海天宽。

2012年3月21日

依周维杰兄韵贺周嫂双六华诞

　　5月19日，是周嫂六十六岁华诞，维杰兄书作五律《儿娘乐》献给老伴，余反复吟诵，感慨系之，乃步韵成诗以为贺。

举家齐贺寿，兰桂满厅堂。

教子功居伟，相夫爱蕴长。

心仪随翰墨，情笃共风霜。

一曲儿娘乐，温馨胜艳阳。

2012年5月17日

雨中雾灵山

攀缘凌绝顶，放胆感崔嵬。

雨自高天落，风从深谷来。

神驰穷宇宙，气敛感云雷。

遮望休生叹，心清雾自开。

2012年6月25日

又近中秋感慨多

窗透憧憧影，心藏淡淡愁。

无眠忍国恨，有梦奋吴钩。

读史曾完璧，观时尚缺瓯。

不堪情寄酒，长啸过中秋。

2012年9月28日

广西中越边界山水画廊

八桂天生丽，娇娆此更多。

奇峰连玉宇，飞瀑落银河。

稻舞金秋曲，牛吟牧野歌。

渔人如再世，不逐武陵波。

2012年10月18日

贺吉林市诗词学会成立

雪好知人意，随风入夜多。

琼山飞瑞霭，玉树舞婆娑。

景洁催新句，心清荡碧波。

遥闻吟起处，疑是放船歌。

2012年11月12日

陈家店采风感题

辗转疑为梦，无时不动容。
花繁嫌眼钝，禾壮信粮丰。
入社人心振，开机信息通。
新型合作路，或可解三农。

2012年11月30日

悲袁厉害

收养招奇祸，无情谤语深。
哭干慈母泪，伤透弃儿心。
富庶轻仁善，贫微重爱忱。
谁怜孤弱者，再舍避寒衾？

2013年1月11日

贺紫衣格格《滴翠集》出版

红霞凝纸贵，滴翠映情长。
笔藉三江振，声缘五谷香。
篇章多雅韵，平仄少乔装。
痴醉君休笑，新诗又几行。

2013年3月21日

向海猫头鹰

暮色藏身影，眸开炯似刀。

虫惊魂欲断，鼠惧命难逃。

靖世能除恶，推功不计劳。

如何人有恙，偏怨夜来枭？

2013年8月26日

步韵学和唐宪强同志《咏向海新姿》

盘桓缘阁上，极目费吟哦。

水淼舟行少，蒲深鱼隐多。

高天云弄影，大野鸟飙歌。

无奈才疏浅，诗成愧伐柯。

2013年8月31日

开岁新风扑面来

大野春催马，新风荡玉珂。

高门攀贵少，陋室访贫多。

腐惩千官震，清扬百姓歌。

从来家国事，政善自祥和。

2014年2月1日

续貂送三狂兄归白城

谁在初三夜，当空画一弧。

笔轻情系重，辉弱韵含殊。

玉兔藏难觅，嫦娥处更孤。

不堪怜瘦影，寄语送狂夫。

2014年2月27日

甲午早春与养根、鹏云、阿豆、微不足道等访农民诗人李彦

北国春来早，新花欲吐芳。

缘村访隐士，执手唠家常。

囤满粮香溢，才高雅韵扬。

三农诗望厚，成势再倾觞。

2014年4月2日

七一前夕闻中央公布四起严重违法违纪案

重拳连出手，伟力挽沉沦。

打虎天威振，除奢吏治新。

基强邦自固，步健梦能真。

更信千秋史，兴亡俱在人。

2014年7月1日

访昔日皇家鹿苑

皇家名贯耳，鹿苑有遗踪。
梅朵沾仙气，琼枝获御封。
饥餐瑶草嫩，渴饮玉泉淙。
身段调低后，寻常更惠农。

2014年7月25日

父仙逝与母合葬泪题

2014年8月8日，将逝世的父亲与三十九年前病逝的母亲在石头口门水库北面山坡一块墓地合葬。是时，随灵后放生的两只雄鸡，停在山坡上不住地啼鸣，人甚奇之。余乃含悲赋诗以记之。

良辰新破土，难抑泪如梭。
父母相期久，儿孙寄望多。
上苍垂护佑，细雨止婆娑。
最是灵鸡唱，冲天一曲歌。

2014年8月8日

中秋夜乡思

秋来人未觉，时去物应声。

雨冷蝶身懒，风高鸟羽轻。

野塘荷渐瘦，香稻粒初盈。

信是家乡月，今宵分外明。

2014年9月12日

应养根约补一首贺中华考古一号出海

长笛一声响，新航涉远深。

耳聪清万籁，眼锐透千寻。

证史研中外，巡疆辨古今。

国强经略伟，探海展雄心。

2014年9月25日

走抗联路缅怀二十九岁牺牲的曹亚范将军

请缨随靖宇，协力统三军。

帷幄谋能远，精忠品不群。

拯民身许国，扫虏志凌云。

血沃长眠处，千秋励后人。

2014年10月9日

咏乐山大佛

安坐凌云处，倾情护万邦。

依山雄五岳，临水镇三江。

悲喜人千载，沧桑事几桩。

心宽容乃大，岂止世无双。

2014年11月19日

贺蒋力华主编《雄碑韵影》付梓

雄碑千载立，岁月久弥珍。

漫漶添风韵，消磨洗滓尘。

守先非泥古，待后可开新。

更信皇皇史，传承代有人。

2014年12月14日

题中国作协杭州创作之家

4月19日至29日，参加中国作协组织的在杭州创作之家的休假活动。杭州创作之家位于西湖风景名胜区核心地块灵隐景区，靠近灵隐寺，是一座小巧玲珑的苏州园林式仿古建筑，清静幽雅，巴金等著名作家非常喜欢这里的幽雅环境，巴金曾五次来此休假，这里确实是一个调理身心的好地方。

入住疑仙境，怡然忘鬓幡。

钟悠名寺近，楼小雅风多。

举步迷三径，凝神聚六和①。

禅心终未远，无欲自降魔。

2015年4月20日

【注释】

①六和：佛教指身和（共住）、口和（无诤）、意和（同事）、戒和（同修）、见和（同解）、利和（同均）。

赞胜利日大阅兵

雷霆雄万里，震撼展豪情。

剑利忠凝铸，旗鲜血染成。

强军非纵武，备战为求赢。

更信当今世，无威国不宁。

2015年9月3日

迟贺中华诗词论坛发帖逾三千万

网上群星灿，关东率奋戈。

浩吟三省动，精品九州多。

土沃滋新秀，根雄养巨柯。

临屏搜雅韵，心涌大风歌。

2015年12月16日

也赞海东青

奥壤生奇鸟，曾骄神武功。

拂云凌海内，衔楛证辽东。

虎旅凭增色，龙旗赖壮雄。

而今天正阔，谁可振长风?

2015年12月29日

次韵张岳琦先生《早春遐思》记在长诗友庆两会诗会

旭日生东海，辉煌天地间。

雁归春浩荡，鱼戏水淙潺①。

触景耽佳句，挥毫醉白山。

不才逢盛世，吟唱忘回还。

2016年3月12日

【注释】

　①淙潺：水流声。宋苏轼《洞庭春色赋》：山溪曲折遥通谷，沙水淙潺各赴溪。

再贺彭祖述先生精雕一百六十方松花砚

彭公生妙想，佳砚得奇缘。

悟道文为笔，随心石作笺①。

功深达圣境，气振结宏篇。

堪赞龙兴地，新开一片天。

2016年3月16日

【注释】

①"悟道"、"随心"句：取自彭祖述主张"悟道传文，随心制砚"。

丙申清明祭父母泪题

清明今又至，含泪悼天伦。

父母坟中骨，儿孙梦里人。

羞曾言寸草，愧未报三春。

烟酒今虽好，唯能祭昊旻。

2016年4月4日

为著名京剧表演艺术家梅葆玖先生送行

星陨梨园恸，音容忆尚亲。

别姬终可叹，挂帅更堪珍。

戏重梅家韵，心轻俗世尘。

而今君去后，谁做掌门人？

2016年5月3日

题赠边防一团

虎旅屯边塞，威骄细柳营。

丹心悬日月，血性演峥嵘。

奉献人无悔，勋劳史有名。

军旗今更艳，护鉴启新程。

2016年6月30日

贺郭凤和兄《侠客吟》付梓

一卷写丹忱，真淳意自深。

足循松水落，情系白山吟。

办电轻寒暑，求知重古今。

难能终不悔，侠义守初心。

2016年6月30日

闻聂德祥兄成病中吟七首感题①

关东夸剑魄，出道便峥嵘。

笔下山河壮，胸中义气横。

交朋能置腹，做事总关情。

病榻虽遭困，犹闻虎啸声。

2016年8月23日

【注释】

①聂德祥：著名诗人，吉林省诗词学会副会长，诗词网名剑气轩主，出版有格律诗专辑《虎啸集》等。

赴江密峰采风路上

采风秋正好，凝眸骋八荒。

老梨夸铁干，新稻泛奇香。

官地知宗远，茶棚感韵长。

皇华如再纪，当续写辉煌。

2016年9月27日

读福有兄《正月初四晨集安出圆虹》感题

晨起读圆虹，心开一脉通。

金光驱雾霭，异象靓苍穹。

柳嫩青初露，江寒雪未融。

欣然极目处，已觉有东风。

2017年2月1日

附，张福有兄《正月初四晨集安出圆虹》原玉：

江边邀日出，客与我心同。

垂柳鹅黄白，圆虹鸭绿红。

国家刊地理，乡梓沐天风。

冰雪鸡林路，壤平收镜中。

读福有兄《〈中国国家地理吉林专辑〉采访组考察良民与岗子有记》感题

小村难寂寞，应运即驰名。

鉴宝遵林老，知音赖养兄。

源头寻战国，类别展新型。

年喜花开日，春光怎敢轻。

2017年2月4日

附，张福有《〈中国国家地理吉林专辑〉采访组考察良民与岗子有记》：

国家地理吉林行，正月初三征未停。

故国良民诚可信，敷文误判醉应醒。

通沟书院老传统，岗子陶壶新类型。

长白鸿篇山水赋，当春著就咏康宁。

丁酉上元夜

月隐云初霁，朦胧别有情。

高天寒气重，大地暖风轻。

律动三江振，阳催万物生。

今宵人醉处，白雪伴红灯。

2017年2月12日

凑趣奇异天象

上苍生异象，热议古今同。

命舛忧灾变，时来乞运通。

天行焉有意，人欲本无穷。

对酒闲聊处，东方日又红。

2017年3月3日

贺《国家地理》吉林专辑（上）出版发行

两辑连刊少，鸡林热未过。

龙兴文厚重，物阜政通和。

三宝驰名远，双城饮誉多①。

新征添一曲，山水大风歌。

2017年3月5日

【注释】

　①双城：长春因一汽被誉为汽车城，又因长影被誉为电影城。

悼诗友读月居士

噩耗闻难信，音容忆尚真。

裁诗轻美誉，克己重兰因。

骨俊能添雅，心清不染尘。

而今君去也，读月更谁人。

2017年3月11日

次韵和文阁胞弟《丁酉年重阳节画菊思亲》

丰年五谷香，把酒话重阳。

盛会宏猷远，新征大业长。

风云藏笔底，冷暖记心房。

未觉人将老，吟成又几行。

2017年10月30日

附，文阁弟《丁酉年重阳节画菊思亲》原玉：

虽闻菊墨香，寂莫过重阳。

潘鬓知霜冷，沈腰感带长。

兴酣寻雅趣，夜静喜书房，

秉笔羞无语，思亲泪两行。

再咏重阳

重阳唯喜庆，无意鬓添皤。

风剪寒枝劲，霜侵红叶多。

童心吟古调，重墨写秋荷。

极目萧萧处，凌云一曲歌。

2017年10月30日

丁酉冬又住龙楼及赴猴岛等地三日游感怀五首

一、丁酉年冬又住龙楼

因觉冬难耐，权为候鸟游。

雾霾离北国，花树到琼州。

海净心如洗，风清爽似秋。

夜阑无睡意，闲坐话龙楼。

二、雨中随旅游团出行

纵然天骤变，依旧乐难禁。

雨细清风爽，花娇绿叶沉。

阴晴皆属意，顺逆不惊心。

一切随缘去，徜徉自浅吟。

三、有感漂流

风轻槎自缓，平稳过中流。

岸阔潮音远，林深景色幽。

人声欢鼎沸，鸟语喜啁啾。

顺水行虽好，终难到上游。

四、登海南东山岭

生来贪胜境，未惜老年身。

辗转扪星斗，攀缘远淖尘。

奇峰凌错落，怪石耸嶙峋。

争上东山岭，谁为再起人？

五、雨中访南湾猴岛

自幼惜惺惺，寻来重远行。

凌云飞圣地，冒雨赏精灵。

母子呈憨态，夫妻示爱情。

此中人欲醉，无意问归程。

2017年11月18日

应约题北疆山水边城哈巴河

边城夸锦绣，秋色更迷人。

霜早林增艳，寒凝水洗尘。

高天归雁远，大野牧歌淳。

莫怨金风冽，经冬又是春。

2017年11月29日

贺张岳琦先生八十华诞

风雨当年路，迎春又一程。

忠奸凭史证，功过任人评。

位重官无欲，诗丰国有名。

难能归隐后，未改旧时情。

2018年3月7日

丁酉冬居龙楼一号晨起偶感

越冬享胜地，惬意度光阴。

花气凝朝露，椰风醉客心。

倚亭思翰墨，望海展胸襟。

莫谓闲无事，裁诗尚可吟。

2018 年 3 月 22 日

戊戌清明雨雪交加感题

雨雪知人意，飘摇落院庭。

心伤思父母，身冷感凄清。

盈奠三杯醉，悲吟两泪横。

不堪寒食节，辗转到天明。

2018年4月5日

贺潘占学兄《阗心雅赋》出版

天道酬勤奋，欣然一卷成。

阗心凝雅赋，大爱写民生。

澹泊人无欲，温馨腹有情。

梨花吟唱处，看得更清明[1]。

2018年4月28日

【注释】

①看得更清明：见苏轼《东栏梨花》：梨花淡白柳深青，柳絮飞时花满城。惆怅东栏一株雪，人生看得几清明。

江密峰贡梨苑

疑是晶莹雪，花飞却不寒。
寻芳蜂竞舞，猎艳鸟偷看。
昔得皇家赏，今赢百姓欢。
躬逢时代好，春色惠人间。

2018年5月3日

参加襄阳·孟浩然田园诗研讨会感题五首

一、襄阳怀孟浩然

赴会来荆楚，裁诗寄意长。
田园珍老圃，山水慕鱼梁。
楼影连天立，车流动地忙。
无言三碗酒，难对孟襄阳。

二、夜读孟浩然田园诗

既爱孟夫子，无须问若何。
心清耽野趣，身洁远铜驼。

困厄三生憾，风流一曲歌。
田园诗读罢，逸兴遽然多。

三、雨中仲宣楼

登临时极目，壮阔撼心弦。
古韵夸三楚，新姿傲九天。
景升无雅量，王粲有鸿篇。
览胜悲名士，潇潇雨似烟。

四、访古隆中

千古隆中对，争夸不朽勋。
本应成一统，何必定三分。
殒命酬巴蜀，躬亲报使君。
是非谁记得，人只重忠真。

五、访习家池

探源寻习国，望出久飞声。
借势山川丽，承恩草木荣。
亭台留胜迹，宗庙俸前灵。
最是堪骄处，千秋水尚清。

2018年5月31日至6月2日

咏敦化寒葱岭抗联密营

密营寻偶得，举目感艰难。

战垒颓犹在，刀锋锈未残。

救亡悲国耻，杀敌挽狂澜。

凭吊萧萧处，于今岭尚寒。

2018年6月10日

戊戌端午郁闷乱题二首

一

鼓乐连天际，轻烟上九霄。

追思呼屈子，浇奠咏离骚。

遗产当争守，文华怎可抛。

千秋端午祭，未料属韩朝。

二

江上龙舟舞，欢声破寂寥。

翻新虽热闹，守正却萧条。

屈子空忧国，诗家自解嘲。

不堪端午日，惆怅过清宵。

2018年6月18日

陪国家地理杂志王彤老师踏查阿勒泰景区五首

一、阿勒泰之哈巴河道中

行来寻壮美，极目感苍茫。

日照金山灿，风吹牧草黄。

高天笼大野，碧水泛秋光。

痴醉原生态，吟成喜欲狂。

二、夜宿奇巴尔希力克村

小村名塞外，木屋古风多。

夜赏星争灿，晨寻水放歌。

羊慵因草茂，业振为人和。

梦里观仙弈，徜徉忘烂柯。

三、布尔津五彩滩

大漠涵瑰宝，奇观靓水滨。

丹霞祥瑞霭，紫气道元真。

雨蚀凭强骨，风雕赖塑身。

不期斜照里，五彩更缤纷。

四、布尔津萨热库木沙漠

北疆横大漠，到此我方知。

悦目沙堆雪，防风绿结帷。

丘疑金字塔，胸蕴戍边诗。

脚印留高处，登攀乐未疲。

五、北疆惊见胡杨

命运虽多舛，依然敢抗争。

顶风强铁干，浴雪孕新生。

世傲三千岁，沙封百万兵。

不堪终寂寞，谁识此峥嵘？

2018年10月7日~10日

本溪登平顶山感怀

因"文革"中解放干部需要，我于1967年末奉命赴本溪市外调，其间，与同伴一起登平顶山。面迎朔风，伫立山巅，环顾四周，一片茫然。机关正在进行"斗批改"，自己何去何从，前程难料。

风紧阶残险象横，山巅四顾倍伤情。

遥闻车啸驰荒野，俯瞰烟弥锁小城。

时有严寒凉后背，全无微热暖前膺。

局迷更扰心烦乱，谁晓何方是锦程。

1967年12月16日

渥太华印象

小城模样倍生疑，大国之都昔未知。

街静车宁枫灿灿，水清鱼乐草离离。

轻灵松鼠娇憨态，优雅银鸥靓丽姿。

非是上邦不阔气，只缘低调少人欺。

2005年10月11日

秋雨赴京都

　　我和张延峰、李旭光同志在访日期间，于2006年10月24日晨从富士山北麓的河口湖出发赴京都考察。时秋雨霏霏，微风习习，山色空濛，红湿花重，美不胜收。触景生情，成诗一首。

　　朝辞河口下京都，细雨怡人润若酥。

　　云绕青峰仙境卷，烟笼碧野牧歌图。

　　露凝蕊重花迎客，风动梢轻树隐庐。

　　非羡异邦山水美，行来万里胜读书。

2006年10月24日

和张福有《丁亥贺春》

　　丁亥春节，中华诗词学会副会长张福有以一首七律向海内外友人贺年："雪翩梅绽贺年新，问候西东南北人。盈目芳华祈福寿，合家欢乐长精神。三杯美酒八分醉，千里文缘一线珍。共赏长白霞似火，兼天鸿运自长春！"从初一到初六，收到同韵和诗四十余首。3月1日，《吉林日报》选登十九首，读后甚喜，乃凑趣奉和。

　　星移斗转物华新，伟业将兴正励人。

　　战鼓惊云添斗志，征帆蔽日长精神。

　　从来寡欲能防醉，自古清心可自珍。

恰是和谐风雨顺，九州同庆满园春。

2007年3月1日

和福有兄并贺"中华诗坛集安笔会"

日前，福有兄告我，4月29日至5月1日，举行"中华诗坛集安笔会"，邀我参加，并赋七律诗一首。因"五一"期间公务不能脱身，乃步福有诗韵奉和一首以示祝贺。

岭树江花碧水流，春来一夜满通沟。

诚邀雅至添风韵，忍送冬归解雪愁。

对酒吟诗歌沃壤，临津击节唱飞舟。

关东蕴厚山河壮，欲献佳篇尽展眸。

2007年4月26日

附，张福有《贺"中华诗坛集安笔会"》：

鸭绿滔滔日夜流，邀来吟旅驻通沟。

阳安遗剑添风韵，司马道文解雨愁。

摩抚石碑雄奥壤，濒临天水醉飞舟。

会师国内唐声壮，五女峰巅一豁眸。

《临清集》出版自勉

虽无舒啸忝临清，却有丹忱满腹生。

尽兴吟诗敲雅韵，竭诚做事远虚名。

心中宜养陶公趣，笔底当凝野老情。

莫叹徒然头似雪，轻搔犹见几丝青。

2007年6月29日

品 茶 偶 得

云雾深山自有家，春雷乍响采新芽。

闲烹琼蕊尘寰静，慢啜馨香岁月遐。

陆羽一经能解惑，玉川七碗岂虚夸。

凡夫不晓禅师语①，未悟人生也品茶。

2007年7月18日

【注释】

①禅师：这里系指从谂禅师，即赵州和尚。一天，寺里来了个新和尚。新和尚来拜见，赵州和尚问："你来过这里吗？"新和尚说："来过。"赵州和尚说："吃茶去。"新和尚连忙改口："没来过。""吃茶去。"赵州和尚仍是这句话。在一旁的院主不解，上前问："怎么来过这里，叫他吃茶去，没来过这里，也叫他吃茶去？"赵州和尚仍回答："吃茶去。"这个故事被称为赵州和尚千秋公案。赵朴初曾题诗咏此典："七碗受至味，一壶得真趣。空持百千偈，不如吃茶去。"

咏望天鹅风景区①

山綦瑞霭树摇风，不尽奇观壮大东。

鬼斧岩垂悬古木，神工柱立入苍穹。

露凝爽气飘珠瑞，水溅深潭响玉璁。

遥望天鹅休怪远，人难去处有奇峰。

2007年8月28日

【注释】

①望天鹅风景区：位于长白县十五道沟，这里重岩叠翠，石柱擎天，林木茂盛，泉水清澈，瀑布奔流，有北方九寨沟之称。因远处有一峰状似昂首翘盼的天鹅，故得名。

敬贺王惠岩老师八十华诞

　　今天上午，在吉林大学东荣大厦报告厅参加王惠岩先生八十寿辰庆典暨《王惠岩文集》首发式。王先生是吉林大学资深教授，我国著名的法学家、政治学家、教育家、政治政策咨询专家。先生的一生，心怀天下，咨政育人，执着淡定，沥血呕心，誉享海内，桃李芳芬，堪称学界泰斗，人伦师表，特献诗一首，以表仰慕之情。

惠老八旬逢诞辰，芬芳桃李慰精勤。

铁肩道义称师表，妙手文章励后昆。

蜡炬呈辉唯忘我，春蚕奉暖总甘贫。

仰观常恨机缘少，未作先生帐下人①。

2007年9月8日

【注释】

①帐下人：指门下学生。东汉学者马融，扶风（今陕西省兴平县东南）人，他坐在绛纱帐内对学生讲课。

昆士兰州黄金海岸①

疑是云端起蜃楼，眼花缭乱望昆州。

金沙碧海长天朗，茂树繁花小径幽。

嬉水娇娃争灿烂，弄潮帆影竞风流。

夜来街畔多弦管，融入涛声响未休。

2007年9月16日

【注释】

①昆士兰州黄金海岸：位于布里斯班以南七十八公里处，是澳大利亚著名旅游城市。这里气候宜人，风光旖旎，沙滩细软平缓。海边时见惊涛突起，澎湃奔涌，被称为冲浪天堂。

和答桓州旧友《读〈临清集〉》

昨上网"百度"，搜寻拙作《临清集》有关资料，才发现耿铁华先生（号桓州旧友）曾于8月份作《读〈临清集〉》七律一首，诗文雄奇高古，对拙作赞誉有加，跟帖相赞诗友、网友不少，余甚慰，甚愧，乃步铁华诗韵，奉和一首，以谢铁华先生及诸诗友、网友。

感君夜雨品兄诗，盛赞临清愧暗滋。

正气成篇何仰止，真情入律本相宜。

文无雅韵难承爱，人有谦风自可师。

堪羡桓州吟笔健，未曾谋面也心知。

2007年11月24日

附，桓州旧友《读〈临清集〉》：

> 伏中夜雨品君诗，律稳功深韵细滋。
>
> 正气如峰山仰止，真情似水海相宜。
>
> 温莎堡证人间爱，橘子洲宗社稷师。
>
> 翰墨丹青风骨健，临清隽永此心知。

参观李苦禅艺术展兼纪念大师诞辰
一百〇八周年

　　今年是国画大师李苦禅先生诞辰一百〇八周年。日前，李苦禅艺术展在吉林省博物院举行。余慕大师之名久矣，乃迫不及待前去参观。一进门，就被大师的艺术作品所吸引和震撼，遂成诗一首以记之。

> 翰墨淋漓胆气横，恢宏原本是天成。
>
> 雄鹰笔下凌千古，苍鹭毫端冠百翎。
>
> 法效阿芝新立派，源承雪个自悬旌。
>
> 难能一世高风节，报国常怀赤子情。

2007年12月21日

次韵奉和张福有《读〈临清集〉》

　　2008年1月18日，省作协在省宾馆召开吴文昌诗词作品研讨会，高文、冯锡铭等老领导莅临，张笑天、杨廷玉、乔迈、朱晶、曲有源、吕钦文、张福有、朱彤、毕政、张未民、韩耀旗、薛卫民、马大勇、兰亚明、邢万生等群贤毕至，相继发言。张福有在发言结束时，赋七律一首，余深受感动，乃步韵奉和，以谢福有及与会所有领导和专家。

含泪频伤土字牌，防川北望起阴霾。

忧民力小偏兴叹，报国身微却骋怀。

爱醉山河真寄意，情钟韵律苦栽排。

年增未觉桑榆晚，羡尔根深益养斋。

2008年1月19日

附，张福有《读〈临清集〉》：

遗恨俱因土字牌，后生可待化阴霾。

原非偶作临清叹，果是常持涵素怀。

笔直风云听调遣，情真草木任安排。

蹇予滞涩相知晚，促扎深根养拙斋。

观电视剧《闯关东》

近日偶看电视剧《闯关东》，深被朱开山一家命运所吸引。余祖上亦是闯关东过来的，听先人讲，当年成千上万闯关东的人一到山海关，就齐刷刷地跪下，朝家乡方向挥泪磕头，留下撼人心魄的一幕。

饥寒交迫闯关东，匪患兵灾路万重。

泪染黄尘思故里，汗洇黑土盼归鸿。

家仇切切情能解，国耻桩桩恨未穷。

堪赞朱门多伟烈，兴邦当继此心雄。

2008年1月27日

赠崔善玉大姐

近日，在省文联迎新春联欢会上，有幸同仰慕已久的著名舞蹈家崔善玉大姐坐在一起。席间谈起舞蹈，谈起艺术，大姐见解深刻，对艺术界的浮躁之风深感忧虑。应主持人之邀，七十岁高龄的大姐献上一段朝鲜族独舞，舞姿之优美，步法之矫健，感情之投入，令人动容。乃顿悟，舞蹈者，绝非手舞足蹈之谓也，究其根本，乃是一种历史积淀、文化传承、民族精神和感情之凝结。春节将至，献上小诗一首，给大姐拜年。

舞台昔日任纵横，处子惊鸿别有情。

鼓点声声天地动，刀光闪闪雪霜凝①。

痴迷只重翩翩影，恬淡何求赫赫名。

虽近桑榆休道晚，一身艺术永年轻。

2008年1月29日

【注释】

①鼓点、刀光：指崔善玉舞蹈代表作《长鼓舞》《刀舞》。

步福有韵贺吉林省诗词学会第二次代表大会召开

一片吟声上九天，文坛盛会帜高悬。

诗尊李杜神添雅，词效苏辛笔似椽。

雏凤音清歌阵阵，老枝干壮舞翩翩。

关东不逊江南处，总有雄风入管弦。

2008年4月16日

附，张福有《吉林省诗词学会第二次代表大会即将召开致贺》：

长白新晴霞满天，雄兵集会羽旌悬。

鸡林再发李唐韵，鹤表犹笼秦汉烟。

万马凌风成一阵，百家走笔颂三川。

大荒回首浩茫处，澎湃声中易旧弦。

抗震抒怀

山崩地裂震西川，灾报惊心夜不眠。

泪洒荧屏悲国难，情凝巴蜀痛民悬。

羞无健体能排险，幸有微薪可奉捐。

莫道书生多弱质，也能伸手共撑天。

2008年5月21日

迟贺《历代诗人咏集安》出版

2008年5月8日，张福有将《历代诗人咏集安》送我，书中收录作品七百三十二首，本该立即题诗致贺，终因手头事繁未果。今日有暇，乃重新翻书，临屏成诗，算是迟到的祝贺。

历代佳吟汇大成，鸿篇小令各多情。

毫挥已使三江动，律振终教五岳惊。

一剑珍藏生古韵[①]，百家高论续新声。

通沟雅集辉今古，酒助诗心唱到明。

2008年6月20日

【注释】

①遗剑：指集安出土赵国阳安君青铜短剑。据考证，阳安君乃李跻，老子李耳五世孙、唐高祖李渊的三十五世祖。

纪念改革开放三十周年

设计恢宏笔似椽，时来风送万帆悬。

特区勇拓中兴路，小岗争开改革先。

稳定繁荣除旧貌，文明民主换新天。

辉煌卅载惊回首，再续和谐盛世篇。

2008年8月21日

观"傅抱石中国画展"①

日前，震海兄来电话告知省博物院有傅抱石大师中国画展，嘱予必看。一进展厅，即被大师画作所吸引和震撼，在《屈子行吟图》《千峰送雨图》等画作前，驻足良久，反复揣摩，多有感悟，成七律一首，以表达观画所感和对大师崇仰之情。

有酒则仙傥不群，横涂纵抹总传神。

楚骚入墨挥诗意，山雨随心写画魂。

法古能教先辈叹，出新可让后昆循。

堪伤最是英年逝，留得丹青惹泪痕。

2008年10月15日

【注释】

①傅抱石（1904—1965）：江西新喻人。少年家贫，幼怀贞敏，自习书画篆刻。后得徐悲鸿先生奖掖，留学日本，归国后执教于中央大学艺术系，新中国成立后，先后任南京师范学院美术系教授、江苏省国画院院长等职。尤长于山水及人物画。其山水画独创"抱石皴"，人物画独得屈子楚骚精神，浪漫瑰丽，激情喷涌。先生以"有酒学仙，无酒学佛"为自我写照。

敬献我省三批援藏干部

别妻离子战高原，六载风霜励志坚。

雅水为邻朝自饮，珠峰结伴暮同眠。

安边绩伟千秋赞，建业功高万口传。

援藏归来当有日，再擎美酒献君前。

2008年11月7日

鼓　浪　屿

凌空漫步日光岩，八闽奇观入眼帘。

四面天风携鼓韵，千重海浪动云帆。

翩翩白鹭姿容美，款款游人笑语甜。

当是延平伤憾事①，孤忠不改望东南。

2008年11月21日

【注释】

　①延平，孤忠：指郑成功。郑成功因收复台湾有功，被南明永历帝封为延平王。清康熙帝曾撰联称颂郑成功："四镇多二心，两岛屯师，敢向东南争半壁；诸王无寸土，一隅抗志，方知海外有孤忠。"

贺海峡两岸实现"三通"

喜讯飞传荡碧霄，三通民意化春潮。

机临台北天成岸，船到津门海作桥。

分立当知离最苦，同根应晓统为高。

心期痛饮团圆酒，畅叙相思泪共抛。

2008年12月15日

和张福有《〈长白山池南撷韵〉开印在即为诗友贺年》

回眸风雨忆华年，最喜诗坛结友缘。

携手青山挥翰墨，寄心碧水话云笺。

常钦朋辈多佳作，总愧吾侪少续编。

只要真情留纸笔，终生撷韵亦欣然。

2009年1月21日

附，张福有《〈长白山池南撷韵〉开印在即为诗友贺年》：

喜迎瑞雪贺牛年，欣结池南撷韵缘。

共为圣山征大雅，还免拙眼注华笺。

浮生六十惊初度，故垒三千待续编。

遥祝诗家身笔健，我心如水自安然。

己丑贺春

　　己丑年春节，正值世界性金融危机扩展蔓延。寒风阵阵，唱衰声声。此时，信心比什么都重要。晨起，旭日东升，登高望远，草成一律，以抒感怀。

　　牛年元日上高台，满眼生机蕴九垓。

　　雪柳连江迎曙灿，红梅缘岭带霜开。

　　千帆竞渡惊潮舞，万马争驰动地来。

　　莫谓严冬挥不去，梢头春意正徘徊。

2009年1月26日

步张福有韵贺蒋力华《法书吟鉴》出版

　　临池夜夜欲何求，痴恋无心叹寡俦。

　　满纸云烟倾雅士，一身风骨仰清流。

　　毫端淡淡新潮韵，砚底深深古法幽。

　　不信人生多憾事，书中诗里觅春秋。

2009年3月15日

附，张福有《蒋力华〈法书吟鉴〉出版志贺》：

　　临池撷韵苦追求，合璧因缘倩笔俦。

吟释砚书任潇洒，法随心鉴演风流。

长锋仄起丸都远，淡墨平收豆谷幽。

纵览前贤碑帖事，文坛携手续春秋。

夜读有思
（依王寂《张子固奉命封册长白山回以诗送之》韵）①

朝晖夕照理相同，何必悲秋叹落蓬。

不以颓颜羞镜影，却将余热赋辽东。

闲无菊酒负陶令，梦有冰河效放翁。

窗透微明疑晓至，起看皓月正天中。

2009年3月19日

【注释】

①金于大定十二年（1172）十二月封长白山为"兴国灵应王，即其山北地建庙宇"。大定十五年（1175）三月，奏定封册仪物，每逢春秋二季，择日致祭。明昌四年（1193）十月，复册长白山为"开天弘圣帝"。金朝册封长白山，派张子固前往。张子固完成册封使命后，王寂赠张子固一首七律《张子固奉命封册长白山回以诗送之》："劳生汩没海浮粟，薄宦飘零风转蓬。我昔按囚之汶上，君今持节出辽东。分携遽尔阅三岁，相对索然成两翁。健美归鞍趋重九，黄花手捻寿杯中。"

贺"集安文化论坛"开版

集安文脉溯千年，论版承开再续篇。

鸭水多情存古韵，丸山无悔易新弦。

花由竞放随心也，鸟任争鸣本性然。

遥举吟鞭歌故国，杜鹃声里又春天。

2009年4月22日

临屏咏海军大阅兵

心随巨舰骋蓝疆，忆昔思今泪两行。

千载辉煌悲落日，百年屈辱怨强梁。

先驱力拓中兴路，后继争书崛起章。

莫道难圆航母梦，鸿猷早已下西洋。

2009年4月23日

步福有韵贺公主岭市建中华诗词之乡

欣闻古镇建诗乡，吟友如云赋锦章。

鸟迹成书风继汉，文心结语韵赓唐。

春催蝶舞花增艳，雨润蛙鸣草沁芳。

白马黄龙终不去，响铃从此更悠长。

2009年6月4日

附，张福有《公主岭市创建中华诗词之乡致贺》：

梦闻公主返诗乡，遍野响铃歌锦章。

城瓦绳纹先两汉，鸡林商贾重三唐。

问心敢勒石怀德，发韵能教草沁芳。

白马黄龙嘶更远，且随辽水逐流长。

次韵和荣文达《辽东怀古》八首

荣文达（1847–1903），字可民，吉林怀德（今公主岭市）人，善诗文，晚清与刘春烺、房毓琛并称"辽东三才子"，光绪二十九年（1903）任奉天大学堂总教习，是年五月卒。著有《鹿萃斋集》。适逢公主岭开展创建中华诗词之乡活动，乃步荣公《辽东怀古》韵，成诗八首以为贺。

一

尘封人迹隐星躔，觅觅寻寻总觉鲜。

神女多情难史笔①，采薇无力撼山川②。

四支并起发祥地③，三郡同开设邑年④。

虽是强秦威不到，豪雄谁肯忘幽燕⑤？

2009年6月13日

【注释】

①神女：系红山文化中的女神。红山是在今属内蒙古的赤峰市东北侧，老哈河支流英金河畔，建平县与凌源市交界处，102国道旁，一座高出河面约二百米的红色花岗岩丘陵。山上发现约五六千年前的新石器时代的文化遗址，其中牛河梁遗址是反映红山文化最高层次的中心遗址，有女神庙、女神像等大量新石器时期的遗物。是谁创造了这些文化，专家们莫衷一是。

②采薇：伯夷和叔齐唱的《采薇歌》。相传东北第一个诸侯国孤竹

国第八代国君亚微希望少子叔齐做自己的继承人。亚微去世后，叔齐劝大哥伯夷即位，两人争执不下，先后出走，投奔周国。文王去世后，武王伐纣。二人认为是犯上作乱，劝阻无效，东行逃到人烟稀少的首阳山，"不食周粟"，只吃薇菜，并唱《采薇歌》以明志，最后饿死在首阳山。

③四支：东北历史上的四大族系，即华夏族系、东胡族系、秽貊族系、肃慎族系。

④三郡：公元前290年前后，燕国击败东胡、朝鲜侯国，在东北设置的辽东郡、辽西郡、右北平郡，史称为东北设郡县之始。

⑤幽燕：这里指慕容鲜卑在辽东建立的地方政权前燕、后燕和北燕。

二

雄才大略眼胸宽，威治营盘法治官。

横槊吟成追雅颂①，挥鞭算尽比张韩②。

安边无惧伐征远，靖内多忧整肃难。

碣石遗篇留浩气，平乌犹似定泥丸③。

【注释】

①横槊吟成：曹操不仅是著名的军事家、政治家，也是著名的文学家和诗人，是建安文学的领军人物。相传曹操在赤壁大战前，把酒酹江，横槊赋诗，留下千古绝唱《短歌行》。

②比张韩：曹操的足智多谋，堪与汉高祖刘邦的名臣张良、韩信相媲美。

③平乌：东汉末年，曹操亲率大军，千里东征，平定乌桓。乌桓是战国时期的东胡族之后，游牧民族，和高句丽联合，经常南侵掳掠，成为东汉王朝的心腹之患。曹操平定乌桓后，返途经碣石，留下著名的诗篇《观沧海》。毛泽东在《浪淘沙·北戴河》中，有"往事越千年，魏武挥鞭，东临碣石有遗篇"的名句。

三

羞于奸巧与权谋，只觅奇功不觅侯①。

冤塞三江悲梦断②，风吹一叶叹天秋。

南军弃甲奔如豕，北虏挥戈气若牛③。

知是朝中无勇将，忠魂怎可挽沉舟④？

【注释】

①只觅奇功不觅侯：明末抗清名将袁崇焕（1584—1630），于天启二年（1622）任兵部主事，单骑出关，考察形势，还京自请守辽。他筑宁远（今辽宁兴城）等城，屡次击退后金（清）的进攻。六年获宁远大捷，升授辽东巡抚。次年获宁锦大捷，被崇祯帝授兵部尚书衔，督师蓟辽。袁崇焕性格耿直忠烈，不擅权谋，丹心报国。在《边中送别》中有"策杖只因图雪耻，横戈原不为封侯"的诗句。

②冤塞三江：袁崇焕因受诬陷，被朝廷下旨凌迟处死。一些不明真相的百姓以为袁是大卖国贼，纷纷给刽子手投掷铜钱，买袁崇焕的肉生吃。康有为曾撰《袁督师庙题联》："其身世系中夏存亡，千秋享庙，死重泰山，当时乃蒙大难；闻鼙鼓思东辽将帅，一夫当关，隐若敌国，何处更得先生。"

③南军、北虏：指明军和清军。袁崇焕死后，明朝大势已去，清军长驱入关，明很快灭亡。《明史·袁崇焕传》载："大清举兵，所向无不披靡，诸将罔敢议战守。议战守，自崇焕始。自崇焕死，边事益无人，明亡征决矣。"

④忠魂怎可挽沉舟：袁崇焕临刑前，毫无惧色，慷慨赋诗："一生事业总成空，半世功名在梦中。死后不愁无勇将，忠魂依旧保辽东。"

四

轻观正统蔑尊卑，开国雄心世所奇①。

血染鞍鞯兴霸业，甲生虮虱蓄王资②。

四方有意归庐殿③，七恨无情壮铁师④。

抱憾关前终驻马⑤，中原未见易旌麾。

【注释】

①轻观、开国：指清太祖努尔哈赤（1559—1626），爱新觉罗氏，满族，自幼胸怀大志，敢于藐视朝廷，从二十五岁十三副铠甲起兵，统一女真各部，到率兵推翻明朝政权，成为大清国的开国奠基之主。

②甲生虱虮：努尔哈赤起兵后，连年征战，时常人不离鞍，剑不离手，甲不离身，多生虱虮，备尝艰辛。

③四方有意：指努尔哈赤统一女真各部。明朝后期，东北的女真分成海西女真、建州女真、野人女真三大部分。他们不仅同明朝之间矛盾加剧，各部间也相互争斗，所谓"强凌弱，众暴寡"的兼并战争愈演愈烈。辽东各族、主要是女真族人民深受其害，厌倦长期以来的一盘散沙状态，强烈要求统一、要求进步。努尔哈赤顺应这一潮流，从公元1582年至1588年，发动统一各部的战争，经过浴血奋战，实现了统一，为推翻明朝奠定了坚实的基础。

④七恨无情：指努尔哈赤的反明宣言。努尔哈赤建立"后金"后，把战略重点从原先统一女真及蒙古诸部，转移到公开叛明上。天明三年（1618）4月13日，努尔哈赤公开宣布"七大恨"起兵反明。主要内容是：第一，明朝无故杀害努尔哈赤的祖父、父亲；第二，明朝偏袒叶赫、哈达，欺压建州；第三，明朝违反双方规定的范围，强令努尔哈赤抵偿所杀越境人命；第四，明朝派兵保卫叶赫，抗拒建州，叶赫由于得到明朝的支持，背弃盟誓，将其"叶赫老女"转嫁蒙古；第五，明当局逼迫努尔哈赤退出已开垦之柴河、三岔、抚安之地，不许收获庄稼；第六，明帝听取叶赫谗言，遣人持函，"备书恶言"，侮辱建州；第七，明朝廷逼迫努尔哈赤退出已经并吞的哈达地区。

⑤抱憾关前：指努尔哈赤起兵反明以来，一路南下，所向披靡，马鞭几乎指到了山海关。但就在这时（1626），六十八岁的"马上皇帝"在宁远城遭到了明大将袁崇焕的顽强抵抗，兵败退于盛京（今沈阳），不久便撒手人寰，留下很多遗憾和谜团。对此，富察·鹤年在《清帝杂咏十二首之一·努尔哈赤》中有这样的诗句："麾动八旗惊破天，一生功过在雕

鞍。汗王铁甲生虮虱，犹恨未得山海关。"

五

刀枪剑戟刃飞霜，数代枭雄唱大荒①。

才舞旌麾克沃沮，又挥兵马向辽阳②。

丸都坟恨春秋短③，豆谷宫期日月长④。

纵是纷纷成往事，终留青史泛余香。

【注释】

①数代枭雄：指高句丽初创和扩张时期的东明王、琉璃明王、大武神王、太祖王、美川王、广开土王等几代雄主。高句丽，史书中也写作"高句骊"，系公元前37年至公元668年在我国东北地区和朝鲜半岛存在的一个地方民族政权，其人民主要是秽貊和扶余人（包括沃沮与东秽），后又吸收些靺鞨人、古朝鲜及三韩人。

②克沃沮、向辽阳：指高句丽中央集权化和早期扩张时期（53—243），高句丽太祖王于公元53年，将高句丽分散的五个部落设为五个省，实行集权化统治。公元56年，太祖王吞并东沃沮，进而吞并东秽一部分领土，随后又对乐浪郡、玄菟郡和辽东发动攻势，完全摆脱汉朝的控制，为建立强大的地方民族政权奠定了基础，同时也加剧了与汉朝的直接武装冲突。

③丸都：即高句丽政权的都城丸都山城，位于集安市区2.5公里处，原名尉那岩城，始建于公元3年，历经十代王，于公元198年扩建完成，正式更名为丸都城。现城内有墓葬三十七座。

④豆谷：就是"通沟""洞沟"。此乃双声叠字，音转意递。"豆谷"就是"通沟"在高句丽琉璃明王时期之称谓。"豆谷离宫"，当为集安通沟河东、国内城北的"梨树园子遗址"。

六

何处昏鸦噪暮云，颓垣衰草接荒坟①。

难寻风雪孝廉路^②，不辨真讹太白文^③。

三素声羞家国恨^④，二驹名重帝妃分^⑤。

兴亡一瞬谁能解，谈笑杯倾日几曛。

【注释】

①荒坟：渤海国留在敖东古都（今敦化市）旁边六顶山中的古墓群。渤海国（698—926），是我国唐朝时期以粟末靺鞨族为主体建立，统治东北地区的地方民族政权。公元698年，粟末首领大祚荣建立靺鞨国，自号震国王。713年，唐玄宗册封大祚荣为渤海郡王，统辖忽汗州，从此粟末靺鞨以渤海为号。762年，唐朝廷诏令渤海为国，史称"海东盛国"，首都初驻旧国（今吉林敦化），926年为辽国所灭，传国十五世，历时二百二十九年。

②孝廉路：指王孝廉在渤海国与唐朝、日本之间往返之路。王曾任渤海太守，著名诗人，早年在唐朝学习，后出使日本。李白曾有《送王孝廉觐省》诗云："彭蠡将天合，姑苏在日边。宁亲候海色，欲动孝廉船。窈窕晴江转，参差远岫连。相思无昼夜，东泣似长川。"

③不辨真讹：指传说李白醉写藩书吓退渤海国使者的故事，虽无正史记载，但有的史学家认为此事并非空穴来风，并找出了一些依据。

④三素：指公元926年2月，契丹阿保机率二十万大军御驾亲征渤海国，一举攻克其首都上京龙泉府，渤海国王大諲譔身着素服，举素幡，牵白羊，率三百多名官员出城投降。

⑤二驹名重：指大諲譔降而又叛，被阿保机打败，请罪于阿保机马前。阿保机以侮辱之意，将自己两匹马的名字赐给了渤海国王和王妃，并将二人押回契丹临潢府西筑城居住，直至其双双忧郁而亡。

七

风云叱咤古今倾，势压南邦控上京^①。

铁腕常施夸冷艳，金鞍不弃展威名^②。

殿前每用韩公计^③，阵上常驱伏虎兵^④。

归政雄心终未泯⑤，梦中犹取汴梁城。

【注释】

①南邦：指和辽国对峙的宋朝；上京：指辽国首都上京临潢府（今内蒙古巴林左旗南）。辽国是中国历史上以契丹族为主体建立的王朝，其创建者为耶律阿保机。从公元907年到1125年，存续二百多年，共历九帝，1125年为金国所灭。

②铁腕、金鞍：指萧太后（953—1009）铁腕理政，金鞍拓边，叱咤风云的一生。萧太后，名绰，小字燕燕。是辽史上著名的女政治家、军事家，辽景宗耶律贤的皇后，辽北院枢密使兼北府宰相萧思温之女。辽景宗时期，强势辅政，景宗死后，辽圣宗年幼，萧绰亲秉朝政，大刀阔斧改革吏治，重用汉臣，仿汉治国，强力镇压族属旧势力的反扑，亲自带兵同北宋作战，为辽国中兴做出了重要贡献。

③韩公：即韩德让（941—1011），汉族，蓟州玉田人，忠王室，有智略，明治体，喜建功，深得萧太后喜爱，官至总知契丹、汉人两院事，拜大丞相，封齐王，后改封晋王，总揽了辽朝的军政大权。

④伏虎兵：辽兵称谓。辽兵擅骑射，能战斗，勇猛异常。典成于辽道宗时期，道宗携皇后萧观音带兵在伏虎林（今内蒙古巴林右旗西北察罕木伦河源之白塔子西北）打猎，道宗见军威雄壮，命皇后赋诗，诗曰："威风万里压南邦，东去能翻鸭绿江。灵怪大千俱破胆，那教猛虎不投降。"

⑤归政：萧太后五十七岁那年，即公元1009年，在政治舞台上叱咤了四十年的她，无奈地把皇权归政于辽圣宗，归政不到一个月，因感风寒逝世，战胜宋朝的雄心壮志没能实现。

八

千秋青史锁烟尘，细检深思辨伪真。

为恨奸谋频拍案，因钦忠烈慎为人。

问心总使情趋雅①，怀德常防志堕沦②。

莫谓书生无一用，吟鞭指处可回春。

【注释】

①问心：指问心碑。公主岭市有一块清朝时期的问心碑，竖立于当时怀德（现公主岭市地域）县署所在地、现为怀德镇政府大院问心碑亭内。这是当地第一任知县张云祥在光绪三年（1877）撰写碑文、由当地技术最高工匠雕刻的大型石碑。

②怀德：指怀德县，公主岭市前身，位于吉林省四平市东部。清光绪三年（1877）置县，取古语"君子怀德""怀之以德"之意。1984年怀德县撤置，其间跨越清代、"中华民国"、东北沦陷时期和中华人民共和国四个历史阶段。

附，荣文达《辽东怀古》：

其 一

幽营半壁划星躔，溟渤纡回日出鲜。

禹迹有经辟东北，舜封无石勒山川。

岛夷犹想名皮地，肃慎难寻贡矢年。

本是强秦威不到，谁藏太子助穷燕。

其 二

雄才汉武拓疆宽，汕溟遥书太史官。

菟郡虚名分四界，虎神遗俗纪三韩。

安边太守宣威易，出塞将军让美难。

莫道渡辽征战苦，敢凭剑客靖乌丸。

其 三

石祥延里起阴谋，鸾辂旄头我岂侯？

五国妄争辽水长，一星迟郿首山秋。

偏隅坐大如矜豕，朴俗难忘是盗牛。

来去寓贤虚设馆，一帆仍上海天舟。

其　　四

鹿侯吞霆启鲜卑，封往辽东事已奇。

名士眼惊命世器，隐流胸有霸王资。

江南一马犹修贡，山上双龙讵足师。

何用梦祥嫌啮臂，有人扪虱指军麾。

其　　五

将军三箭气飞霜，驻跸山惊草木荒。

鸭水醋杯浇海表，凤城诗笔怨辽阳。

基开鸿范流传远，物产狼毫文字长。

但祝恶氛鲸浪息，屏藩东道进名香。

其　　六

辽水苍凉起暮云，辽山木叶怅秋坟。

秦歌宫讽宫家事，梁籍亭燔太子文。

拊背朔方雄五代，亡唇南国悔双分。

无家耻作西藩客，殿瓦医间几夕曛。

其　　七

雄豪起舞酒杯倾，金主诗词谶汴京。

五色云中天子气，万人江上女真名。

黄龙最恨书生计，白马犹严太子兵。

莫更冬青寻二帝，瞬看五国亦荒城。

其　　八

驱除诸部事如尘，失计前朝鉴更真。

叶赫间谋余战垒，松山哀咏属诗人。

九边犴狱长城坏，一水鸿沟大厦沦。

天遣镐丰佳气满，葱葱烟树万年春。

《奉天通志》卷235

登玉龙雪山①

飞身直上九重峦，手抚神龙唱大观。

林海茫茫涛蕴翠，冰川历历雪凝寒。

因凌绝顶心怀壮，未碍浮云眼界宽。

不信人生机遇少，成功全在肯登攀。

2009年6月27日

【注释】

①玉龙雪山是北半球最南的大雪山。山势由北向南走向，南北长三十五公里，东西宽二十五公里，雪山面积九百六十平方公里，高山雪域风景位于海拔四千米以上。玉龙雪山以险、奇、美、秀著称于世，集气势磅礴、玲珑秀丽于一身，是著名的旅游胜地。

贵州天星桥①

别样湖山别样情，行来如醉赏天星。

藤依老树苔含绿，竹浴和风路泛青。

奇石随心非有意，灵泉因势本无形。

数生阶上休真数②，景好何须问路程。

2009年6月28日

【注释】

①天星桥：位于黄果树大瀑布下游七公里处，景区主要观赏石、树、水的美妙结合，是水上石林变化而成的天然奇景。

②数生阶：又叫数生步，系天星桥水景区中露出水面的365块石头，

相对一年365天，每块石上刻一该日诞生的中外名人的名字。游人到此都情不自禁地数脚下的石头，看自己生日那块石头上对应的是谁。

雨中神农架

虽非晴日访神农，雨里风光更不同。

云涌峰驰惊幻梦，雾凝壑隐演浑蒙。

随风溪唱声添脆，沾露莺啼语渐慵。

莫问野人真与假，世间之美在朦胧。

2009年7月5日

依岳琦先生韵成秋日感怀

莫叹重山霜染衣，芳林尚有傲寒枝。

天高云淡凭鹰展，野阔风清任马驰。

案牍劳形人易老，渔樵养性趣能移。

年逾花甲频添岁，振翅无须怕羽差。

2009年9月8日

附，张岳琦《七律·深秋访湖南》：

初惊爽气略加衣，仍是葱茏花缀枝。

湘水默流勾史忆，烟云飞幻惹神驰。

经年不见人都老，诸事纷轮情也移。

住处桂香飘满院，奇峰遥望蠹参差。

喜迎建国六十周年

扫尽阴霾四海清，先贤笑慰九州同。

醒狮怒吼群强震，黔首欢歌百业隆。

改革帆扬除旧敝，小康马骤展新容。

国逢盛代千秋典，再振长缨势更雄。

2009年9月29日

重访敦煌莫高窟

震撼重温不朽诗，莫高窟下久神驰。

龛前演法辉千界，壁上飞天展万姿。

强盗有心曾窃宝，风霜无意也相欺。

堪伤最是藏经洞，长使男儿泪染衣。

2009年10月20日

步岳琦先生韵成回首感怀

劳碌何曾问紫薇，忍从朝日变斜晖。

乐将肝胆酬家国，岂把心思运棘围。

举目能追云里雁，置身难远是中非。

闲来索性耽佳句，拄杖行吟自履菲。

2009年11月20日

附，张岳琦《七律·居长春廿年有感》：

> 小窗寂静对蔷薇，读罢新书赏落晖。
> 仲夏满城绿如海，隆冬一夜雪重围。
> 人安有处避风雨，心达无求却是非。
> 回首沧桑多少事，华年寄此也芳菲。

步岳琦先生韵成新年感怀

> 晓钟惊梦又新年，起赏琼花未觉寒。
> 眼入云霞当气振，胸藏梅柳自神安。
> 青春血热终难尽，老骥情豪岂可残。
> 心远何须寻避世，临清焉敢作闲观。

2010年1月4日

附，张岳琦《七律·在长春过元旦》：

> 无声无息过新年，足不出户因酷寒。
> 已却三权惯客少，又增一岁幸身安。
> 朔风吹地琼花舞，枯树昂天枝叶残。
> 书海徜徉自陶醉，神游纵把古今观。

卡帕多奇亚地下城

今天，在翻译苏丹女士的引领下，考察土耳其著名的卡帕多奇亚地下城。苏丹介绍说，世界历史上最伟大的建筑无非出于防卫的需要和信仰的需要。看了地下城，深以为然。

躬身移步自心惊，山底深藏地下城。

暗道错猜前战地，迷宫疑是旧兵营。

频闻人力成奇迹，罔说神工负盛名。

更信苏丹评胜迹，一尊信仰二求生。

2010年1月16日

步张岳琦先生韵草成梦觉

梦里依稀鹧鸪声，如烟细雨入窗棂。

复苏物觉春将暖，竞渡帆扬岸未青。

月下吟诗涵雅韵，江边起舞啸晨星。

醒来一任添霜鬓，更喜心清体自宁。

2010年1月18日

附，张岳琦《七律·庚寅立春》：

律至立春闻虎声，晨曦半缕映窗棂。

金鸡啼罢仍慵睡，白发添成不再青。

上网缤纷看世界，望空缥缈数寒星。

远方短信频频到，都祝新年万事宁。

回眸（步韵和张岳琦先生）

常上高台望故乡，回眸履迹眼迷茫。

蹉跎岁月闲偏少，辗转人生味遍尝。

未惧时艰风凛冽，却忧世窘雪纷雱。

酸甜苦辣随缘去，入梦何须作蚁王。

2010年1月30日

附，张岳琦《七律·春眠偶思》：

且放狂思进梦乡，未来过去两迷茫。

不因嗜酒羞钱袋，岂为求鱼客孟尝。

入夜又闻风冽冽，及春仍见雪雱雱。

舒心端赖无多恨，满足何须南面王。

闻张鼓峰事件战地展览馆开馆在即有寄

春日登楼望大东，潸然难抑眼蒙眬。

江边残月悲瓯缺，战地遗痕惹梦惊。

总恨强邻骄逞武，每羞故国弱无能。

含悲寄语南来雁，莫忘年年绕鼓峰。

2010年1月31日

步韵和雪漫千山《读吴文昌先生〈临清集〉〈心远集〉感怀》①

醒也追思梦也寻，痴情一片化长吟。

为官只管担轻重，处世何曾问浅深。

五斗难弯学陶令，三生有幸走云林。

欣然最是多诗友，唱和临清寄远心。

2010年2月22日

【注释】

①雪漫千山：实名李红光，珲春民营企业家，吉林省著名诗人，"关东诗阵"版主。

附，雪漫千山《七律·读吴文昌先生〈临清集〉〈心远集〉感怀》：

天涯山水耐追寻，世味云程叠浩吟。

长夜翻书思漫漫，一朝解语悟深深。

草堂幽境堆诗梦，陶令高风荡仕林。

难得偷闲排两辑，传来新句绿春心。

步张福有韵成庚寅贺春

雄鸡一唱到庚寅，起舞江边满目新。

梅吐馨香先送暖，柳含芳嫩暗撩人。

韶光易逝空生叹，佳句难成倍觉珍。

最喜琼花频入夜，悄无声息报来春。

2010年2月13日

附，张福有《七律·贺春》：

贺岁诗声遍八寅，眼前又是一年新。

飞觞畅饮开怀酒，把键频邀纳福人。

清丽笺中歌胜境，团圆席上品佳珍。

关东雪舞呈祥瑞，吟友四方齐赋春。

步韵和龙山樵夫《读临清居士〈心远集〉》①

书怀咏事贵由衷，养得清心唱蕙风。

志远由他歌大吕，身微兀自吐霓虹。

不羞力弱难成器，却恨诗贫久未工。

岁月匆匆惊逝水，起看红日又升东。

2010年3月25日

【注释】

①龙山樵夫：实名刘志田，辽宁省著名诗人，"关东诗阵"版主。

附，龙山樵夫《七律·读临清居士〈心远集〉》：

书怀感事意由衷，平易温文大雅风。

两集瑶章思叠彩，一篇佳序气如虹。

白山韵炽诗心远，赤子情殷律句工。

笔触精微耘不辍，芳菲红紫秀关东。

咏 织 金 洞

行来疑入武陵源，秀媚雄奇叹大观。

赤壁遥连冬觉暖，蟾宫隐现夏生寒。

扬眸心骋三千界，驻足身临十万山。

霞客有灵当羡我，不图游记只偷闲。

2010年4月24日

步韵和一叶轻舟《临清居士老师〈心远集〉读后感作兼寄》①

常将书卷作知音，夜读灯阑尚苦吟。

乐以品行分上下，羞凭官职论浮沉。

英年纵有班侯志，花甲难酬烈士心。

春色不嫌人寂寞，清风依旧入胸襟。

2010年4月28日

【注释】

①一叶轻舟：实名王卓平，黑龙江省著名诗人，"关东诗阵"版主。

附，临清居士老师《心远集》读后感作兼寄：

清宵捧卷读清音，直面人生叹啸吟。

时代风云勤吐纳，官场岁月蓦浮沉。

一江碧碧抒豪气，三径悠悠寄远心。

纯朴诗情真格调，更从平仄看胸襟。

登庐山含鄱口感怀①

魂系匡庐惹梦思，登临啸傲久神驰。

江横脚下乾坤小，湖卧怀中日月低。

数载风云凭变幻，几朝诗赋任争奇。

是非原本人间事，何必依山说话题。

2010年5月11日

【注释】

①含鄱口：位于庐山含鄱岭中央，左为五老峰，右为太乙峰。两山之间，形凹如口，因为正对鄱阳湖，有将湖水一口吸入之势，故名含鄱口。含鄱口中的含鄱岭是一座狭窄的岭脊，有如口中的舌头，前面有一牌坊，正中上方有"含鄱口"三个大字，左右分别刻着"湖光"和"山色"。

雨中登滕王阁①

名楼雄峙大江滨，极目凌虚物候新。

广厦千寻惊岁月，连檐百里感风云。

图迷帝子蝶如幻②，魂系王生序绝尘。

无奈诗贫羞笔涩，凭栏只道雨纷纷。

2010年5月13日

【注释】

①滕王阁：这里指南昌滕王阁，始建于唐永徽四年（653），为唐高祖李渊之子李元婴任洪州都督时所修建。

②图迷帝子蝶如幻：指李元婴作为盛唐时期的风流王爷，潇洒倜傥，喜爱音乐、舞蹈，能画一手好画，唐代张怀瓘《画断》称他"工于蛱蝶"。

再登防川哨所①

山川满目又登楼，拭泪凭栏叹缺瓯。

东去江声携旧恨，北来风刃警前仇。

梦夸有志心常烈，醒愧无能力未遒。

幸喜中枢新号令，开边重启海天舟。

2010年6月4日

【注释】

　　①防川：位于珲春市敬信乡，距珲春市市区六十五公里，是我国与朝鲜、俄罗斯交界之处，濒江临海，依山傍水，东南与俄罗斯的小镇包得哥尔那亚毗邻，西南与朝鲜的豆满江市隔江相望，俄、朝的两个城市由图们江上的一座铁路大桥相接。哨所被称为"东方第一哨"。从防川沿图们江顺流而下，约十五公里即可进入日本海。 16世纪后期，沙俄越过乌拉尔山，侵略黑龙江流域，结果被清军打败。此后，两国经过谈判，正式签订了第一个边界条约《尼布楚条约》。18世纪中期，沙俄在英、法联军发动第二次鸦片战争的同时，也趁火打劫，再次出兵，强占了黑龙江流域的大片土地，并强迫清廷签订了丧权辱国的《中俄瑷珲条约》，随后又胁迫清廷签订了《中俄北京条约》。这两个条约掠夺了黑龙江以北、外兴安岭以南、乌苏里江以东包括库页岛在内的一百多万平方公里的土地，而且截断了中国的领海，使吉林成了一个离海最近却没有海域的内陆省。

读杨庆祥《绳墨斋随笔》①

耿耿丹忱赤子情，洋洋洒洒写真诚。

冰心笔下弘仁爱，竹韵胸中倡雅行②。

有志耆年攻学位，无求皓首起文声③。

难能不改平民色，恪尽公廉守墨绳。

2010年6月7日

【注释】

①杨庆祥：吉林省高级人民法院老院长，著名作家。

②冰心笔下：指《绳墨斋随笔》中写冰心的文章《有爱就有了一切》。竹韵胸中，指该书中《思念之泉长流淌》等爱竹、颂竹的文章。

③攻学位：指杨庆祥任省高法院长后，花甲之年奇迹般的攻取了吉林大学法学硕士学位。起文声：指杨庆祥离休以来出版《谈法论德》《买卖与纠纷》《婚姻与家庭》《土地纠纷》等理论著作，以及长篇小说《我们为了谁》，传记《心路花香》，诗集《雨滴集》等，声播文界。

读谷长春同志新作《岁月留痕》①

从容一笑对沧桑，未怨艰辛鬓早霜。

宦海无心争上下，云程有意淡低昂。

讴歌总以情为韵，痛斥时将笔作枪。

莫道涛声终渐远，人生佳境在平常。

2010年6月10日

【注释】

①谷长春（1933—2017）：汉族，吉林省长春市人。是中国作家协会会员、吉林省杂文学会会长。谷长春从20世纪50年代开始从事杂文创作，笔名文子牛，1957年后停笔二十余年，新时期以来重新坚持业余笔耕，出版的作品有《岁月留痕》、杂文集《知曙集》《博采集》《塑造你自己》《杂识拾零》《严肃的闲话》《"书生气"辩》，文艺评论集《文学的阵痛》，政论集《新时期思想政治工作纵横谈》，小小说集《听风步尘》等。

依韵和张岳琦先生《过怀德观首任知县张云祥所立问心碑》

问声一片起东陬，碑戒箴言爱意稠。

下处寻鱼人必毁，堂前种柳誉常留。

思于退后园成憾，省在官时任可讴。

莫谓碧空无长物，清风明月不需求。

2010年7月2日

附，张岳琦《七律·过怀德观首任知县张云祥所立问心碑》：

小城怀德处边陬，老树擎天绿叶稠。

常憾纪廉文物失，却惊铭志古碑留。

云祥一世无高任，风节千秋有美讴。

莫论为官多少事，问心不愧首当求。

贺吉林省长白山文化研究会成立十周年暨长白山书院揭牌

根深土沃正华年，声震关东赞领弦。

苦旅维艰磨战阵，好风借力铸新篇。

丸都证确千秋史，松水滋荣万顷田。

恰是大荒崛起日，征程遥指竞吟鞭。

2010年7月10日

依吴兆骞《经灰法故城》韵成忆冬访辉发古城①

曾经踏雪访荒城，指点遗踪细问名。

有意颓垣偏寂寞，无情衰草却丛生。

总闻史笔夸强将，谁见时人崇败兵。

最是寒鸦啼落照，至今相忆尚心惊。

2010年7月17日

【注释】

①吴兆骞（1631—1684）：江苏吴江人，字汉槎，明崇祯四年生于书香门第，九岁成《胆赋》、十岁作《京都赋》，名扬江南，被誉为"左江三凤凰"之一。后因"南帏科场案"，被流放到宁古塔，作了大量边塞诗，被誉为边塞诗人。遇赦后不久病故，终年五十三岁。

附，吴兆骞《经灰法故城》：

雪峰天畔见荒城，犹是南庭属国名。

空碛风云当日尽，战场杨柳至今生。

祭天祠在悲高会，候月营空想度兵。

异域君臣兴废里，登临几度客心惊。

三星堆遗址①

撼地惊天出世尘，三星陨处展奇珍。

玉璋内敛无穷韵，铜像张扬不朽文。

犹太同源焉有证，炎黄支脉可追循。

休伤杜宇声凄苦，神圣生来伴血痕。

2010年8月15日

【注释】

①三星堆遗址：全国重点文物保护单位，是我国西南地区的青铜时代遗址，位于四川广汉南兴镇，因有三座突兀在成都平原上的黄土堆而得名。1986年起发掘。三星堆文明上承古蜀宝墩文化，下启金沙文化、古巴国，前后历时约两千年，是我国长江流域早期文明的代表，也是迄今为止我国信史中已知的最早的文明。

读《木棉花开：任仲夷在广东》①

受命危艰显大才，岭南春早独徘徊。
丹心试水轻生死，孤胆蹚雷忘祸灾。
挥去贫穷添粤秀，迎来福祉悦民怀。
至今遍地英雄树，犹似当年火样开。

2010年9月6日

【注释】

①《木棉花开：任仲夷在广东》：是一篇讴歌改革开放的力作，文中反映的改革开放之初、任仲夷掌舵五年的广东，是中国改革开放的缩影，其间发生了许多惊天动地的大事。作者李春雷正是以此为切入点，以独到的眼光，只选取了几个历史的横断面，就把任仲夷这一改革开放先驱的形象写得鲜明、生动，读了让人动容。

次韵和养根斋《〈长白山文化建设规划纲要〉感怀》

2010年9月27日，中共吉林省委办公厅、吉林省人民政府办公厅发出《关于印发〈长白山文化建设规划纲要〉的通知》，对诗词创作、研讨、评奖等事宜做出具体规定，众诗友甚喜。养根斋（张福有）赋诗一首，嘱予奉和，乃成一律。

> 潮起吟雄日正新，枝来鹊唱更催人。
>
> 诗归要略方能振，韵寄民心自不贫。
>
> 豆谷宫残痴鉴瓦，荡平岭峻勇披榛。
>
> 关东莫道疏文墨，流派风开梦渐真。

2010年11月16日

附，养根斋《〈长白山文化建设规划纲要〉感怀》：

> 初展宏图万象新，衰翁孰枉画中人？
>
> 未疑水远涛尤壮，自信山奇韵不贫。
>
> 一曲辽东堪助阵，八方吟旅共披榛。
>
> 巍峨长白开流派，更著华章梦绮真。

咏康熙松花石苍龙教子砚

日前，偶得康熙松花石苍龙教子砚（复制品）。原砚为康熙皇帝御赐皇子胤祯之砚，胤祯当时尚未登基。砚为不规则长方形绿色松花石质，雕有云龙纹，池内嵌一褐色石珠。砚背有阴刻铭文："一拳之石取其坚，一勺之水取其净。"印三枚。复制砚做工精美，余爱不释手，乃题诗以记之。

> 温凉冬夏不同天，砚里奇珍誉史篇。
>
> 墨发龙池彰庙略，文遗铁腕隐苍烟。
>
> 深山久孕灵光聚，巧手新雕意匠传。
>
> 堪赞明君凭教子，一因取净一因坚。

2011年1月5日

悼　罗　斌

好友罗斌因心脏病突发，一个月前与世长辞了，享年五十岁。2004年我们曾共同进藏，代表吉林省接送援藏干部。我们俩还是乒乓球赛场上的老朋友和老对手。他为人正直、热情、低调，饮酒豪爽，交友真诚，爱岗敬业，文笔纯熟，且多才多艺，摄影、诗词、乒乓球，都有相当造诣。告别仪式上，我竟哭得不能自持，梦中也常思念。特赋小诗，再悼亡友。

辗转虽眠屡梦君，醒来犹觉泪痕新。

同团雪域时嫌短，对垒乒坛日渐亲。

有爱为民劳责重，无求交友付情真。

追怀只恨难耽酒，羞以诗文作诔文。

2011年1月7日

辛卯贺春

又是冬残律近阳，蛰鸣声里嗅春芳。

连天波涌催征橹，动地歌扬壮小康。

身寄琼林甘守志，笔耕文苑岂循章。

欣然最是能心远，俯仰临清总致祥。

2011年1月30日

辛卯迎春抒怀

爆竹声催喜送寅，临窗把盏倍添神。

春衔柳翠江边早，霜衬梅红岭上新。

半世云程疑是幻，一腔诚挚信能真。

夜来又见琼花舞，更助诗情上昊旻。

2011年1月31日

辛卯春节联欢会赠人社厅机关全体干部职工

红灯瑞雪笑声喧，满眼春光展路宽。

爱济苍黎安社稷，业呼才俊振家山。

守廉难得独严己，成事全凭共闯关。

莫负天时无限好，征衣重整再登攀。

2011年2月3日

贺高丰清兄六十六大寿

何须羞愧六将双，虽弱犹存血一腔。

笔下豪情诗报国，案头长策梦兴邦。

总穿幽径身添雅，常涉清波月满江。

大顺新来知有意，瞳瞳日影又临窗。

2011年2月10日

贺耿铁华兄双六华诞

未怨东流去不回，只将余热报涓埃。

吟穷梦里诗坛振，证确心中疑窦开。

德劭行高凝老铁，学深帐阔集英才。

六双邀友质山下，虽醉犹呼进酒来！

2011年2月11日

归隐述怀

四纪风霜未染尘，寸心依旧自乾坤。

健身上网趋时尚，弄墨吟诗写率真。

欲寡弥知恬淡好，闲多倍觉子孙亲。

尔来细品陈年酒，更爱生逢第二春。

2011年2月16日

春　忧

刺骨风寒意若何，难捱屡问几时过。

已闻旱虐急如火，更感钱毛涨似魔。

一霸门前频演武，几家邻里乱操戈。

从来只道秋多事，未料今春事也多。

2011年2月18日

次前作《归隐述怀》韵谢养根斋依拙作韵《贺〈俯仰集〉出版》

风霜染鬓忆征尘，所幸唯钦载厚坤。

有限云程羞竞进，无边学海乐求真。

未因家国朋侪远，却为湖山草木亲。

最是一身终自主，啸吟声里又逢春。

2011年2月27日

忆秋咏怀

莫厌霜天蒲柳姿，汇成秋色正当时。

水方清澈鱼知早，山渐斑斓客觉迟。

得失说开原似梦，是非参透本如棋。

已然七尺酬家国，忧乐何妨化小诗。

2011年3月3日

防川夜咏

星寒树寂月轮高，北望家山路竟遥。

江水无言销故垒，土牌有恨记前朝。

闭关终晓添时弊，和约徒闻拓外交。

国势强尤思勇将，谁书龙虎继英豪？

2011年3月9日

贺段成桂先生两卷齐刊京华书展

开来继往力谁任，老段书名举世钦。

五体兼能神溯古，二王深得韵融今。

未追纸贵遥难及，却守行高近可寻。

梦里新添风景线，手栽桃李渐成林。

2011年4月2日

和张岳琦先生《三月杂感》

大千世界变寻常，把握从来靠眼光。

萧艾争喧终寂寞，菊兰自放却芬芳。

清心有志能高雅，伸手无人不祸殃。

难得春风吹正好，吟鞭东指奋图强。

2011年4月3日

次养根斋《祝贺临清居士荣任关东诗阵常务管理员》韵
酬谢养根斋兄

无求无欲总心清，爱与诗朋结伴行。

逐水放舟辞闹市，绕篱采菊弃虚名。

焉疑赤手天能补，确信丹诚厦可撑。

最喜关东已成阵，一吟万壑起回声。

2011年4月9日

图们江感怀

一江无语径朝东，携得悲欢任不同。

割地安能平敌欲，开边正可驾长风。

杜鹃花放增山色，阿里郎歌贺岁丰。

纵是土牌终未改，抚摩依旧惹心雄。

2011年4月16日

老战友相聚感言

久别相看鬓已斑，擎杯忆昔怕更残。

从戎虽是真投笔，解甲何曾敢卸鞍。

蹇涩有痕终逝水，浮沉无意自青山。

欣然毕竟情难泯，报效犹存一寸丹。

2011年4月23日

应县木塔^①

杰构神工此独家，沧桑阅尽傲尘沙。

千寻身耸凌霄汉，百尺莲开净物华。

燕近或疑空有界，云清更觉色无差。

行来若问前朝事，佛骨依稀日月遐。

2011年5月7日

【注释】

①应县木塔：全名为佛宫寺释迦塔，位于山西省朔州市应县县城内西北角的佛宫寺院内，是佛宫寺的主体建筑。建于辽清宁二年（公元1056年），金明昌六年（公元1195年）增修完毕。它是我国现存最古老最高大的纯木结构楼阁式建筑，是我国古建筑中的瑰宝，世界木结构建筑的典范。塔内保存释迦牟尼佛牙舍利。

雨中重访云冈石窟

震撼曾经夜不眠，重临依旧感联翩。

开山虽舍伤民力，崇佛终求种福田。

五万我来惊逝水，三千谁去渡迷船。

归程擎伞回眸处，法相依稀雨似烟。

2011年5月8日

瞻仰南湖红船有思（为纪念建党九十周年而作）

回天伟业此从头，星火征帆岁月稠。
撼倒三山消屈辱，扶端九鼎演风流。
几番路断悲迷惘，一霎云开喜豁眸。
今日红船重启碇，潮平当虑水倾舟。

2011年5月9日

鹳雀楼感怀

六重直上顿穷眸，三晋风光次第收。
东去河声催壮阔，南横山影载沉浮。
千秋绝唱人何在，百丈遗踪气自留。
当是雄心终未泯，凭栏犹向更高楼。

2011年5月10日

访大泉源酒厂得句

十里闻香令客惊，寻源仙境品驰名。
宝泉久酝成佳酿，御饮曾封贡大清。
几簇鹃花芳古甑，一行云雁翥新征。
今朝我醉君休笑，自古诗声赖酒声。

2011年6月20日

雨中溪口

武山雪窦两峰骄，剡水绵长化碧涛。

丰镐有心伤往事，妙高无意恋前朝。

北征曾感扬帆劲，南渡方知归路遥。

功过终随人去也，遗踪觅处雨潇潇。

2011年6月28日

夏日访鲁迅故居

风雨当年国势艰，曾凭瘦骨挺文坛。

彷徨未怨无行路，呐喊终掀有巨澜。

半世笔枪摧腐恶，一腔热血荐轩辕。

故园百草今犹在，物是人非感万端。

2011年6月29日

贺《长白山诗词》发刊百期

流派成军盼有期，阵坚全靠众擎旗。

根深有意唯求茂，土沃无声却养基。

松水秀凭涵雅韵，白山骄赖运新棋。

欣然一片云霞灿，当是春来信莫疑。

2011年7月21日

八一前夕部分老战友聚会有纪

欣逢佳节忆峥嵘，共话沧桑别有情。

曾以丁年应戍鼓，更将健魄启新程。

从戎已铸丹心炽，解甲仍催意气横。

莫笑酒酣多妄语，相邀来世再当兵！

2011年7月31日

感　　时

登高谁个不言愁，更况今逢多事秋。

脱轨祸横悲正切，离弦价涨怨难休。

烽燃南海争端近，乱起中东战火稠。

自愧诗家空唱和，吟成难为国分忧。

2011年8月2日

穹庐梦咏

穹庐遥望久凝眸，情寄长河大漠秋。

入主中原频逐梦，偏安南国总添愁。

和番去日无青冢，持节归时有缺瓯。

莫怨残碑空阒寂，江山谁见属王侯？

2011年8月5日

欢呼中国首艘航母平台海试初航

巨舰焉能久寂寥，环球惊艳海添骄。

身夷碧浪烽烟静，气振天威日月昭。

七下有心联友善，一航无意惹鸦嚣。

庆功莫醉狂欢酒，风雨蓝疆路尚遥。

2011年8月10日

贺《图们江放歌》发行及研讨会召开

百年风雨苦兼程，总以悲欢续雅声。

张鼓曾寒云惨淡，嘎呀正暖水晶莹。

闭关运去难防虎，通海时来可驭鲸。

今望图们秋更好，无边塞雁又新征。

2011年8月19日

纳 木 错 湖①

几回梦里觅仙姿，一见倾心醉欲痴。

天水未分人觉幻，云山难辨鸟生疑。

湖清岛远红尘色，岸阔堆扬法界旗。

切盼羊年重到此，绕行好解诵经词。

2011年8月27日

【注释】

　　①纳木错是我国第三大咸水湖。位于西藏中部，湖面海拔4718米。湖的形状近似长方形，东西长70多千米，南北宽30多千米，面积1920多平方千米。湖水最大深度33米，蓄水量768亿立方米，为世界上海拔最高的大型湖泊。"纳木错"为藏语，而这个湖的蒙古语名称为"腾格里海"，两种名称都是"天湖"之意。这里是密宗教的本尊道场，相传每到羊年，诸佛、菩萨、护法神齐集于此，设坛举行法会。此时若绕湖诵经一周，则胜过平时绕湖诵经十万次，其福无量。

西藏林芝世界柏树王园

园中无树不参天，远避尘嚣傲大千。

斑驳迹知风雨虐，沧桑色证暑寒煎。

根深只合添繁茂，心苦何曾索爱怜。

未叹俊才难得用，虽遗野处亦欣然。

2011年8月30日

访西藏陈塘

盘桓极目下陈塘，犹恨奇观看未详。

云锁青峰迷似幻，泉开峡谷涌如狂。

苍苔厚见风霜久，古木繁知日月长。

最羡小村多静谧，原生态里度时光。

2011年9月3日

登珠峰大本营

梦圆终得近珠峰，顿觉风光迥不同。
一柱擎天独揽胜，万山俯首共朝宗。
巅封积雪寒云重，坡漫芳苔绿意浓。
当信自然藏伟力，桑田沧海也从容。

2011年9月4日

秋日静坐有思

天光云影自悠悠，未计人间几度秋。
万卷参详迟得悟，三杯饮罢早消愁。
梦悲塞上难驰马，醒爱篱边好卧牛。
坐数浮沉知有序，而今潇洒岂无由？

2011年9月11日

辛卯中秋与诸弟绕长春雁鸣湖赏月

因爱中秋赏月明，酒酣蹀躞绕湖行。
荷翻残叶风无意，鱼戏青萍水有情。
渐落霞连灯火灿，疾飞凫远翅音轻。
尘心若得能常洗，何必凭栏叹未成。

2011年9月13日

百年关东八咏（纪念"九一八"八十周年）

一

关东版荡久蒙尘，烽火连天祸患频。

强敌沓来争染指①，群英继起挽沉沦②。

无穷屈辱无穷恨，一寸山河一寸珍。

凭吊当年鏖战处，秋风大野雨纷纷。

2011年9月18日

【注释】

①强敌沓来：指从鸦片战争开始，沙皇俄国、德国、日本等列强先后入侵和占领东北，掠取大片国土，人民饱受苦难。

②群英继起：指近代以来，为了抗击入侵东北之敌，涌现了吴大澂、吴禄贞、杨靖宇、李兆麟、赵一曼等民族英雄，他们前赴后继，浴血奋战，捍卫了国家尊严，立下了不可磨灭的历史功勋。

二

入室争雄两世仇①，生灵涂炭血横流。

黄金有恨蒙奇耻，白玉无辜付外酋②。

国弱昏昏难自立，贼强跃跃屡成谋。

不堪回首当年事，屈辱常思作远忧。

【注释】

①入室争雄：1904年至1905年，日本和俄国两个帝国主义强盗，以旅顺口为主战场，在我国的东北地区进行了一场肮脏的战争，史称日俄战争。

②黄金、白玉：指黄金山、白玉山，都坐落在旅顺。

三

告急军书到北平，丝弦难济奉天营^①。

八千虎旅闻风溃，五百倭儿仗势行^②。

有憾家山沦敌手，无颜父老忍羞名^③。

伤心最是异乡月，空照孤魂望盛京。

【注释】

①丝弦句：指"九一八"事变当晚，张学良正在北京观看梅兰芳演出的京剧。接到告急军书，匆匆离去。当时有一桩文字公案。国民党元老、北平民国大学校长马君武在上海《时事新报》上发表感时近作《哀沈阳》。其一：赵四风流朱五狂，翩翩蝴蝶最当行。温柔乡是英雄冢，哪管东师入沈阳。其二：告急军书夜半来，开场弦管又相催。沈阳已陷休回顾，犹抱佳人舞一回。诗中提到的几位女性，赵四，指张学良的红颜知己赵一荻；朱五，指朱湄筠，原北洋政府内务总长、代总理朱启钤的第五个女儿；蝴蝶，指当时上海著名影星胡蝶。据马君武自称，此诗是仿李义山《北齐》体而作，原诗为："一笑相看国便亡，何劳荆棘始堪伤。小怜玉体横陈夜，已报周师入晋阳。巧笑知堪敌万机，倾城最在着戎衣。晋阳已陷休回顾，更请君王猎一围。"其实，事变当晚张学良和胡蝶等跳舞之事，纯属子虚乌有。

②八千虎旅、五百倭儿："九一八"事变时，北大营有八千全副武装的守军，却任凭五百日本兵横行无忌，如入无人之境。

③无颜父老忍羞名：东北沦陷后，张学良长期背着"不抵抗将军"之名。

四

事变惊心怒怼天，白山黑水起烽烟。

胸因火烤朝添暖，背任风吹夜少眠。

御寇军前拼血肉，救亡蹄下解危悬。

萧萧故垒今何在，挥泪寻来问抗联。①

【注释】

①抗联：即东北抗日联军，是在中国共产党领导下的一支英雄部队，共有十一个军，最多时四万多人。它的前身是东北抗日义勇军余部、东北反日游击队和东北人民革命军。是20世纪三四十年代中国人民抵抗日本帝国主义侵略的伟大民族解放战争的重要组成部分，他们用十四年的艰苦斗争牵制了数十万日伪正规军，有力地支援了全国的抗日战争，他们可歌可泣、英勇无畏的牺牲精神，是中华民族宁死不屈精神的集中体现。

五

"伪满"飘摇十四秋①，盐仓竟可做龙楼②。

狐威赫赫儿皇劣，御挂憧憧鬼影稠。

遍地哀鸿民泣血，漫天苦雨国蒙羞。

难消最是沦亡恨，莫让关东再沐猴。

【注释】

①"伪满"：即伪满洲国，是1931年"九一八事变"后，日本侵略者利用前清废帝爱新觉罗·溥仪在东北建立的一个傀儡政权。通过这一傀儡政权，日本在中国东北实行了近十四年之久的殖民统治，使东北同胞饱受了亡国奴的痛苦滋味。此傀儡政权"领土"包括现中华人民共和国辽宁、吉林和黑龙江三省全境、内蒙古东部及河北省承德市。当时中国南京国民政府不承认这一政权。国际上以日本为首的法西斯国家或政府承认伪满洲国，国际联盟则主张中国东北地区仍是中国的一部分，中国政府从未承认这一分裂中国领土恶劣行径的傀儡政权。

②盐仓：即伪满洲国皇宫的前身，位于长春市东北角，光复路北路5号，占地13.7万多平方米，是清朝末代皇帝爱新觉罗·溥仪充当伪满洲国傀儡皇帝时的临时改造成的宫殿，也是中国清朝末代皇帝爱新觉罗第三次"登基"时的宫殿。从1932年到1945年，溥仪在这里生活了十四年，人们习惯叫它伪皇宫。现在，这里是爱国主义教育基地。

六

重镇鏖兵忘死生，杀声撼地鬼神惊。

三攻惨烈身铺路，一守危艰血染城①。

解放关东掀序幕，折冲樽俎化雷霆②。

成仁岂怨红墙小③，只为苍黎不为名。

【注释】

①三攻、一守：指解放战争初期的四平战役。抗战胜利后为掌控东北战场主动权，国共双方于1946年3月至1948年3月先后投入九十多万兵力四次血战四平。我东北民主联军三攻一守，以总计伤亡四万多人的代价歼敌六万多人，取得了最终胜利，史称四战四平。

②解放关东、折冲樽俎句：指四平战役的胜利，掀开了解放东北的序幕，也为我党同国民党的和平谈判赢得了主动权。

③红墙：指四平战役纪念馆刻有烈士名字的红色纪念墙，由于红墙面积有限，上面只能刻一小部分烈士的英名，多数烈士只能做无名英雄。

七

西柏坡村彻照灯，关东虎帐夜谈兵。

惊天伟略谋辽沈，撼地狂飙下锦城①。

万众支前粮草盛，千军浴血死生轻。

毓蓉日后虽亡走②，四野殊勋怎可争。

【注释】

①谋辽沈、下锦城：指解放战争的辽沈战役及其中的锦州攻坚战。1948年下半年，中共中央从全国整个战局出发，认为同国民党军进行战略决战的时机已经成熟，决定把战略决战首先放在东北战场，并制定了主力南下北宁线（今京沈铁路）攻克锦州，把国民党军关在东北，各个歼灭的作战方针。1948年9月12日至11月2日，中国人民解放军东北野战军发起辽沈战役，在辽宁西部和沈阳、长春地区对国民党军进行了战略决战，战役历时五十二天，共歼灭国民党军四十七万余人，东北全境获得解放。

②毓蓉：林彪的号。林彪，原名祚大，字阳春，号毓蓉。曾用名育蓉、育荣。湖北黄冈林家大湾人。

八

百年屈辱问苍穹，回首翻疑似梦中。

祸国奸谋终粪土，捐生忠烈尽英雄。

内忧纵去危犹隐，外寇虽驱患未穷。

正是神州欢庆日，振兴一曲起关东。

访著名书法家周维杰兄黎明山庄

周氏维杰者，白城长岭人也，性豪爽，擅书法。号笨翁，与吾多年至交。到龄退职后，住市郊一小村，曰黎明山庄，寄情林泉，深居简出，潜心研习书法，吟诗作赋，诗书俱丰，已出三本格律诗集，书法名声更是大噪，出重金求字者络绎不绝。是日，余寻寻觅觅，登门造访。兄知余欲来，特用上好宣纸，为余题写门第联：礼门立德齐今古，文府藏书教子孙。余连称愧领。周兄用好印后，二翁品茗畅谈，日渐偏西，意犹未尽，每忆及当年趣事，皆大笑不止，乃赋诗以记之。周兄称善。

幽林小径访山庄，犬吠鸡鸣闻果香。

染指羡君真雅士①，临清愧我号诗狂。

官休不虑茶温减，友至唯知故意长。

未忘当年夸傲骨，迄今一醉只扶墙！

2011年9月20日

【注释】

①染指：典出自一古联："染指不妨因涤砚，折腰何惜为浇花。"周

兄因苦练书法，日课千字，右手指头上的墨已难洗净，自己戏称黑手。

赞养根斋辛卯霜降后一日四考罗通山城

旗辉剑影角声寒，总使征人夜抱鞍。

衰草斜阳无胜负，秋风苦旅有悲欢。

典埋确记疑难辨，城露遗踪信可刊。

最是鬓摧情不泯，长留足迹万峰看。

2011年10月27日

欣闻神舟八号与天宫一号第二次交会对接成功赞中国航天事业

牛刀小试显峥嵘，佳绩频教举世惊。

曾送仙姝亲月表，更擎神侣吻天庭。

言何威胁生华夏，信是和平涉外星。

载誉归航人未醉，无边浩瀚又新征。

2011年11月14日

重访长春伪皇宫

新来重访伪遗宫，旧貌依然感不同。

初雪白因羞劣迹，陈灰厚为掩颓容。

儿皇尽管负家国，倭寇何曾忘亚东。

凭吊抚今伤憾事，长天遥望盼归鸿。

2011年11月28日

题溥仪蜡像

尘封槛外几逡巡，蜡像依稀看未真。

鬼影憧憧惊御挂，奴颜怯怯叹卑身。

盐仓龙困犹添孽，狱室人囚可洗新。

不是重生逢盛世，焉能皇帝变公民！

2011年11月30日

访伪皇宫感谭玉玲①

尚在髫龄稚未除，朦胧嫁入伪皇都。

情开日短思犹暖，墙隔疑多感似拘。

聊以轻歌怜细雨，总将解语劝君夫。

不堪花落终成憾，玉照空留八字书。

2012年12月10日

【注释】

①谭玉玲：溥仪的祥贵人，与溥仪甚为恩爱，晚饭后，经常由溥仪

钢琴伴奏，谭玉玲唱"毛毛雨下不停""可怜的秋香"等流行歌曲。溥仪在日本人欺凌下有时心情烦躁，谭玉玲就劝他，等到日本人走了那天就好了。谭玉玲死后，溥仪在一张遗照后面工工整整地写下"我的最亲爱的玉玲"八个字，并将其一直揣在怀里。

慰问翟兄悼念翟嫂

苍天莫问意如何，无奈人生噩梦多。
四秩艰辛方共暖，一朝安稳又分窠。
画眉乐少羞心钝，举案恩深仰鬓皤。
虽羡庄生蝴蝶梦，绕坟难作鼓盆歌。

2011年12月30日

迎新感怀（次韵岳琦先生《新年》）

不逞锋芒不斗奇，随缘冷暖任由之。
无边海阔天能岸，有节心清险自夷。
乱起本为人作孽，柱倾焉是杞生罹①。
龙年到又翻新页，依旧晨来日色曦。

2011年12月31日

【注释】

①柱倾：指天柱折。传说，上古时期共工与颛顼争为帝，怒而触不周之山，天柱折，地维绝。天倾西北，故日月星辰移焉；地不满东南，故水潦尘埃归焉。

春夜梦得

未因春远怨迟归，早有微微暖气吹。

数点梅先出雪野，几行雁继现东陲。

文随时运开新境，心系民生展作为。

入夜梦寻佳句得，披衣抚剑一扬眉。

2012年1月5日

赞珲春并贺《珲春韵汇》发厂

一卷刊成倍觉珍，势携龙虎唱珲春。

边开风起征帆劲，路拓云飞步履新。

产业提升终汰劣，民生改善普施仁。

堪钦已列十强市，跃马扬鞭又奋身。

2012年1月9日

岁杪感怀

蹉跎忽觉岁临秋，斗米犹能尚用不？

羞有俚文尊李杜，恨无片甲效曹刘。

陵夷谷换人纷去，叶落花开水照流。

未信世风真日下，归鸿声里又登楼。

2012年1月11日

贺吉林冰雪雾凇诗词论坛

腊鼓吟鞭唱大东，冰笺玉管写玲珑。

风摇柳动千条瑞，雪润梅鲜万点红。

壮志谁伤花逐水，诗情我寄雁横空。

鸡林岂是荒蛮地，土沃根深韵自雄。

2012年1月14日

龙 年 贺 春

调风顺雨布春光，开岁龙来展靓妆。

竞渡帆扬排岸阔，争鸣鸟语助园芳。

政逢盛世直言贵，人过英年远虑长。

依旧情牵家国事，樽前祈福祝宁康。

2012年1月18日

和壬辰开岁四家联句

浩吟声里过龙年，倍觉神州景万千。

瑞雪铺银妆朔漠，春风化雨润幽燕。

根寻炎帝与黄帝，情问梅边或柳边。

流派成军终可待，关东阵上有新天。

2012年1月26日

痛悼老同学、著名国画家陈丰

　　昨天，惊悉中学时期的老同学、吉林艺术学院教授、著名国画家陈丰因病不幸逝世。春节前我曾到医院看望他，他拉着我的手不松开，说很想念我，我说了许多宽慰他的话，不料竟成了诀别之言，回想起来，甚为悲痛，彻夜难眠。因在海南，无法赶回参加明天在长春举行的告别仪式，只好挥泪成诗，南天遥祭，祝老同学一路走好。

　　　　辗转翻疑痛未眠，遥闻噩耗忆从前。

　　　　不期探病悲分手，竟作追思泪涌泉。

　　　　有志丹青终化境，无心名利任随缘。

　　　　好人终是难长寿，莫信天公也爱贤！

2012年2月10日

解甲弄潮也风流——赠老战友吉林省金泰钢材物流中心创始人董事长范金福

　　　　解甲匆匆二十年，何尝一日敢贪眠。

　　　　誓将大志酬家国，羞以微躯混俸钱。

　　　　商海水深曾拓路，物流域广再扬鞭。

　　　　欣然最是宏图展，旗舰雄姿壮凯旋①。

2012年2月28日

【注释】

　　①凯旋：一语双关，即指金泰钢材物流中心位于长春市凯旋路旁，也指事业成功。

纪念邓小平南方谈话二十周年

风波过后久低迷，几度徘徊步怨迟。

左右易偏频自扰，社资难辨屡生疑。

一篇警世开新宇，廿载腾龙展靓姿。

堪赞回天思巨擘，深层试水问何时？

2012年3月5日

重温毛泽东《向雷锋同志学习》题词感怀

别梦依稀半世前，宜人春雨洒江天。

小家情有羞争我，大爱疆无乐比肩。

宗旨牢因尊五字，淳风厚为仰三篇①。

时移莫叹心难古，当信东君总会还。

2012年3月10日

【注释】

①五字：指毛泽东"为人民服务"题字；三篇：指毛泽东的文章《为人民服务》《纪念白求恩》《愚公移山》，时称"老三篇"。这些，曾经哺育了一代人。

用养根韵再贺延边朝鲜族自治州成立六十周年

欢歌曼舞漾延边，模范州逢大庆年。

六秩龙骧凭奥壤，三疆鸡唱起防川。

风情特现原生态，路径新开时代篇。

正值长图一体化，云帆再举振辽天。

2012年3月18日

致赴亚丁湾索马里海域执行护航任务舰艇编队官兵

崛起焉能世不惊，护航更向大洋行。

旌危星耀心增傲，舰巨身犁海渐宁。

先辈堪钦辉禹甸，后昆何虑展威名。

家山万里思虽苦，报国怡然赴远征！

2012年3月27日

楚家冲吟长来长雅聚有寄

痛饮无须叹奈何，招来春讯醒蛟鼍。

杯倾未虑佳醪少，键落偏惊好句多。

齐鲁吟雄源雅韵，关东风劲起洪波。

今宵醉后同携手，共唱新翻一曲歌。

2012年4月16日

感已故老同学著名画家陈丰遗嘱子女向余赠画泪题

日前，已故老同学、著名国画家陈丰的儿子遵父遗愿向我赠画，并告诉我，父亲生前有两件事觉得对不住吴叔，一是未能为老同学画一幅好画，二是自己因患较重的心脏病和糖尿病，一直没能陪老同学哪怕喝上一口酒。为还遗愿，孩子从父亲诸多遗作中，选一幅工笔重彩长白春韵图赠我。睹物思人，几度唏嘘，挥泪成诗，再悼老同学。

思念正随春草生，感知遗恨更伤情。

画悲日短难酬友，酒怨身衰屡负觥。

满纸艰辛虽有憾，一腔憧憬却无争。

新来我也强挥墨，半为消磨半为卿。

2012年4月21日

黄　　山①

徒闻三十六峰骄，无奈诗贫唱未调。

石展千姿形演幻，云呈万象海生潮。

遥聆溪语怀空谷，斜倚松蟠上碧霄。

道是轩辕留迹处，青山半隐雨潇潇。

2012年5月3日

【注释】

①黄山：位于安徽省南部黄山市境内（景区由市直辖），为三山五岳中三山之一，有"天下第一奇山"之美称。为道教圣地，遗址遗迹众多，

传轩辕黄帝曾在此炼丹。徐霞客曾两次游黄山，留下"五岳归来不看山，黄山归来不看岳"的感叹。李白等大诗人在此留下了壮美诗篇。

感南海局势

一从南海起云烟，便觉忧多夜少眠。

庙略稳操求止武，民心急胜主挥拳。

量宽当使人生敬，义重何容犬吠天。

遥望黄岩添自信，神州毕竟有龙泉！

2012年5月16日

痛悼中宣部刘忠德老部长

哭君难抑泪横流，更况风凄冷似秋。

国殇孤忠朝野震，文凋健笔日星幽。

两篇序作歌桑梓，一块碑刊励探求。

细数丰功天欲晓，凝眸遥望海东头。

2012年5月26日

贺长白山文化发展论坛

遥望三江势倒悬，雷霆十万抖訇然。

来因源远携清韵，去藉流长润大千。

地孕多元文灿灿，山承一脉史绵绵。

关东自古毓才俊，盛世新征别有天！

2012年6月13日

普 陀 山

千秋香火壮禅林，到此惊呼净地深。

足踏纷繁无自在，情关冷暖有观音。

虽居闹市魂能守，终远空门力不禁。

离却灵山回首望，弥知难改是凡心。

2012年6月15日

于雾灵山遥闻长白山文化发展论坛获巨大成功有寄

披榛责重夜难眠，鞭举仍羞马不前。

恨未微躯酬大义，忍将老手弄新弦。

诗因才窘思神笔，剑为锋鸣忆旧年。

幸得文华逢盛世，关东崛起有群贤。

2012年6月30日

依霍松林韵再贺神九赞刘洋

出舱万众盼刘洋，惊艳神州处女航。

夜值浑茫亲冷月，晨巡浩瀚逐朝阳。

空天自古难攻险，华夏生来善取长。

从此嫦娥添伙伴，霓裳共舞醉仙乡。

2012年7月2日

应养根约贺梅津汇律采风活动

谁挥椽笔绘图新，惊叹重临满目春。

广厦遥连天似近，通衢达济海如邻。

风掀稻浪三河润①，律汇诗情一卷珍。

更喜十年磨剑后，千帆再举渡梅津。

2012年7月8日

【注释】

①三河：指流经梅河口市的大柳河、大沙河、伊通河，三大水系灌溉面积达四十万亩，梅河风调雨顺，优质水稻连年丰收，久负盛名。

风雨谒东陵感题

虽穷国力建豪陵，谁见君王能永生。

宝顶无非埋朽骨，明楼不过列幽名。

八旗人去雄风远，五帝魂归霸业倾①。
莫赞年年陵上雨②，皇恩谁见洒公平。

2012年7月16日

【注释】

①五帝：指清东陵埋葬的清朝五位皇帝。清东陵位于河北省遵化市境内，西距北京一百二十五公里，是中国最后一个王朝首要的帝王后妃陵墓群，也是中国现存规模最大、体系最完整的古帝陵建筑，共建有皇陵五座——顺治帝的孝陵、康熙帝的景陵、乾隆帝的裕陵、咸丰帝的定陵、同治帝的惠陵，以及东（慈安）、西（慈禧）太后等后陵四座、妃园五座、公主陵一座，计埋葬十四个皇后和一百三十六个妃嫔。

②陵上雨：指清东陵号称风水宝地，一年"七十二场浇陵雨"，从无荒旱。

三贺《梅津汇律》暨中华诗词论坛十周年采风行

载酒携风古渡行，海龙吟醉近平明。
尘封故垒寻豪气，律动新城汇雅声。
苦旅百年虽有恨，论坛十载更关情。
三军又集关东阵，帆举梅津再起程。

2012年7月17日

依张岳琦先生韵赞梅河新貌

巨变无须细问年，新城崛起势巍然。

春携潮色帆盈渡，风带粮香稻满川。

难得云崖留胜迹，未消残垒证榆边。

海龙今又发征旅，业动诗情涌似泉。

2012年7月22日

力登鸡冠山极顶感题

俯仰盘桓几抚膺，知难偏向此山行。

云生脚下天疑矮，露润肩头气觉清。

古木无心淹鸟语，野花着意惹虫鸣。

凌虚最是风光处，信有雄鸡唱彻声。

2012年7月25日

题庆云摩崖石刻

遗迹依稀草未凋，摩崖犹可辨前朝。

青山家葬冤魂泣，大野钩沉战垒销。

为敌纵然同水火，寻根毕竟共唐尧。

纷繁谁解合分事，指点铭文叹破辽。

2012年7月27日

磨盘湖上

道是湖中有磨盘，无风也觉水生澜。
青山荡漾衔云气，仙岛浮沉集羽翰。
索句人争添雅趣，泛舟我只作闲观。
行来更引归林意，笑指芳汀问钓滩。

2012年8月6日

东北局梅河口会议旧址感题

曾迎骇浪立中流，似诉峥嵘岁月稠。
大路让时惊胆略，两厢占处仰鸿猷。
四番血战麾增色，十面重围势锁喉。
虽是烽烟终去远，人心仍向小红楼。

2012年8月7日

五奎山万佛塔感怀

梵声隐隐上青云，宝殿烟笼看未真。
香客或唯求福寿，菩提当只度迷津。
有心难得邪能远，无欲堪珍官到贫①。
知是佛缘修太苦，自将行善作兰因。

2012年8月13日

【注释】

①官到贫：出自清戴远山联"诗堪入画方为妙，官到能贫乃是清"。

题著名摄影家李忠追龙摄影①

寻寻觅觅苦经营，摄得奇观四海惊。

曼舞云霓虹影动，盘桓山水瑞麟腾。

帝王未赖成天子，华夏终因享盛名。

莫笑叶公真胆怯，点睛当怕起雷声。

2012年8月23日

【注释】

①著名摄影家李忠十数年寻觅在山水、云霓、树木等景物中捕捉龙的形象，用艺术摄影手段再现龙的形神，受到广泛好评。

秋日忧海上感题二首

一

莫谓秋来事便多，只缘时务太缠磨。

宣权难遣巡疆舰，护岛惊闻保钓哥。

当是眼宽珍际遇，岂因情怯慎兵戈。

金风又送征鸿远，撩起雄心梦渡河。

二

海上无端起战云，恶邻仗势又欺人。

民心屡践强吞岛，国耻新添倍染尘。

战败本应思罪过，复兴岂可忘沉沦。

中华早已非前日，正告凶顽手莫伸。

2012年9月13日

也依乾隆御韵贺《梅津汇律》《海龙吟》编就

吟鞭东指正逢时，纵笔梅津砚作池。

已逝云烟曾佐证，新成流派再开基。

文随世运关长远，心系民生虑即期。

掩卷前瞻知任重，征鸿声里又沉思。

2012年10月10日

贺万通集团十周年大庆并董事长潘首德先生六十华诞二首

一

欣逢六秩喜裁诗，共话当年创业时。

发轫无循凭志伟，弄潮有险靠心齐。

半生肝胆酬家国，两代慈仁报庶黎。

当信万通前路广，德兴百载秀新枝。

二

娉婷小女最情深，孝感苍天品似金。

有志嫩肩担半壁，无私赤胆奉全心。

营销路拓军中振，慈善怀牵海内钦。

更喜文丰添两翼，于凌云处放清音。

2012年10月15日

应九台诗友邀雅聚马鞍山及柴福林水库

莫羡君王御马鞍，此间秀色更堪餐。

秋高当可抒宏志，景小无妨作大观。

水映云青湖更碧，山承霜晚树方丹。

边台正是鱼儿好，情寄杯中天地宽。

2012年10月19日

秋 日 自 嘲

未以擎牵逞劲道，却将俗陋附风流。

茶温不虑官休减，笔力偏忧才尽羞。

座内高朋随冷热，门前老柳任春秋。

一年又是征鸿唳，难赋新诗懒上楼。

2012年10月22日

贺四平市诗词协会成立二十五周年暨《英城吟旌》开版兼赠霍家店魅力乡村

经年又到古韩州，难抑诗情屡豁眸。

大野丰盈多熟稻，小城优美遍新楼。

霜临万木秋光灿，富及三农笑语稠。

难得文华逢盛世，吟旌再举展风流。

2012年10月26日

贺长白山文化与鸭绿江文化研讨会

高贤宏论坐西京，顿使边陲紫气萦。

纵览烽烟说肃慎，参评文野话东明。

白山峰蕴前朝史，鸭水波涵盛世声。

当信秋来多硕果，云帆共举助新征。

2012年10月27日

题赠著名国画家图书装帧大师龙震海兄

　　中国美术家协会会员、中国工艺美术学会会员、中国版协装帧艺术研究会会员，著名国画家龙震海，自幼师从国画大师王庆淮，淡泊名利，潜心作画，山水人物均有很高造诣。特别是人物画，师古而不泥古，线条刚劲，笔墨酣畅，造型夸张又不失准确，在画坛独树一帜，被评论家称为可比肩陈老莲。近来，在友人劝说和帮助下，将部分作品放网上，反响强烈。作为挚友，我也非常高兴，乃作诗相赠。

　　　　披拣穷年觅画魂，笔因韵厚更添神。

　　　　韶华喜共丹青永，白发惊随曙色新。

　　　　面壁胸藏千载圣①，锄奸腕运百图珍①。

　　　　世嚣难得禅心静，纵有尘埃不上身。

2012年10月29日

【注释】

　　①千载圣：指龙震海兄擅画面壁达摩和观音菩萨。

　　②锄奸句：指震海兄的代表作《侠士百图》。

靖西通灵大峡谷探胜

　　　　寻幽疾步入通灵，顿觉清凉遍体生。

　　　　峡掩千寻昏日色，溪湍十里滚雷鸣。

　　　　缠枝藤老时添乱，拂面花香自有情。

　　　　不到山深奇险处，焉知最美是峥嵘。

2012年11月5日

十八大胜利召开咏怀

正觉云横路辨难，锤镰又指越重峦。

春融雪化千山绿，雨润园芳百卉丹。

十载回眸惊硕果，三情远瞩驭狂澜①。

欣然最是开新境，能得民心国自安。

2012年11月9日

【注释】

①三情：指我们党在新形势下面临的世情、国情、党情方面的新变化及其带来的新问题。

感日喀则地委、行署隆重举行《情牵雪域》及《历史不会忘记》赠书仪式并致吉林援藏干部

披拣经年六卷成，千篇文萃唱群英。

辞亲暗掩乡关泪，入藏深含边塞情。

十载风霜磨剑利，一身肝胆绘图宏。

归来时向西南望，喜格孜犹入梦萦①。

2012年11月12日

【注释】

①喜格孜：藏语，即日喀则。

连日大雪初晴感言

冬来连夜雪纷纷，半惹诗情半恼人。

万里朔风吹塞雁，千姿玉树靓江滨。

弱枝萧瑟多因冷，冻笋峥嵘只为春。

虽是东天霞尚远，已颁新政日关贫！

2012年11月18日

《情牵雪域——吉林省对口支援西藏工作十周年巡礼》出版感言

六卷宏篇寄意浓，英豪西下气如虹。

十年寒暑家山远，百战艰辛业绩雄。

淬火剑刀锋愈利，经霜松柏干尤崇。

回眸足迹虽堪傲，前路风光更不同。

2012年11月21日

贺歼-15舰载机在辽宁号航母着舰起飞成功

着舰雄姿气势宏，屏前屡拭泪晶莹。

百年梦盼蓝疆振，十载关攻利剑横。

势锁狂澜期巨擘，威加宵小赖长缨。

海洋强国离虽远，毕竟飞鲨已起程。

2012年11月26日

离职经年感题

庆幸终于远仕途，门前无扰自欢愉。
附风时品茶三味，怯饮常亏酒一觚。
画案涂鸦随意绪，乒坛竞技忘赢输。
欣然从此多诗友，酬唱将心寄五湖。

2012年12月2日

拙作《俯仰集》获第三届吉林文学奖二等奖感怀

今天，吉林文学最高奖第三届吉林文学奖举行颁奖仪式，庄严同志到会做重要讲话。拙作《俯仰集》荣幸获得二等奖。评委会在获奖评语中说，作品既讲诗言志，又尽显诗词文字、音韵、意境之美。风格真挚、豪放、凝重，胸襟恬淡豁达。这是对我的鼓励，也是对古体诗词的认可。特赋诗以记之。

不期半路入文坛，从此何曾问暑寒。
每为才疏羞入梦，偶因句好喜忘餐。
苍生屡让眸含泪，时代频催笔助澜。
俯仰信能终宇宙，骋怀依旧唱青山。

2012年12月5日

读著名摄影家魏敏学摄影作品集《长白山》感怀

严寒溽暑倍艰辛，踏遍东陲不倦身。

心有乾坤唯逐爱，目无功利只求真。

白山情注遗珍少，松水魂牵入镜频。

读罢沉思终感悟，原来最美在凝神。

2012年12月17日

辞旧迎新感怀二首（用养根斋韵）

一

岁去惊看鬓又新，如烟往事辨难真。

喜因虑远常思过，愧许功微每负民。

笔近三江情羡雅，神驰五岳韵忧贫。

夜来入梦琼花舞，信是东君正报春。

二

何必频惊物候新，沧桑自古半由人。

心雄可了千秋梦，情暖能添万户春。

入夜雪声闻簌簌，迎晨鸡唱感亲亲。

岁增虽减江边舞，亮剑依然露本真。

2013年2月3日

题临江雪村

谁将水墨写氤氲，一夜新妆靓小村。
雪沃寒山齐献瑞，风临玉树漫飞银。
疏篱茅舍斜悬月，旷野鸡声早起人。
莫怪客来多忘返，此中难得远嚣尘。

2013年2月25日

读《朱彤文存》有寄

　　日前，老友朱彤将其倾尽心血的著作《朱彤文存》送我，连夜捧读，感慨颇深。朱彤出身教员，大半生从政。虽公务繁忙，却酷爱文学，笔耕不辍，写下了许多清新淡雅、真实感人、深邃隽永，带有鲜明的个人风格的好作品，很让人羡慕和敬佩。特赋小诗一首，贺朱彤新书出版，并致谢忱。

　　从政虽然累半生，何曾一日笔休耕。
　　文呈质朴篇涵雅，诗展清纯韵有情。
　　挂印喜归三径乐，成书笑看二毛轻。
　　春来梦逐翩翩蝶，知是新高在莫名。

2013年4月3日

贺补释集安麻线高句丽碑并赠养根兄

觅觅寻寻总未成，一朝石破九天惊。

封尘碑证千秋史，解码人酬几代情。

豆谷陵高眠俊骨，夫余土沃孕精英。

灯前欲尽沧桑卷，不觉春来草又生。

2013年4月16日

贺省委党校长白山分校成立

新开绛帐寄传承，舟启名山劲破冰。

千载文华夸异态，百年苦旅续恢宏。

精神内化尊求是，旗帜高扬重准绳。

但得学成添两翼，梦圆正待举鲲鹏。

2013年4月22日

赞徐邦家兄书法并贺两部新书出版

　　昨天，省文联、省作协在长春第二泉茶苑举行徐邦家新书座谈会暨徐邦家书法作品展。我与邦家是老友，我常夸他人好、活好、字好，这回又加上一好——书好。为了表达祝贺，特赋小诗一首赠给徐兄。

　　宝鉴新开举座惊，如潮美誉赞徐兄。

神承魏晋凝碑韵，气养芝兰寄雅情。

四秩苦多三径乐，一朝纸贵两书成。

难能最是知恩悟，回报唯求奋力行。

2013年4月23日

敬献芦山抗震抢险中的人民子弟兵

飞传羽檄令如山，天降雄师会雅安。

身护苍生酬大爱，命争虎口挽狂澜。

为民情系无双旅，许国诚悬有寸丹。

抢险锻磨锋更利，军魂再引跨征鞍。

2013年4月27日

故 乡 春 望

辗转难眠近曙天，家山东望感啼鹃。

春催嫩叶惊新绿，鬓染微霜忆盛年。

报国有心虽是梦，求知无欲岂堪怜。

深居渐觉乡音少，寄语飞鸿到柳边①。

2013年4月30日

【注释】

①柳边：即柳条边，指九台老家，儿时我去姥姥家经过柳条边常在

那里玩耍。柳条边本是清朝皇帝保护发祥地的封禁界线，因在用土堆成的宽、高各三尺的土堤上植柳条而得名。

挺进精神赞

奇祸虽曾泪似泉，却无一句怨苍天。

残躯未泯平生愿，热血终成不朽篇。

梦里冰河身许国，床前轮椅志筹边。

周遭环顾今多事，更唤雄风振浩然。

2013年5月3日

谢面团儿、懵懂人儿摘《俯仰集》句成二首七律五首 浣溪沙

休言摘句即雕虫，妙手新裁迥不同。

情醉林泉柔似水，梦酬家国气如虹。

草原狼赞琴书雅①，塞上人夸胆剑雄②。

未负诗坛春正好，吟帆共举唱辽东。

2013年5月6日

【注释】

①草原狼，指王述评，网名懵懂人儿，白城"四狼"之一，著名诗人。

②塞上人：指温瑞，论坛高级管理员，网名塞上白衣子，有时也用面

团儿、相见恨晚等马甲。

附，面团儿读《俯仰集》并集其句致临清兄二首：

一

别样风姿别样情，山含灵秀水飞琼。

遐荒休道疏文墨，景好何须问路程？

进酒已消折柳怨，出言每让各家惊。

蓦然解得其中味，只为苍生不为名。

分别集自：《井冈山百竹四题》240页；《赠沱牌集团》288页；《纪辽东》212页；《贵州天星桥》63页；《重访古阳关旧址》112页；《南歌子》286页；《登鸣沙山》130页；《为纪念建国六十周年成百年关东感怀其六》98页。

二

夜读常常到五更，多情谁似此心清？

春催蝶舞花增色，醒淡勋阶醉忘名。

莫怪风流沾草木，能从舍得品人生。

诗成千首三江动，吟罢常教鬼魅惊。

分别集自：《步雪域魂弟韵成少小吟》197页；《大理蝴蝶泉》55页；《步福有韵贺公主市建中华诗词之乡》28页；《梦随诗友到龙湾》281页；《勐仑植物园观跳舞草》50页；《赠沱牌集团》288页；《松花砚咏》105页；《参观渣滓洞白公馆监狱旧址》70页。

懵懂人儿读临清兄《俯仰集》并集句以纪浣溪沙五首：

一

未碍浮云眼界宽，行来一路觅宏篇。不图游记只偷闲。

心远何须寻避世，梅开终会慰红颜。杜娟声里又春天。

分别集自：《七律·登玉龙雪山》第61页；《浪淘沙·贺山岩画》第149页；《七律·再咏织金洞》第227页；《七律·新年感怀》第163页；《七律·赠黄丽珠女士》第24页；《七律·贺集安文化论坛开版》第14页。

二

知是啼痕与血痕，续篇写就创新论。轻吟浩咏俱堪珍。

抱憾关前终驻马，吟鞭指处可回春。凝神松下悟兰因。

分别集自：《七律·汶川地震一周年》第20页；《七律·闻王珉书记为百年苦旅作序》第17页；《七绝·醉咏杏花》第220页；《七律·辽东怀古之四》第36页；《七律·辽东怀古之八》第42页；《七绝·雨中峨眉山之三》第293页。

三

更觉书中日月长，闲来寻觅旧时光。千秋清史任梳妆。

不以颓颜羞镜影，长随思绪到遐方。只将才调作柔肠。

分别集自：《七绝·松花咏砚》第104页；《七绝·苏州山塘街》第303页；《七绝·读史偶感之四》第9页；《七律·夜读有思》第1页；《七绝·春梦江南》第4页；《七绝·苏小小墓咏叹之二》第110页。

四

石漱清泉水放歌，盘桓无处不嵯峨。翩翩白鹭舞婆娑。

梧叶不甘随寂寞，西行难觅费吟哦。八方风雨此偏多。

分别集自：《蛟河红叶谷下联》第337页；《七绝·游长寿山新景区》第89页；《七绝·尼罗河即景》第172页；《七绝·南京总统府遗址》第317页；《七绝·成都赴乐山途中》第290页；《麦积山下联》第340页。

五

一任随缘自在行，山藏真貌寺藏形。诗家怎敢不多情。

法老无言香火冷，熔岩曾让鬼神惊。洋洋洒洒写真诚。

分别集自：《七律·勐仑植物园》第46页；《七绝·雨中峨眉山之二》第292页；《七绝·答震海兄》第31页；《念奴娇·埃及卡纳克神庙》第174页；《七律·大孤山火山遗址》第322页；《七律·读杨庆祥绳墨斋随笔》第265页。

参加敦化市诗词学会第三届代表大会感题

龙骧六鼎会群英，指点江山意气横。

笔底云烟彰旧国，阵中诗赋壮新城。

敖东有药能消瘼，正觉无言可惠生。

当借开边通海势，吟帆再举续峥嵘。

2013年5月15日

贺月高风清兄《桑柘集》出版

半世栖栖久觅寻，时移不改旧丹忱。

虽羞报国机难遇，却喜交朋老更深。

倦卧书山迷蛱蝶，醉游诗海寄泉林。

春来未觉柘桑晚，犹倚兰台做苦吟。

2013年5月24日

家乡诗书巨擘成多禄一百五十周年诞辰感怀①

　　早在我上学前，父亲就教导我仿效同乡前辈著名书法家、诗人成多禄。惜鄙人生性愚钝，终无所成。但成多禄却成了我心中挥之不去的文化符号。我书房中悬挂的唯一书法作品就是成多禄手书《争座位帖》。每天我都要面对先生遗墨凝神沉思，追慕前贤。在成多禄诞辰一百五十年之际，乃成诗以记之。

　　　　虽是东陲小镇偏，文星仍起柳条边。

　　　　乡心养韵诗如画，瘦骨凝功笔似椽。

　　　　身厄悲逢家国破，名驰幸结翰书缘。

　　　　清廉太守今何在，遥向榆庐寄怅然。

2013年6月4日

【注释】

　　①成多禄（1864—1928）：著名书法家、诗人。祖居山西，出生于吉林省九台县（现为长春市九台市区其塔木镇。原名恩令（恩龄），字竹山，号澹堪，室园名榆庐、澹园、十三古槐馆。他精诗文、工书法，诗词、文稿墨迹遍及东北三省，驰名全国，被喻为"吉林三杰"之一。清末任绥化知府，后因不满官场贪腐辞官。民国初年任吉林省第二届参议院议员，民国教育部审核处处长。一世为官清廉，被誉为"清廉太守"。

陈翰章将军诞辰百年暨身首合葬感题

　　　　生逢国难誓从戎，报效千秋不朽功。

　　　　威震沙河惊敌胆，血飞林海染旗红。

时艰身耐饥寒苦，头断魂凝伟烈风。

今日将军虽睡稳，英灵未忘护关东。

2013年6月10日

新疆暴力恐怖事件忧思

频闻血案震新疆，辗转难眠怨夜长。

外患汹汹来异域，内忧蠢蠢起萧墙。

得心当重安家国，治世焉容乱纪纲。

又见南窗添曙色，新栽杨柳化甘棠。

2013年7月1日

六十五岁生日自题

纵然岁月快如梭，回首何曾怨去多。

报国有怀仍激烈，进身无欲岂蹉跎。

五湖浪漫寻诗赋，三径清幽养静和。

难得为霞天尚早，芒鞋一路踏新歌。

2013年7月12日

贺长白山诗社成立三十周年暨《文化吉林》筹办中秋诗会

而立吟坛唱大风，成军流派起辽东。

文源黑土根深厚，势借神山韵壮雄。

把酒中秋菊满苑，挥毫午夜雁横空。

欣然最是同追梦，更有新诗涌不穷。

2013年7月17日

参加省作家协会第八次代表大会感怀

文坛精粹汇春城，开拓传承再举旌。

回首花繁知雨润，前瞻帆满感潮平。

北方高地凝群力①，时代强音送远征。

再举吟鞭新笔健②，寄情追梦写峥嵘。

2013年7月29日

【注释】

①北方高地：庄严曾在吉林省第三届文学奖颁奖大会上的讲话中提出的把吉林省打造成北方文学高地的目标。

贺延边长白山文化研究会第二次会员大会暨第五次研讨会

雨润花香百鸟鸣，行来一路唱新声。

文从心涌歌无忌，史自尘封证有情。

十六峰高知任重，三千日短恨才平。

欣逢盛世实难得，忙趁斜阳奋笔耕。

2013年7月31日

向 海 感 题

莫道洪荒太寂寥，原生佳景最堪骄。

黄榆载史擎圆伞，仙鹤追诗上紫霄。

水淼烟笼连碧落，草深芦密隐渔樵。

心清万籁皆归静，唯觉晨钟带露飘。

2013年8月9日

读史咏通榆

极目苍茫瀚海秋，排云鹤上演风流。

尘封坨子城三座，坑掩陶人土一抔。

望杏或因温饱计，瞻榆当为治平谋。

文华自古能经世，翻作新歌唱更道。

2013年8月22日

读相见恨晚兄《通榆人物六首》感怀

一曲强音唱浩然，千秋英气撼心弦。

救亡已溅精忠血，建国曾书壮烈篇。

轶事纵随人去远，精神仍赖史承传。

前瞻又是新光景，无限生机霞满天。

2013年8月24日

赞通榆县委书记孙洪君
（用孙洪军《七律 大写鹤乡》韵）

总于寒处布阳春，夙夜忧劳为脱贫。

谋划宏图纳众议，调研实况历亲身。

风生水起天增朗，城靓农兴梦作真。

更见云帆遮日月，征鸿声里又开新。

2013年8月26日

附，孙洪军《七律 大写鹤乡》原玉：

庶政纷繁忘夏春，不堪忧道又忧贫。

富民哪得稍停脚，兴县何曾敢息身。

虎跃龙骧人接力，风生水起梦成真。

难能生态洪波涌，万里晴开鹤唱新。

2013年8月18日深夜作于通榆县俯仰斋。

贺香港诗词学会会长林峰先生八十寿辰
（用林老《八十书怀》韵）

身世纵然如转蓬，何曾稍敢负江东。

诗书韵起三更月，家国情凝百尺桐。

心慕忠良修俊骨，行归恬淡养清风。

堪钦八秩白衣相，胜似垂竿学太公。

2013年8月29日

附，林峰先生《八十书怀》原玉：

浮生梦转似飘蓬，半是河西半是东。

朔北春云归塞雁，江南秋雨湿梧桐。

卅年灯火三更月，满树松声一径风。

八十星霜徒屈指，何堪渭水问姜公。

鄂尔多斯成吉思汗陵前遐思

连云松柏护高陵，浑似当年百万兵。

威震亚欧夸铁骑，君临华夏展牦旌。

多元曲蕴文星灿，一统边开国力倾。

功过千秋凭毁誉，墓前灯火自长明①。

2013年8月30日

【注释】

①墓前灯火自长明：指八百年来，成吉思汗陵里的守灵灯世代有人守护添油，从未熄灭。

看姜贵恒作年画《剪窗花》感题

跪坐轻拈笑脸盈，窗花红艳展初成。

一双手剪难能巧，万岁心凝未了情。

陋室迎春飞暖意，严冬送旧唱新声。

十年七亿发行量，更信根深树自荣。

2013年9月15日

感王云坤为《鹤乡雅韵》题写书名①

欣然命笔壮开通，雅韵平添气象雄。

曾以赤诚耕奥壤，更将翰墨养儒风。

身归恬淡心忧国，情系苍黎梦建功。

难得暮年新学画，为霞依旧染旻空。

2013年9月19日

【注释】

①云坤不仅多次为采风诗词专辑题写书名，我在任时也多次请他为单位题字。2002年8月我陪王云坤在北戴河休假，我请他给我写幅字，他略加思索，边写边讲，题了一段大气磅礴的文字：多读书以壮胆气，登群山以增人寿，观沧海以纳群言，开国门以兴中华。我一直作为励志的座右铭珍藏着。

向海湖畔秋思

泽畔徘徊意若何，感时极目自吟哦。

梢头翠色随风减，湖上秋声带雨多。

寒雁几行征远岫，老莲数朵傲清波。

沧桑谁解其中味，放牧人哼四季歌。

2013年9月25日

腾辉锡勒草原感题

遥临塞上感浑然，难抑诗思涌似泉。

敕勒歌寻文韵雅，穹庐帐品奶茶鲜。

风轻云淡鹰翻影，牛壮羊肥绿映川。

莫道草根无气象，小微成势也连天。

2013年9月30日

登虎山长城①

起点闻知此处雄，登临凭吊访遗踪。

南襟锦绣三千里，北控云山十万重。

塞外当年曾牧马，关前今日可腾龙。

行来若问兴亡事，江水无言径向东。

2013年10月2日

【注释】

①虎山明长城：位于辽宁宽甸虎山，经考证为万里长城最东端起点，始建于明成化五年（公元1469年），是由当时的辽东副总兵韩斌督建的，因修建于鸭绿江畔的虎山而得名。

贺邱恩义兄书《长白山诗词选》百首大展

十载寒窗铁砚磨，一朝成势醒蛟鼍。

诗中红叶霜增艳，腕底天池水放歌。

着意文心耽蕴雅，随缘宦海厌登科。

时人得识邱恩义，更信关东才子多。

2013年10月6日

赏　秋

虽赋新诗未说愁，吟怀仍在最高楼。

西风一夜繁枝简，归雁三声大野秋。

千载浮沉行渐远，万家忧乐话长留。

徘徊自恨无佳句，极目天边月似钩。

2013年10月20日

迟交作业贺《中国长白山文化》出版

欣闻书海又添新，捧读弥知果不群。

泽纳百川凝浩瀚，山承千载演缤纷。

今声入律无轻墨，古韵留芳有硕勋。

更喜阵中多勇将，关东流派渐成军。

2013年11月8日

改革又到破冰时——贺党的十八届三中全会召开

熹微才欲上霜林，便有鸡声送好音。

巨舰破冰航拓远，鸿猷布局水蹚深。

图强魂系千秋梦，为政情凝百姓心。

信是冬来春不远，临风把酒作长吟。

2013年11月11日

迟贺《中华辞赋》出刊

出刊未晚恰逢时，不逊春来第一枝。

雨润芬芳花斗艳，风传婉转鸟争奇。

白山史蕴千秋赋，松水波扬万首诗。

更喜关东十庆典，渐成流派展新姿。

2013年11月16日

思病中耐兄

莫是苍天也妒才，无端肝病竟相摧。

论坛君少吟趋冷，诗友忧多结未开。

琢璞岂唯消日月，浇花却只报涓埃。

何当痊愈兄重振，痛饮狂歌再骋怀！

2013年11月20日

访茅台酒厂

举世名驰冠酒乡，遥临似醉久徜徉。

根寻汉祚源知远，味品天醇韵觉长。

掷瓮夺金惊万国，迎宾排宴尽千觞。

归来一路说经典，文化深涵自盛强。

2013年12月12日

贺嫦娥3号登月成功

连日频传奏凯声，嫦娥完美续新征。

飞天箭指蟾宫近，揽月车驱玉宇惊。

几代攻关情不泯，千秋追梦愿初成。

他年若作银河渡，更约双星结伴行①。

2013年12月15日

【注释】

①双星：指牛郎星、织女星。

马年迎春感怀四首

一

灯辉焰火酒盈卮，又到迎新送旧时。

潮起三江帆竞渡，春生九域马争驰。

堪夸清正民心顺，未忘骄奢国运危。

当信东风能唤得，子规啼处已葳蕤。

二

重逢甲午费吟哦，难遣忧心咒逝波。

拜鬼灯昏罹患隐，退谈局乱是非多。

渐颓山姆犹崇武，初振雄狮更重和。

自古韬光非软弱，国强终有大风歌。

三

徜徉吟啸岂荒唐，谁爱诗书老不狂。

平仄常羞无雅句，推敲总觉少华章。

雁鸣塞北惊春早，莺乱江南喜梦长。

当趁余霞勤奋笔，莫甘才尽效江郎。

四

匆匆未觉又经年，淡定浮生每一天。

书画有心求自乐，诗词无意论谁先。

归田身渐江湖远，伏枥胸犹日月悬。

难得春来花更好，也随追梦再扬鞭。

2014年1月23日

甲午祭咏

东沟一败最心寒，百廿回眸感万端。

旧恨总因欺国弱，新仇岂止扰边安。

神州待起狮方醒，倭寇虽狂梦已残。

饮马长城当有日，前行何惧有重峦。

2014年1月24日

月高风清兄生日寄贺

莫笑痴迷莫笑狂，高兄自幼喜文章。

三更灯火嫌天短，一世辛劳喜梦长。

走马兰台身似客，寄情诗阵韵追唐。

欣然又贺千秋岁，聊寄微忱代举觞。

2014年2月4日

依韵和岳琦《病中吟》

莫怨无由偶染疴，只缘一路雨风多。

任劳心切忙如蚁，负重身疲累似蜗。

冷对尘嚣甘寂寞，笑吟诗赋任消磨。

难能未信桑榆晚，依旧前行自放歌。

2014年2月4日

赞全国人大常委会“两个决定”发布

威宣上国岂孤行，呐喊无非正义声。

两剑锋寒凝旧恨，三军气振盼新征。

降书毕竟难涂尽，血债终归要讨平。

莫信逆天常得意，神州早已备长缨。

2014年3月1日

昆明火车站暴恐案感题

惊闻血案起昆明，半晌无言泪水盈。

痛我同胞归枉死，恨他凶暴害苍生。

民心自古皆当重，国法从来未可轻。

不义多行终自毙，妖氛荡尽海清平。

2014年3月2日

春 日 自 题

星移斗转自悠悠，一任韶光去不留。

残雪能融凭作水，童颜易改未添愁。

裁诗每喜耽佳句，追梦常羞对阙瓯。

信是冬寒行渐远，新来遥望屡登楼。

2014年3月5日

参加《秋实集》首发座谈会赠鹏云兄

虽谙文墨未张扬，心血终成不朽章。

篆继李斯凝拙古，诗承唐韵化铿锵。

九州笔蕴波澜阔，三径胸藏字句香。

堪羡马年新奋起，鹏程云路又高翔。

2014年3月9日

秋访古韩州感题

荒原谁识古韩州，偏脸无言证劲遒。

武演豪雄夸战戍，文呈才俊展风流。

斜阳影重人怀古，塞草烟轻鸟恋秋。

夜读鸡儿花好句①，不堪白絮也盈头。

2014年3月22日

【注释】

①鸡儿花：当地一种野花，金才子王寂曾有五律咏鸡儿花，其中有"但令无夭折，甘作白头翁"两句，表现了对老年的赞美和对长寿的企盼。

答陈云君兄①

日前，陈云君兄从香港讲学后回京，在飞机上成两首赠我的七律，飞机刚着陆即给我发来，令人感动，乃成七律一首回赠，陈兄称善。

云游居处总为家，绛帐延才绕彩霞。

腕底千钧生浩淼，胸中万壑蕴奇葩。

焚膏难得禅心静，烹雪能教意气华。

憾未与君同赴港，樽前空羡紫荆花。

2014年3月29日

【注释】

①陈云君：名宿，陈寅恪之侄、陈覃恪之子，著名书法家、画家、鉴

赏收藏家和诗人，书画作品多次在国内外参展获奖。诗作有《云君诗稿》
等传世。

附，陈云君兄原玉二首：

其　　一

吃饭依然废话多，春过谁惜一年过。

浊空飞雨时时有，怒海同尘处处波。

已俗何消充洗耳，逐流犹羡出污荷。

先生愧诩清池墨，缓步香江学换鹅。

其　　二

晒裤软尘堪笑我，还来出入烁金窝。

飞蚨声嚣音皆北，抡酒身污气若何。

四野烽烟谁管得，今年尘闹又增多。

丧心无日心中泪，维港风流尽逝波。

甲午清明为母扫墓有寄

三叩坟前默寄哀，泪迷双眼忆萱台。

慈心倾护堪怜子，病体强支未济才。

悲苦一生人永逝，风霜四秩梦空回。

多情最是清明祭，能近娘呼归去来！

2014年4月5日

贺三联书店总经理樊希安弟五十九华诞

花甲之前又一春，二毛入镜岂伤神。

胸无名利方知乐，坐有朋侪倍觉亲。

九域人微甘报国，三联名震敢开新。

堪骄最是身心健，过米期茶共北宸。

2014年4月6日

吉林八景集咏①

一、长白仰雪

龙兴宝地大清魂，雄起关东韵自神。

十六峰奇涵圣水，三千界小远红尘。

林藏熊虎扬威猛，潭隐蛟鼍问幻真。

只为遥临能仰雪，登高愿化百千身。

二、王城遗韵

沧桑一片古残城，凭吊愀然百感生。

未见武功能驻世，唯知善治可留名。

玄菟月冷伤秋色，豆谷春深惜漏声。

难得太王碑尚在，多情千古记峥嵘。

三、向海鹤舞

苇深蒲茂野苍茫，泽国天然是鹤乡。

起舞翩跹仙氅动，放歌嘹唳梵音扬。
洁身怀骋乾坤净，丹顶心悬日月长。
最是秋来添意绪，排云直上化诗行。

四、鸡鸣三疆

频闻鸡唱动三疆，家国情怀惹话长。
北望云深藏旧恨，东临海阔阻新航。
铁桥未必连唇齿，土字分明证弱强。
知是璧完难有日，登楼无语久徜徉。

五、深宫尘史

盐仓怎可作龙楼，傀儡居然号满洲。
未阻豺狼臣子恨，难全疆土庙堂羞。
流民泣血悲亡国，壮士捐躯护缺瓯。
到此不堪伤往事，伪宫遗迹警千秋。

六、寒江雪柳

一夜寒烟凝水滨，平明惊见满城新。
琼花玉树纷迷眼，红日飞霞灿醉人。
已使龙王羞匮宝，更教霜女羡凡身。
世间万象争夸美，最美原来不染尘。

七、净月神秀

漫步名园目不暇，无边奇景客争夸。
茫茫苍翠疑神力，湛湛清澄蕴物华。
浪静凫闲舟隐现，花香树茂路横斜。
行来最是迷人处，万顷芳林一氧吧。

八、冰湖腾鱼

久远荒蛮别有情，千秋故事一湖冰。

祭天神祐年成好，醒网人勤福祉增。

雪沃难遮春意近，寒凝能助锦鳞腾。

酒酣共享吉祥宴，更信渔丰百业兴。

2014年4月7日

【注释】

①蒋力华曾依作者韵咏吉林八景，并与作者原玉一道，先后在《长春都市晚报》《长白山日报》《吉林日报》发表。

原韵和刘景禄老师二首

我二十一岁时，写一篇文学评论，是为处女作，送《新吉林》编辑部，得到刘景禄老师的指点和肯定，并全文发表，在我所在的部队产生了强烈反响，领导和同志们知道了我是个"小笔杆子"，从此便一路顺风顺水。可以说，刘景禄老师的教诲，对我走上从文从政之路起到了引领和推动作用，至今让我记忆犹新。

一

流年虽已付烟霞，却有温馨伴岁华。

忆我初耕文薄浅，感君首肯论横斜。

尊师名重攀风雅，秉笔能低愧国家。

窃喜暮年身尚健，诗坛犹可话桑麻。

二

人生虽未灿如霞，却以良心伴岁华。

九域风云凭变幻，一天星斗任横斜。

茶中味淡生禅意，梦里情浓忆老家。

莫负田园多乐趣，赊来些许种桑麻。

2014年4月25日

贺《领军》杂志"春暖新立湖畔情系劳动模范"主题公益活动二首

一

佳节迎来五月红，领军湖畔唱英雄。

修身人敬无瑕品，报国劳夸不朽功。

万朵争开辉晓日，千帆竞渡舞长风。

欣然更借今春暖，再起新潮壮大东。

二

一年又到醉人时，忙趁春深赋小诗。

万顷波光涵远岫，几只鸥影引遐思。

和风送暖天增朗，鱼宴飘香酒满卮。

最是劳模重亮相，领军追梦再驱驰。

2014年4月27日

读庄严同志《人民日报》文章《吉林省新发掘日本侵华档案研究综述》感怀

滔天罪证确如山，读未终篇齿发寒。

菌战疫行人敛迹，城屠血沃鬼盘桓。

共荣圈劣夸神圣，独霸谋深隐祸奸。

信是恶魔难改性，图强当更紧征鞍。

2014年4月28日

贺《耐寂轩诗存》付梓致翟兄

才高虽未许轻狂，却领关东敢滥觞。

诗胆雄豪非藉酒，襟怀真率总因刚。

万家忧乐凝深爱，九域风雷化锦章。

更信苦心天不负，人能耐寂自留芳。

2014年5月14日

沉痛悼念著名二胡演奏家闵惠芬

生来天性醉丝弦，难得成名尚少年。

心血凝琴弓有爱，声腔入韵曲无前。

缠身病砺恢宏气，设帐情滋桃李田。

君去乐坛思领率，江河水咽祭潸然。

2014年5月17日

闻养根兄大安见鲟鳇感生态修复有寄

虽多放养总非真，难觅原生性未驯。
林木渐稀疏掩兽，江河频染少腾鳞。
未羞蒙昧曾围猎，怎忍开明尚网缗。
闻道鲟鳇今又现，梦携新绿慰先人。

2014年5月17日

辽春捺钵遗址感怀

风卷云旗出上京，刀枪蔽日马嘶鸣。
威宣塞上三边靖，政议庐中两制行①。
习武争夸身手健，张鹰频惹鸟鱼惊。
豪雄一去千秋后，凭吊犹多故垒横。

2014年5月20日

【注释】

①两制：指辽国北面、南面两种官制。在中国历史上，这是辽人与时俱进的大胆创造，可谓首开"一国两制"的先例。北面官制以契丹故有的官制为基础而有所发展，又称"国制"，主要管理同契丹人相关的宫账、

部族、属国之政；南面官制借鉴唐朝官制而加以变通，又称"汉制"，主要任务是治理州县、掌管财赋、分领汉军。《辽史·百官制》称辽朝"以国制治契丹，以汉制待汉人"，乃是对于北、南面官制的准确概括。

纳兰性德诞辰三百六十周年感题

凄凉缱绻韵精纯，宋后词坛能几人。

身浴辉煌伤落照，心轻富贵恼缁尘①。

秋风画扇悲何事，碧水清莲品自珍。

终是祖居情最切，吟声继起又开新。

2014年5月28日

【注释】

①缁尘：见纳兰性德词"偶然间，缁尘京国，乌衣门第"。

贺长春市胜春诗社成立十周年兼赠老干部诗友

敢笑江郎韵早贫，耆年犹做苦吟身。

湖山入律诗如画，唱和凝情笔自神。

醒世理应尊老凤，胜春当更带新人。

闲来渐爱说长远，追梦宏图信可真。

2014年5月29日

纪念好太王碑立碑一千六百周年兼赠养根兄

细辨洪荒底蕴深，区区丈许胜千寻。

隶凝汉韵昭兴替，阶印苔痕鉴古今。

拓土广开多伟力，殷民普惠有仁心。

堪夸最是丸都客，证史年年做苦吟。

2014年6月17日

东丰县创建中华诗词之乡感题

久慕东丰画著名，而今吟旅又扬旌。

根源黑土花争艳，史继芬围诗蕴情。

十进潮掀夸壮阔①，三农律动感恢宏。

文华更信能凝力，一业当先百业荣。

2014年7月7日

【注释】

①十进：指东丰县开展创建中华诗词之乡活动，做到诗词十进，即进机关、进校园、进乡村、进企业等十项活动。

有感台海两岸分别纪念全民族抗战爆发七十七周年

不堪敌焰犯卢沟，壮士将身护阙瓯。

一寸山河一寸血，满腔悲愤满腔仇。

战端开即无分界，合作成仍有隐忧。

前事之师当记取，同心莫让国蒙羞。

2014年7月8日

扎兰芬围有思

扎兰无际草萧萧，更惹幽思对寂寥。

虽是设围曾尚武，终归狩猎只逍遥。

寒葱孑立高山冷，热浪频来大野焦。

世事纷繁谁料得，忍从遗迹认前朝。

2014年7月10日

谒解方将军塑像感题

凝睇无言送逝波，迎风傲雪立巍峨。

两衔少将声威远，百战雄姿业绩多。

身守清廉心忐忑，情牵桑梓泪婆娑。

不堪留得编书憾，谁续援朝那曲歌。

2014年7月13日

哭翟志国兄

虽延病榻久消磨，噩耗闻仍老泪多。

每忆裁诗兄琢璞，常羞抡酒我蹉跎。

韵承长白开新派，门掌关东举号螺。

君去知音悲又少，不堪击棹对谁歌？

2014年7月27日

八一战友聚会难舍难分感题

——献给参加2014年庆八一原长春警备区独立连战友联谊会的战友们

难分莫问意如何，回首峥嵘恋逝波。

雨雪风霜同渡远，酸甜苦辣共尝多。

从戎只在能酬国，解甲何曾敢退坡。

最是情深为战友，梦中犹唱练兵歌。

2014年8月1日

闻莎车再发暴恐血案怒题

惊闻血案起连连，圣战花言自洞穿。

底线频开唯害命，伦常屡破总欺天。

凶残莫信无操控，正义当知有剑悬。

休笑衰年难报国，请缨犹敢靖于阗。

2014年8月5日

昭通地震死难同胞头七泪题

昭通噩耗倍惊心，望断西南泪满襟。

禹甸本该多纳福，苍天何忍太相侵。

已然朋辈成新鬼，更况家园化陆沉。

辗转不堪难入梦，凭窗遥祭夜深深。

2014年8月10日

老父仙逝头七寄怀

不堪慈父忍归天，追忆当初泪似泉。

子弱心疼凭护佑，家贫力挺赖熬煎。

三才身教书为首，百善亲承孝最先。

今日满门多窦桂，感恩长跪祭灵前。

2014年8月11日

贺寇彦龙兄（倚剑白云天）荣任关东诗阵首版

义薄云天一剑横，三花辉映共峥嵘。

诗成啸傲常无忌，帐设承传总有情。

半世劬劳积蕴厚，几番风雨视名轻。

新来门掌关东阵，再展雄才奋举旌。

2014年8月16日

贺沈鹏云兄荣任长白山诗词常务副主编

材大虽从不自夸，诗书却誉两奇葩。

人因蕴厚行添雅，文赖修深口吐霞。

履职能担沉似鼎，任劳善治乱如麻。

悄然入主白山社，来日芳园更著花。

2014年8月16日

咏左权将军

指挥若定意从容，百战长留旷世功。

虎帐运筹神莫测，太行立马气如虹。

身先闯阵堪夸勇，断后临危敢尽忠。

一去清漳千古恨，神州泣血唤英雄。

2014年8月22日

别后思念遥寄星汉先生

经年兀兀不辞劳，放马天山胆气豪。
学海徜徉舟济远，诗坛啸傲笔横刀。
精研音韵旁征广，略考兰词已见高。
别后思君常入梦，共耕西域醉葡萄。

2014年8月31日

容国团获新中国第一个体育世界冠军

报效归来敢自强，风云一代好儿郎。
小球信可终成势，大志焉能总雪藏。
曾甩病夫夺首冠，更将神女压群芳。
堪伤最是人生短，无奈唯留侠骨香。

2014年9月20日

秋登辽源魁星楼感怀

一自楼高入九重，便生紫气护辽东。
魁星斗养文华灿，玉帝天涵物产丰。
俯瞰古城辞旧貌，遥闻大野动征鸿。
登临岂止秋光好，更有清歌唱不穷。

2014年9月30日

咏李白与杜甫二首

一

书剑飘零胆气豪，百篇斗酒恃才高。

建功有意悲行路，伴驾无欺远圣朝。

情寄鸿蒙修道骨，诗呈瑰丽继离骚。

不堪虽殒当涂县，明月终能伴寂寥。

二

曲江曲处老儒生，潦倒依然策杖行。

酒债当非因嗜饮，诗魂原本为凝情。

惊源国破花催泪，愁起茅飞雨入更。

莫信官微终寂寞，清风白月也留名。

2014年10月29日

甲午深秋雪霁重访九寨沟

重临虽已欲寒时，却恋秋深乐未疲。

红桦因风彰俊骨，青松借雪展英姿。

海飞五彩虹生瑞，瀑落千条水斗奇。

天上人间谁辨得，朦胧正好赋新诗。

2014年11月3日

张福有发现五万年前手斧致贺

兀兀耕耘不计年，更探手斧业惊天。

三江水毓云根厚，五万尘封国宝眠。

推倒莫唯夸绝版，张扬华夏谱新篇。

诗翁为证千秋史，又向洪荒问变迁。

2014年11月9日

峨 眉 金 顶

何必劳劳觅渡船，此中祥瑞即无边。

十方慧眼观尘世①，万盏明灯供普贤②。

金顶云开辉法界，佛光灵显佑尧天。

皈依虽可凡根净，怎比心诚种福田。

2014年11月25日

【注释】

①十方慧眼：指峨眉金顶的普贤塑像是包金的十面佛，看着十个不同方向。

②万盏明灯：指万名信众出资买灯，供奉在普贤塑像周围，场景壮观，令人震撼。

都 江 堰

禹斧开山导巨龙，先贤杰作古今雄。

宝瓶力控三江险，鱼嘴柔分九派通。

浮载千秋舟楫利，滋营万顷米粮丰。

难能虽染沧桑色，犹尽衰微再立功。

2014年12月17日

贺老战友李殿富《七十有约，耕拓无垠》书法篆刻展

出身行伍一儒生，倥偬难移翰墨情。

读帖每能过夜半，挥毫常会到天明。

神追魏晋书添雅，心养梅兰品自清。

虽是古稀人未老，无垠耕拓日新晴。

2014年12月19日

贺包大姐七十六岁华诞

虽是耄年韵未贫，生来长就苦吟身。

风云入律诗千首，山水凝情笔万钧。

醒世后昆尊老凤，开来大姐盼新人。

寿添更爱说长远，梦逐缤纷第二春。

2015年1月23日

于海口遥贺沈鹏云邵红霞诗坛履新

从来薪火赖传承，鹏振霞飞奋举旌。
松水有源能致远，白山无欲更驰名。
笔随时代因求进，诗入民心只重情。
信是关东风更劲，坐看潮起续峥嵘。

2015年1月29日

赠张派传人著名京剧表演艺术家蔡英莲老师

生来志在振皮黄，回首欣然抚鬓霜。
张派嫡传曾入室，名媛主演屡登堂。
立身磊落行堪信，教戏精勤老更狂。
难得后生终可畏，遍栽桃李已芬芳。

2015年2月2日

题赠著名京剧表演艺术家高派传人倪茂才

余音回荡九霄重，除却先师无此功。
自幼专修循正体，渐成博采启新风。
孙安三奏千官震，靖宇十年百战雄。
经典立身诚为本，领军来日更当红。

2015年2月5日

海南小居四题

一、海口金外滩小区晨起漫步

芳菲惊艳满庭园，尽享琼州不冷天。
映日扶桑霞灿灿，临风椰树影翩翩。
身轻未觉耆龄近，气爽弥珍绿意鲜。
难得赋闲能到此，虽非常住也欣然。

二、三亚阳光海滩

美景良辰叹奈何，只羞学浅费吟哦。
金沙璀璨温情暖，碧水轻柔细语多。
舒缓椰风云淡定，翩跹鸥影浪婆娑。
避寒既得来仙岛，谁管人间几烂柯。

三、西岛观光有感

小岛风光别有天，清澄满目醉流连。
沙柔礁美鱼心乐，风动花摇鸟语绵。
翼伞凌云浮掠影，蛙人恋水戏游船，
不堪时弊仍添恼，门票重重只认钱。

四、三亚夜海听涛

漫步滩头思浩然，风携海气扑胸前。
繁星不语辉空域，新月多情展上弦。
鞋湿只缘心乐水，人稠当是夜难眠。
涛声千古虽依旧，毕竟沧桑已变迁。

2015年2月6日

甲午岁杪感怀

匆匆不觉近耆年，往事回眸恍似烟。

塞上秋风犹在耳，梦中铁马已收鞭。

有情寒夜能知暖，无欲红尘也入禅。

近日频闻官落网，半忧半喜也难眠。

2015年2月11日

乙未迎春感怀五首

一

千家万户竞除尘，无限江山满目春。

一马收官冬去迅，三羊开泰喜来频。

正风可使民心顺，换挡能教常态新。

最是公平弘法治，护航确保梦成真。

二

瞬间日历又新翻，敢望今仍大有年。

塞北归鸿携暖意，江南梅雨化清泉。

威除蝇虎山河振，泽济苍黎草木鲜。

知是不才逢盛世，夜阑小酒伴无眠。

三

一片鸡声晓雾开，延安筋骨喜重来。

春临艺苑花迎蝶，日上枝头鹊踏梅。

已让诙谐终向雅，岂容低俗再成灾。

时来莫负东风劲，再举吟鞭振九垓。

四

欣然国运正兴嘉，极目千村浴彩霞。

一夜东风苏沃野，几行脚印暖农家。

粮丰日子甜如蜜，权确心头灿若花。

信是来年春更好，已闻布谷起天涯。

五

岁增虽又鬓添皤，回首怡然送逝波。

曾以军功酬战戍，未将俗务付蹉跎。

官贫无悔贪欢少，身正何忧毁誉多。

纵是耆年浑不觉，梦中击棹尚狂歌。

2015年2月13日

迟贺月高兄七十华诞

鹤发何须问贵庚，关东参老数高兄。

虽夸邻姬私投果，却远虚功耻盗名。

走马兰台曾秉笔，泛舟诗海倍痴情。

古稀更喜身心健，把酒吟留月色清。

2015年3月7日

初春雪夜寄怀

不堪三月雪纷纷，半惹诗情半恼人。

咏絮我能思谢女，遮风谁肯护寒民。

失眠易得因时弊，报国难酬乃力贫。

幸喜闻鸡天渐晓，梨花满地又逢春。

2015年3月10日

沉痛悼念老同学何向东

虽是恹恹久病沉，终闻噩耗也惊心。

遗容似睡悲难遣，往事如烟梦可寻。

学友一场情甚笃，死生两界痛何深。

不堪相送龙峰地，从此常常泪染襟。

2015年3月14日

赞吉林广厦集团开发海南龙楼一号兼赠董事长蒙宣村

　　吉林广厦集团是吉林省大型民营建筑企业。多年来，在蒙宣村带领下，企业坚持以人为本，深化改革，加强管理，为吉林城乡建筑事业做出了重要贡献。2011年，他们适应新形势，瞄准海南旅游度假市场的需求，在号称国母之乡文昌市的中国未来最大航天基地龙楼镇，开发一流楼盘龙楼一号，取得良好的经济效益、社会效益和环境效益。

> 名区仙境费搜求，广厦先登早运筹。
>
> 国母乡邻承雅韵，宇航基近借风流。
>
> 魂凝鼓岭奇盈目，身傍石园浪洗头。
>
> 岂止四时花似锦，吉祥宜爽属龙楼。

2015年4月30日

献给抗震救灾中的吉林省第五批援藏干部

> 不堪邻国受灾时，震祸殃连喜格孜①。
>
> 心底苍生急苦难，肩头重任救寒饥。
>
> 艰辛共化回天力，血汗同凝动地诗。
>
> 又见彩虹升雪域，娑萝两朵焕新姿②。

2015年5月12日

【注释】

①喜格孜：藏语"日喀则"。

②娑萝：即格桑花，有一首藏族歌，把汉藏两族比喻成两朵格桑花，谁也离不开谁。

贺《文化集安》创刊

> 一夜东风绿满山，艺园应运创新刊。
>
> 根雄奥壤林成海，史壮边陲韵起澜。

古墓昔曾夸胜迹，小城今更誉文坛。

多情最是丸都月，只送清辉不送寒。

2015年5月26日

重访兰亭感题

孟春再度访兰亭，一样风光别样情。

曲水昔曾留雅韵，鹅池今更续新声。

论书有道人夸笔，抡酒低能我未名。

知是不才甘寂寞，只求无愧对苍生。

2015年7月13日

咏　泥　林

地老天荒别有情，奇观变幻演峥嵘。

狼牙错落微含血，塞草萧疏略带青。

坝上牛羊时聚散，土中犀象自斜横。

晨昏多有云霞灿，晕染泥林画不成。

2015年7月16日

喜迎中华诗词学会第四次代表大会召开（用马凯韵）

休言塞外迓春迟，早有新翻杨柳枝。

艺苑芳菲频斗艳，星河才俊奋争驰。

心齐民聚回天力，云涌潮生动地诗。

难得文坛逢盛世，吟鞭东指正其时。

2015年7月31日

哭"8·12"天津滨海大爆炸中牺牲的消防官兵

如火前行尚觉迟，赴汤哪敢问安危。

救人舍命非无我，许国捐躯正此时。

已使遗言留战友，更将壮举化丰碑。

惊闻又报伤亡数，痛向荧屏哭健儿。

2015年8月14日

赠韩阳及第五期援藏干部

挥泪辞家万里行，誓将热血写峥嵘。

筹边脚拓三年路，爱藏心存一世情。

缺氧煎熬忘日夜，多艰历练铸精诚。

纵然硕果书难尽，只重丰碑不重名。

2015年8月26日

秋日友谊湖畔偶感

一自金风起朔方，便将无赖寄寒塘。

苇添秋色因霜近，荷展苍颜为雨凉。

眼底鸿归生眷恋，心中水静息轻狂。

纷繁既是难求解，莫若随缘任短长。

2015年9月22日

贺"吉林一号"组星发射成功

扶摇一箭启新程，首以鸡林冠大名。

遥感总能知变幻，扫描岂止晓阴晴。

卫星加引三江涌，科技先催百舸争。

从此不咸添羽翼，于凌云处写恢宏。

2015年10月9日

文化援疆采风行四首

一、喀纳斯景区

一入名区满目新，出凡净土叹无伦。

奇峰冠玉长存雪，碧水飞虹不染尘。

野阔蜂忙花似锦，坡平羊懒草如茵。

行来顿觉禅心静，醉恋仙源忘问津。

二、可可托海矿工

进军号里赴新疆，奉献何曾计短长。
三代矿开身许国，千秋业创史留芳。
惊天核武凭添料，落月嫦娥赖起航。
回首当年多少事，忍将清泪入诗行。

三、可可托海大峡谷

谁遣神工暗打磨，奇观满目费吟哦。
金钟倒扣群峰小，圣水西流佚趣多。
山上云杉身俏丽，河边白桦影婆娑。
徜徉忘却来时路，心醉田原牧野歌。

四、题赠野马集团董事长陈志峰

运起天山势自雄，从容也可吐霓虹。
广交朋友情浓酒，遍采奇珍马胜龙。
总以爱心酬厚土，更凭文翼舞长空。
国今重启丝绸路，再展宏图唱大风。

2015年10月28日

刘建封诞辰一百五十周年感题

钓叟无求身后名，唯将一世奉苍生。
百年苦旅虽艰涩，千载丰功却永恒。

斩棘何曾愁蹇涩，攀山只为觅峥嵘。

江岗有志君当记，莫负前贤未了情。

2015年11月8日

长白山历史文化园

塞外宏园载誉高，大荒韵补更堪骄。

沧桑有意能垂史，成败无情莫问樵。

萨满根深风古朴，不咸源远土丰饶。

欣然今夜文星灿，把酒狂歌破寂寥。

2015年11月9日

德林石文化园龙狮

石破堪惊起势雄，迷人佳话蕴无穷。

盘桓形隐祥云里，怒吼威喧大野中。

回首沧桑陈迹远，凝眸风雨夕阳红。

龙狮莫谓纯虚妄，信有苍冥佑大东。

2015年11月11日

纪念徐鼒霖诞辰一百五十周年

辰逢百半吊徐卿，追忆高贤寄雅声。

从政心丹身许国，修文骨俊笔为旌。

五湖有意尊儒冠，三径无心钓盛名。

更信憩园难寂寞，关东新锐已峥嵘。

2015年11月13日

遥赠友人谒大足石刻

震撼曾教网上寻，亲能膜拜更惊心。

三千界远无脏土，十万身崇有梵音。

跪地我知修尚浅，凝神谁觉孽犹深。

繁华满目终销尽，唯剩菩提绿到今。

2015年11月14日

题赠天鼎大酒店

选得林深胜氧吧，当垆怎比此堪夸。

云承琼阁檐遮日，虹落瑶池水漾霞。

昏晓难分人逐梦，阴阳易感物升华。

客来乐不思归去，痴恋梁园醉忘家。

2015年11月15日

贺延边诗词学会成立二十周年

正茂年华气若虹，屡呈佳作誉关东。

杜鹃花引春来早，阿里郎催韵转雄。

助力腾飞诗有意，倾心团结爱无穷。

边陲今日吟旌举，催动征帆再建功。

2015年11月27日

又到周总理忌日

当年折柱国将倾，天下忧心抚未平。

十里含悲呼总理，九州挥泪诉衷情。

为民至爱唯思报，于己忘私岂虑名。

济世难酬公莫憾，而今吐哺有新英。

2016年1月8日

海南览胜四咏

一、谒宋庆龄祖居

一树连枝各自荣，满门难得尽精英。

心追民主君无憾，身伴天威妹有名。

分道纵然常反目，同根毕竟总关情。

时人当解其中味，少以存亡论废兴。

二、登铜鼓岭

铜鼓声螯景更娇，雄奇媚秀领风骚。

凌云顿觉青山小，近海弥知白浪高。

昔有前贤成伟烈，今无后裔不英豪。

南疆莫怕今多事，当信伏波仍带刀。

三、游石头公园

仙乡何必叹难求，此地奇观胜蜃楼。

苔滑多因雨洗面，石圆总为浪梳头。

彩虹隐现云生瑞，琼岛浮沉水载舟。

远避尘嚣心自净，超然不作稻粱谋。

四、月亮湾感题

览胜冬游月亮湾，风光无限美堪餐。

金沙映日辉生暖，白浪邀云玉蕴寒。

错落草亭阶近水，横斜椰影客凭栏。

从来临海心胸阔，极目当知有大观。

2016年1月19日

贺东丰县中华诗词之乡获批正式挂牌

画乡今又授诗乡，喜讯催征意气扬。

妙笔平添新彩页，浩吟再汇锦华章。

文从黑土根基厚，史溯姬周岁月长。

待到春来冰雪尽，满山大丽更芬芳。

2016年1月24日

三亚冬夜街头屡遇乞讨感题

辉煌灯火耀南天，三亚堪惊夜不眠。

海浪琴声歌阵阵，椰风人影舞翩翩。

富豪早已成强势，贫病今仍要小钱。

知是力微难济世，倾囊恨少自惭然。

2016年1月27日

迎丙申新春感题五首

一

堪骄击棹有中坚，笑傲风云又一年。

治国情深施铁腕，理藩虑远主琼筵。

缺红股市熊虽狠，多彩投行梦却圆。

笃信雾霾终散去，春来仍是艳阳天。

二

不堪选战起天南，兴替风云入眼帘。

马退需防红利减，鹰扬当虑隐忧添。

皆言血总浓于水，谁料情偏弱似纤。

信是国强能促统，登高无语作前瞻。

三

夜来何处起春潮，原是吟声破寂寥。

青史钩沉辉古国，云帆破浪壮今朝。

花逢盛世枝添俏，鸟籍芳林语更娇。

莫谓诗家唯自乐，长歌也可动狂飙。

四

论坛风雨砺雄师，屡叩洪荒解未知。

史证沧桑尊手斧，龙兴祥瑞仰天池。

无言山水长存画，有志情怀不朽诗。

又是一年春好处，吟鞭东指正其时。

五

耆年渐近岂彷徨，一任颜衰两鬓霜。

人懒每多忧病痛，心雄当不减疏狂。

昔耽案牍劳形累，今喜儿孙绕膝忙。

终是书生情未泯，夜阑依旧写文章。

2016年1月29日

悼念人民艺术家阎肃同志

戒装原本是文人，却为强军献此身。
心底丹忱凝战味，笔端豪迈寄征尘。
已将余热酬春讯，未以丰功问要津。
今日不堪君去也，艺坛谁再守精纯？

2016年2月13日

贺月高风清兄寿诞戏题

未信君今到古稀，文坛屡见展英姿。
丹心苦守穷坚志，皓首高歌社稷诗。
总有诙谐夸大雅，并无红粉惹微词，
国逢盛世兄增寿，把酒临风句更奇。

2016年2月15日

次养根韵贺《刘大同诗集》出版

后昆谁可与君同，情系江冈一脉中。
因爱山魂兴苦旅，为求民主藐凄风。
诗吟既往声犹壮，梦逐当今势更雄。
电闪雷鸣开卷处，群峰肃立仰刘翁。

2016年2月19日

贺家乡九台诗社成立三十周年

盛世从来更重诗，年逢而立炫新姿。

榆庐韵厚香三径，战垒痕多证八旗。

饮马巡疆终既往，富民强国正当时。

登楼倍觉家山近，情满边台酒满卮。

2016年2月22日

哭送张笑天老师

惊悉噩耗夜难眠，遗作重翻忆笑天。

壮志兄曾挥巨笔，真情我每醉佳篇。

影凝开国功垂史，文至钩沉业领弦。

今日三呼君不语，京华遥祭一潸然。

2016年2月24日

痛悼老同学王凤祥

昨天，惊悉王凤祥病逝，不胜悲痛。凤祥是我1965年在省委办公厅机要干部训练队学习时的同班同学，五十多年交往未断，互相仰慕，感情甚笃。凤祥立身坦荡，待人诚恳，性情豪爽，广交朋友，堪称侠肝义胆。年轻时，他爱唱歌，同学期间，联欢会上，他一曲"马儿你慢些走"，令我们如醉如痴，至今大家相聚还津津乐道。悲乎，这一切从此都变成了不可再现的记忆。凤祥同学，一路走好！

无端健魄竟烟消，噩耗伤怀泪暗抛。

痛忆同窗曾共勉，惊呼两界骤分镳。

隐身做事虚名少，抡酒交心美誉高。

一曲马儿君带走，联欢谁再领风骚？

2016年2月26日

赞彭祖述先生精雕一百六十方松花砚

半缘绝技半天成，奇石方圆各寄情。

菊瘦竹萧风飒飒，梅馨松翠雪莹莹。

刀凝心血无寒暑，气蕴丹田有重轻。

从此文房尊祖述，白山瑰宝更驰名。

2016年3月15日

赞张派再传弟子张蕾蕾领衔主演《杨门女将》

堪赞重排穆桂英，张传主演展恢宏。

樽藏血泪含悲饮，剑动风云戴孝征。

扮相雍容彰大气，行腔亮丽孕新声。

梨园且喜花如锦，代有才人渐领兵。

2016年3月19日

贺田子馥先生八十大寿

莫谓耆年即老翁，先生今日笔尤雄。

诗源胸臆抒佳句，史起蛮荒壮大东。

看破浮生无俗态，修成俊骨有儒风。

欣然最是身仍健，忙趁天时再立功。

2016年3月22日

早春晨练过长春友谊公园湖畔即景感题

湖面冰封尚未消，行人履薄已寥寥。

寻鱼水鸟频偷眼，知暖寒鸦漫理毛。

谁趁闻鸡明志向，我伴击棹慰心潮。

风来带雪浑无觉，信有春温上柳梢。

2016年3月23日

贺甘肃省庆阳市诗词学会成立

东风一夜醉鸣禽，陇上春来送好音。

宝象新飞携福祉，祥龙再振引甘霖。

人文祖地名中外，革命红区烁古今。

难得传承多雅士，诗随时代咏丹忱。

2016年3月24日

北京恭王府海棠花感题

相府春深满院香，风摇倩影作诗行。

娇憨有意迷苏子，艳丽无心惑楚王。

名逊牡丹亲厚重，格超芍药远轻狂。

堪伤虽未学红杏，却惹时人论短长。

2016年4月1日

读皇玉白《黑色纪念日》感怀

一曲心声动地天，读来百感欲潸然。

疯虽有虐原非狠，爱本无私岂止贤。

呵护情深冰可释，操持人累夜难眠。

堪骄才女纵文弱，却引诗坛唱铁肩。

2016年4月18日

用叶嘉莹先生首句依养根韵再贺恭王府《海棠雅集》

春风又到海棠时，盛世华章总未迟。

雅韵雅情催雅集，新征新梦赋新诗。

领航倍觉天非岸，共享弥珍福作碑。

今正神州崛起日，雄强已让五洲知。

2016年4月20日

痛悼京剧程派传人李世济先生

艺苑无端又折英，曾将流派帜高擎。

锁麟一曲留经典，归汉千秋驻永恒。

打破唯求扬古韵，继承更为创新声。

不堪今日君西去，聊寄悲吟送一程。

2016年5月13日

丙申初夏再谒秦陵感怀

秦陵遥望气如山，一帝长眠业未残。

脱颖七雄除旧制，弭平六合奋征鞍。

文同百代传犹远，法峻千秋感尚寒。

今日不堪凭吊处，游人多作等闲观。

2016年5月17日

次韵张岳琦先生《病中杂想》

缘何枝叶总关情，血脉原来在下层。

每念为民劳付少，常羞致仕岁收增。

心存魏阙行无悔，身寄江湖信有凭。

梦里不知人已老，挥鞭纵马又奔腾。

2016年5月24日

生日感题

纵是无求任自然，耆龄回首也堪怜。

几斤瘦骨虽撑体，一世凡心却负禅。

既远衙斋荒驿路，便亲黎庶暖心田。

新来未觉光阴迅，只恋诗书不问年。

2016年5月31日

乌鲁木齐至伊宁道中

携笔寻吟再入疆，心迟眼钝两迷茫。

几分神秘阿山静，一派生机绿野狂。

左柳凝春铭爱久，林渠济世载恩长。

莫愁治国缺良策，情系苍黎本自强。

2016年5月31日

赛里木湖

谁遣神工造大观，遥临倍觉地天宽。

野花万点缀芳岸，碧浪千重撼远山。

水涌风嚣云影动，鱼翔鸥舞雪光寒。

人生佳境知多少，莫若听涛赏巨澜。

2016年5月31日

赞养根斋网上谈"吉林诗词现象"和"关东诗阵现象"

京华东指振吟鞭，即有诗家敢领弦。

证史岂唯拘古韵，趋时只为谱新篇。

白山雄立三疆仰，松水融通四海连。

流派渐成非自赏，潮头旗举更争先。

2016年6月21日

依岳琦先生《有感于当代人生活》韵草成一首

莫谓前沿掌握难，老来依旧敢登攀。

屏中展示周天晓，掌上沟通顷刻还。

文蕴千秋探似海，云呈万象赏如闲。

不堪恋网新成瘾，梦藉诗词笑闯关。

2016年6月24日

贺长征七号新型运载火箭在海南文昌龙楼首发成功

一从神箭起龙楼，便惹名驰震五洲。

小镇倚天书壮丽，新航借海演风流。

物丰岂止民康乐，文灿方能业劲遒。

最是阳台观发射，居家心逐太空游。

2016年6月26日

"七·七"全面抗战纪念日感题

狮吼桥寒晓月高，卢沟唤起气冲霄。

关东烽火连天烈，淞沪腥风带血飘。

忠骨无言悲失国，民心有恨盼还辽。

凄然回首当年事，莫让英魂再寂寥。

2016年7月8日

为我军南海军演喝彩

雷鸣电闪战旗红，铁铸军魂气象雄。

导弹威扬疆万里，艨艟力压浪千重。

张狂宵小贼心惧，肆虐豪强妙算空。

信是伏波真再世，宣权今又建新功。

2016年7月10日

斥所谓"南海仲裁案"出炉及张岳琦先生惠和大作

亘古三沙近九垓，贼生恶意竟疑猜。

沉船擅自移疆界，填岛无端设塔台。

法理难容宵小闹，民心唯盼国威回。

而今华夏雄寰宇，任尔群愚乱仲裁。

2016年7月13日

附，张岳琦老主席《用文昌韵也斥南海仲裁阴谋》：

汉家南海岂荒垓，鬼子居心不用猜。

狗屁法官挑五个，驴穷闹剧演三台。

组庭幕后日人撺，造势屏前坏笑回。

废纸一张尽胡说，国疆怎是尔能裁。

南海仲裁闹剧收场感题

闹剧虽收渐寂寥，声喧曾惹海风高。

贼心屡试蹚浑水，黑手频伸搅碧涛。

九域凝神犹筑梦，三军聚力正磨刀。

终闻巨霸双航母，知趣唯能夜遁逃。

2016年7月16日

集古人句抒怀

垂领纷纷已二毛，犹将余力寄风骚。

今朝共语方同悔，昨夜离心正郁陶。

三月清明天婉娩，一瓢颜巷日空高。

春来遍是桃花水，妙理依然有浊醪。

2016年7月25日

【注释】

八句分别集自：第一句，宋郭应祥《鹧鸪天·遁斋自作生日》；第二句，唐齐己《闲居》；第三句，唐白居易《江月楼》；第四句，唐高适《送别》；第五句，宋欧阳修《渔家傲·三月清明天婉娩》；第六句，唐杜牧《长安杂题长句六首》；第七句，唐王维《桃源行》；第八句，宋仇远《书与士瞻上人十首其一》。

翟兄逝世二周年祭

几番惊坐泪沾襟，别又经年痛更深。

琢璞需兄凭友唤，擎杯无耐为谁斟。

总将厚重抟佳句，未以轻狂废苦吟。

君去泉台虽渐远，梦回依旧问初心。

2016年7月27日

赠八一东汤聚会战友

难忘当年意气扬，至今依旧爱戎装。

洪炉热铸雄魂魄，战垒寒凝铁脊梁。

曾逐风云争叱咤，终归安逸享平常。

新来屡梦重披甲，犹向边关奋老枪。

2016年7月29日

赞抗洪抢险官兵

不堪洪涝又横行，关键时来子弟兵。

傲立中流身筑坝，死防绝地志成城。

餐风饮露无兼味，抢险排忧有激情。

难得大功虽显赫，却披星月暗归营。

2016年8月10日

贺中国女排里约奥运会夺冠二首

一

未让须眉敢奋争，骄人团队又重生。

夺金每自狂澜挽，登顶多因逆境行。

国许丹忱夸女帅，功源执着赞群英。

世间留得真元在，莫信何为不可能。

二

何事欢声动九垓，当年霸气喜重来。

刷屏只为夸郎导，点赞多因贺女排。

汗水凝能强傲骨，泪珠飞可洗征埃。

班师又向新高度，再战东京上奖台。

2016年8月22日

在新疆采风途中闻张玉璞兄《琢璞集》出版致贺

未负苍生未负天，忧劳总惹梦魂牵。
高端立足谋曾远，黑土扎根花正鲜。
时代风云来笔底，英雄故事入诗篇。
欣然今日文成集，琢璞声中又举鞭。

2016年9月8日

贺牛连和艺术馆在长春开馆①

关东谁不仰牛郎，古雅恢宏笔底藏。
本固京师成巨擘，花开桑梓演华章。
胡杨震撼英姿劲，仕女娇柔彩墨香。
今日风云齐助力，前瞻再度写辉煌。

2016年9月9日

【注释】

①牛连和：1950年出生于吉林省。自由艺术家，曾先后就读于中央工艺美术学院、美国萨凡纳艺术设计学院，早年师从我国著名艺术家袁运甫、袁运生学习装饰绘画及油画。从艺四十多年来，在油画、国画等方面都有所成，形成了具有鲜明装饰特色的个人创作风格。油画多为风景，画风写实笔触细腻，画面恬静，色彩亮丽清新；国画彩墨作品则抽象地运用形式与色彩，题材多人物、花鸟，用色对比强烈大胆。从20世纪90年代开始，牛连和曾多次在北京、香港、台湾等地及美国、加拿大、日本、韩国等国家举办个展，作品先后被国内外多家权威收藏机构及个人收藏。

毛泽东逝世四十周年逢秋雨感题

不堪四秩正逢秋，苦雨多情泣未休。
曾痛千帆失舵手，更伤群小谤源头。
开来继往凭薪火，追梦图强赖运筹。
今日毛公长睡处，红旗依旧耀神州。

2016年9月9日

临屏贺天宫二号发射成功

天二扶摇探旅居，神州正是庆丰时。
繁星献舞迎嘉客，圆月生辉助靓姿。
造访牛郎争点赞，偷瞧织女暗称奇。
空间从此添新锐，长驻穿行信可期。

2016年9月16日

遵义红军山凭吊烈士纪念红军长征胜利八十周年

掬泪坟前代酒斟，忍将悲壮入诗吟。
山因血沃花增艳，碑为魂凝字烁金。
失地湘江忧命运，建功遵义振初心。
此番重走长征路，更晓攻坚水尚深。

2016年9月26日

望官地南山

南山休道少巍峨，曾纪人间几烂柯。
半壁陶轮凭证确，一爿石器任消磨。
沧桑有意留痕久，岁月无情去日多。
知是秋来天欲晚，登高击节作长歌。

2016年9月30日

江密峰采风路上缅怀吴大澂

上将筹边到此行，至今犹感马蹄声。
甲寒月冷茶棚暖，路远沟深雪岭横。
谈笑樽前曾伏虎，乐忧窗外总关情。
不堪四海仍多事，谁写皇华再纪程?

2016年10月4日

龙潭山双鸟回首古剑

凌空剑影镇名山，虽历千秋刃尚寒。
双鸟回眸当示警，一身横亘岂偏安。
开边肃慎功居伟，护鉴扶余锷未残。
报国不甘闲自老，初心依旧系征鞍。

2016年10月6日

贺神舟十一号和天宫二号成功对接平稳运行

新航今又作神游，惊艳扬眉傲五洲。
接吻凌虚夸浪漫，携程宇宙演风流。
太空奥妙终能解，生命因缘信可求。
建站长居当有日，届时我也小勾留。

2016年10月22日

海南文昌龙楼寓所4号楼阳台观长征五号发射感题

缘何无雨复无风，胖五今宵上太空。
大地惊雷来滚滚，长天烈火去熊熊。
首探月背能行远，再建星寮可立功。
有幸临窗观盛况，诗心泪眼两朦胧。

2016年11月4日

感"皇华纪程今昔"全面启动

为全疆土赴边庭，曾以皇华纪此程。
踏雪凌寒攀老岭，打尖借暖宿茶棚。
吟哦帐下思良策，谈笑樽前署大名。
莫信外交无弱国，图强先要骨铮铮。

2016年11月10日

纪念孙中山先生诞辰一百五十周年

未惜羸躯救亚东，狂澜屡挽演豪雄。

推翻帝制求民主，唤醒人心仰大同。

有志一生唯许国，无私四字只存公。

遗言重读休言远，都在今朝筑梦中。

2016年11月19日

感余旭获革命烈士称号

励志终生捍领空，早将有限付无穷。

情凝大地心追梦，血溅长天气贯虹。

羞以娇颜夸靓影，敢凭特技展威风。

神州今日酬英烈，巾帼何时再建功？

2016年11月25日

闻将抗日战争由八年改为十四年感题

欣闻国史启新篇，重写艰辛十四年。

林海揭竿多伟烈，长城饮马遍烽烟。

当年血泪终遗恨，今日河山尚未全。

难得多情频落雪，飞花无语奠英贤。

2017年1月18日

用养根韵贺春并贺《春韵满神州》出版

贺岁连年韵起东，八荒异曲岂求同。

齐心自有回天力，筑梦焉无旷世功。

流派初成鸡报晓，吟旌再举雁横空。

新来倍觉诗思涌，更藉春潮唱好风。

2017年1月20日

春光满目唱鸡年六首

一

永乐钟扬动五洲，新音古韵共风流。

醒狮东起因追梦，巨舰西巡为护瓯。

笑对乱云依定力，稳操航舵赖深谋。

登高倍觉春光近，一片鸡声唱未休。

二

大国治如烹小鲜，总将民瘼念拳拳。

五新理政熏风劲，九域腾龙喜讯传。

改革当初留硬骨，攻坚今日涉深渊。

难能终有核心立，再启征航写续篇。

三

峰危路险势嵯峨，极目风云变数多。
寄意仲裁留闹剧，居心偏袒隐余波。
迎来盛赞八方友，逼退强梁一曲歌。
更信外交无弱国，崛起谁能奈我何。

四

虽是天时正孟冬，鸿篇读似沐春风。
步随时代行方远，心系苍生气自雄。
极顶难登总有望，高原易上却无功。
文坛今喜格重塑，再举吟鞭共向东。

五

纵然早起尚嫌迟，未负东风第一枝。
三径苔残思更涌，九天星灿笔仍驰。
背无岳武精忠刺，腹有文山正气辞。
又是雄鸡争报晓，江边起舞正当时。

六

回眸虽累却欣然，不辍耕耘又一年。
曾逐春风歌大漠，更凌古堡觅鸿篇。
岁增岂服身心老，任卸甘居境遇迁。
信是江郎才未尽，夜阑犹梦笔如椽。

2017年1月26日

祝贺长白山文化暨东北抗联文化座谈会召开

论剑神山溯本源，泪挥凭吊感难言。

密营犹记联军勇，蚁阵曾留鬼子喧。

蓄得豪情书伟烈，拼将热血报轩辕。

春来我采飘飘雪，半作胸花半作幡。

2017年2月20日

吉林省诗词学会新春雅集并谢白山诗友招饮得句

虽寒毕竟已初春，趁雪裁诗也喜人。

孤否推敲循路径，善哉指点渡迷津。

前朝史证文添雅，当代风扬句入新。

一曲飞花行令后，赫然流派渐成真。

2017年2月23日

纪念杨靖宇将军殉国七十七周年兼和福有兄《大东留题》

回眸重读感峥嵘，烽火当年耀眼明。

林海挥师豺虎惧，蒙江喋血鬼神惊。

志酬虽献精忠骨，梦绕犹存儿女情。

莫信将军真睡去，密营今又起雷声。

2017年2月24日

赞养根兄陪国家地理杂志撰稿人郑骁峰再访岗子遗址

春雪茫茫大野森，行难依旧向高岑。

圆虹起处迎祥瑞，年喜开时奏好音。

有志三生酬奥壤，无求一意寄云林。

堪钦虽破千重履，未负当初证史心。

2017年2月27日

赞杨振宁九十四岁高龄放弃美国国籍转为中科院院士

漂泊终难忘本真，总因外籍惹逡巡。

成名既早异邦远，报国虽迟故土亲。

培育英才心沥血，拆分粒子境开新。

堪钦虽染桑榆色，犹领归潮再转身。

2017年3月2日

贺中华诗词学会和吉林省诗词学会成立三十周年二首

一

同迎而立忆当年，诗路行来别有天。

千载风云凝史笔，万家忧乐系心田。

白山气振龙兴地，松水歌扬吉运篇。
更喜新征逢盛世，吟坛潮起势无前。

二

一自春温上柳梢，便催诗阵演雄豪。
成军流派蜚声远，入律征鼙载誉高。
大吕黄钟虽激越，小桥流水也风骚。
难能今更随时代，再振云帆驭碧涛。

2017年3月27日

步岳琦主席《老居杂想》韵以赠

久厌高寒思返朴，终归散淡作闲人。
渐离衙署迷芳径，更近儿孙爱暖春。
面壁十年能养性，守廉百病不沾身。
欣然夕照霞犹灿，未老诗心最可珍。

2017年4月2日

贺第七届海棠雅集兼赠叶嘉莹先生

莫问东风第几枝，含苞竞放正当时。
耻将丽质夸颜色，乐以清心展靓姿。

敬母毕生难得句，惜花彻夜可成诗。

今宵七唱津门振，遥望前贤信可追。

2017年4月12日

敖东四咏

一、敖东古城

垣颓树老古碑横，来此踌躇怎忍行。

千载伤怀思旧国，百年惊变感新城。

孝廉有路皆修好，太白无诗不重情。

细数前朝兴废事，归来辗转到天明。

二、六鼎山大佛

莲开经诵海潮音，妙相庄严法界森。

护国当能兴盛世，化人或可正胸襟。

色空原本三生梦，舍得无非一鉴箴。

莫问大千谁彻悟，从来难守是初心。

三、陈翰章雕像

从戎投笔报炎黄，甘以青春为国殇。

勇冠前军轻弹雨，智惊虎帐演华章。

一腔碧血山河恸，满腹丹忱日月长。

今吊英魂安睡处，铭文读尚感铿锵。

四、敖东药业

缘何灵药誉方遒，人本德先名自优。

业振总凭夷险路，帆扬更靠立潮头。

逐瘀少腹益增寿，补脑安神可解愁。

最是创新逢际遇，敖东再度展风流。

2017年5月8日

应望星空兄嘱贺长白山日报《大东韵汇》诗词专刊开版

星空望处振先鞭，更信吟坛别有天。

源起大东涵古韵，诗成流派蕴新篇。

圆虹未必昭祥瑞，岗子当能证史前。

今日风云齐助力，浩歌一曲动山川。

2017年6月3日

贺《精彩吉林 拥抱世界——外交部吉林全球推介活动》

开放纵然未占先，当知后发可超前。

龙兴宝地添新翼，鸡唱商机振老边。

日月精华长白韵，人文荟萃大东篇。

胸襟展处拥环宇，更信帆扬别有天。

2017年6月16日

翟志国兄逝世三周年泪题

不堪兄去已三年，入梦频呼总枉然。

每忆初交羞冒昧，更思厚爱感投缘。

豪情偶作讽时语，赤胆多凝报国篇。

诗阵而今虽尚热，终无耐寂位谁填？

2017年7月27日

临屏看庆祝建军九十周年沙场大阅兵感怀

势惊环宇战旗红，为射天狼满引弓。

大漠重扬强汉韵，铁流再振盛唐风。

长存血性杀声烈，不变军魂浩气雄。

更喜新装频亮相，问谁来敢逞兵戎？

2017年7月30日

丙申金秋再赏天山天池

十年再度上天池，气爽秋高好赋诗。

水碧风微舟荡漾，山青雪白路岖崎。

蟠桃盛宴虽终散，阿母深情岂可疑。

今日不堪人鼎沸，喧声起处鸟声迟。

2017年8月9日

古城农安四题

一、辽塔

辽塔巍然向碧空，兴亡尽在不言中。
追思岳武魂犹烈，仰望先驱气尚雄。
三两碣碑伤旧垒，万千儿女建新功。
行来倍觉前瞻好，一派秋光落照红。

二、陈家店村

脱贫何必惹徘徊，到此疑团顿释开。
权属三分调体制，貌新四处起楼台。
社因专业村成势，棚为恒温网做媒。
信是丰饶行处有，秋光扯得把诗裁。

三、剑棚马城

一自将身入剑棚，梦回犹恋四蹄轻。
当年陷阵无空阔，今日搴旗有号名。
因感秋风频示警，为思边报总嘶鸣。
人来神骏多昂首，似问缘何不远征。

四、电影《南京！南京！》取景地

秋来极目草萧萧，一片颓垣未寂寥。
曾现屠城悲往事，更彰爱国警今朝。
和平难避腥风险，发展常临战火烧。
是是非非当记得，人来指点话根苗。

2017年8月17日

丁酉初秋陪著名书法家、诗人李国超览胜感题五首

一、再赏白山天池

三江倒挂气如虹，溅玉飞珠润大东。

万顷波光生梦幻，千寻壁影演空蒙。

星躔有迹难寻路，龙脉无虚不朽功。

莫醉闲情耽盛世，当拼余热逐征鸿。

二、重游镜泊湖

雨里当年看未真，此番重访感尤亲。

上京府畔飞天镜，悬瀑崖边弄险人。

手净终究宜避祸，心脏难免不沾尘。

惊闻朋辈多生变，庆幸为官能守贫。

三、放舟松花湖

秋来犹感景和明，到此翻疑入太清。

破浪催舟五虎近，临风骋目一波平。

青山自古原无墨，老坝而今尚有情。

闻道重修工正紧，几番欲咏句难成。

四、造访三角龙湾

势成三角似龙蟠，知是潭深水自寒。

无限天光凝瑞霭，几多树影掩重峦。

山间燕雀藏形易，画里朋侪辨路难。

回望今朝携手处，不知何日再凭栏。

五、题赠国超兄

道骨仙风自在身，先生才调信无伦。

千军力扫龙蛇健，百味轻吟气韵新。

不慕浮华羞附凤，唯求淡泊慎为人。

巴山松水隔虽远，一见倾心胜比邻。

2017年8月31日

极目三疆唱古今八首

——谨以此献给吉林省对口援疆干部

引　言

激情难抑此遥临，极目三疆唱古今。

风雨千秋烟过眼，唯留不朽是丹忱。

一

马肥时节又西行，不尽苍茫大漠横。

战乱当年留故垒，和谐今日启新程。

蓬离汉塞焉无意，雁入胡天原有情。

梦里犹思家国事，心随明月到边庭。

二

博望扬鞭径向西，两番出使建功奇。

威宣强汉夸千乘，恩济遐方锦四夷。

丝织通边声赫赫，石榴入境籽离离。

不堪苦厄终无憾，融入江山化作诗。

三

携得天威气若虹，搴旗西进警诸戎。

高昌平定三军振，贺鲁收回九域同。

独逞非为心地险，安求长治运筹雄。

秋来当晓仍多事，莫负前贤不朽功。

四

怅望千秋觅逝波，早将不朽化巍峨。

疏财只为天行道，除暴全凭力斩魔。

气吐虹霓身伟岸，心怀悲悯泪婆娑。

而今后辈虽时尚，传唱依然敬畏多。

五

筹边上相最情长，花甲犹甘为国殇。

殿上奋争心似铁，军前严令剑如霜。

抬棺西进惊强虏，奏凯东归报庙堂。

虽是左公人去远，仍留杨柳惠边疆。

六

三军西进势如潮，残敌闻风焰自消。

大漠雄关开锁钥，祁连飞雪助嫖姚。

挥师王震声威远，易帜锄公见识骄。

成败千秋君若问，青青天色月轮高。

七

辗转何曾怨岁华，戎装脱却此为家。

垦荒初获千钟粟，建厂新装万锭纱。

献到子孙情未泯，守宁疆土业堪嘉。

初心不改经三代，依旧高歌颂落霞。

八

万里西行岂等闲，援疆苦辣感千般。

一身许国心虽烈，三载离家泪也潸。

维稳勇迎刀剑险，建功笑对打拼艰。

但求世代能留此，常引春风度玉关。

2017年9月25日

赞养根兄赋《通沟十景》

纵然默默岂无闻，沉睡深涵不朽文。

百态新姿凝岁月，千秋青史演风云。

东牟遗韵留芳远，书院吟声寄意殷。

难得名区标十景，未来之路更缤纷。

2017年11月5日

丁酉深秋阿勒泰文化援疆采风感题五首

一、富蕴机场赴可可托海道中

行来无处不奇观，更况秋光秀可餐。

日照金山生紫气，风撩银水起清寒。

时逢羊阻心尤喜，偶感身疲兴未阑。

知是江郎才尚有，忙攒新句奉诗坛。

二、重访喀纳斯

乘兴重临喀纳斯，正是秋深醉客时。

雪带轻寒峰献瑞，风携异彩树添姿。

一湖泛绿波涵冷，两岸流金景斗奇。

莫怪世间夸圣境，谁人到此不痴迷。

三、日暮赏五彩滩

谁留遗迹证洪荒，伫立滩头论短长。

紫气东来凝五彩，清流西去润三疆。

归巢水鸟时留影，拂面金风屡送凉。

莫怨登临天已暮，斜阳照处更辉煌。

四、牧羊转场

辗转年年日月催，千秋未改此轮回。

因寻好草行方止，为越严冬去又来。

雪早纵然凭惹恼，羊肥却可助生财。

牧歌一曲声悠远，知是欢欣知是哀？

五、乌鲁木齐国际大巴扎

漫步翻疑到睦邻，异邦异趣此凝珍。

八方商旅交谊广，万国风情展示频。

干果药材名引客，铜雕精纺技传神。

年来丝路多佳讯，信有机缘更诱人。

2017年11月21日

四谒名祠吊五公

一谒五公祠

新正凭吊五公祠，碧草无言雨若丝。

雕像存犹弘凛冽，遗踪隐渐辨依稀。

弄权岂止媚皇帝，许国皆因念困危。

细数忠良多命舛，堪伤耿介不逢时。

2012年2月24日

二谒五公祠

五公鹄立雪霜姿，缄口凝神若所思。

俊骨有冤遭放逐，忠魂无憾近戎夷。

投荒万里家山远，建岛千秋业绩垂。

且喜北辰今共仰，清风已向海隅吹。

2015年3月2日

三谒五公祠

遭贬原多为尽忠，江山异代此因同。

皇天恩寡轻三本，琼岛情深重五公。

身后农兴留富裕，生前文盛衍昌隆。

而今凭吊先贤处，新政随心送好风。

2015年12月26日

四谒五公祠

候车顺访五公祠，再谒前贤敬赋诗。

报国忠孤明主弃，投荒才大小人欺。

几番奸党横行日，数度文星耀眼时。

信是上苍怜宝岛，故将福祉惠琼黎。

2018年2月2日

贺戊戌新春九首

一

时代潮掀壮古今，寄情追梦放豪吟。

国逢盛世清廉政，业创奇勋社稷心。

沃土养根强栋干，和风布暖化甘霖。

晨来又是云霞灿，遥望枝头绿渐深。

二

入怀一夜起南风，顿觉春来景不同。
时代旗扬辉禹甸，新征帆举壮天东。
恒持使命宏图远，恪守初心矢志雄。
疑是鼓鼙声又起，振衣极目九霄鸿。

三

回眸五载鉴丹忱，历险攻坚水正深。
理政开新除旧弊，转型发展奏强音。
塑魂铸就三军勇，交友赢来四海心。
是日欢呼十九大，整装再度越高岑。

四

论坛演讲语铿锵，大略雄才理万方。
九鼎开新经惠世，五通首创策兴商。
回眸史鉴说更替，着眼国情论短长。
人类理当同命运，和平发展两辉煌。

五

一曲狂飙动地诗，沙场列阵竞驱驰。
烟笼坚甲雄狮影，日耀雄鹰利箭姿。
号令如山添血性，担当似铁壮军旗。
点兵非是夸肌肉，只让强梁莫敢欺。

六

文明生态问如何，绿水青山此日多。

立法治污除祸患，培元固本正偏颇。

花呈娇艳三春景，鸟献啁啾一曲歌。

信是来年天更朗，再求美好莫蹉跎。

七

亚太听凭风浪高，战群出进敢抽刀。

鲨飞力镇三疆域，鲸隐威凌四海涛。

破链有谋施战略，绕台无忌壮旌旄。

欣然航母今成阵，何惧群顽再叫嚣。

八

华夏千秋韵不贫，文坚自信倍堪珍。

百花绽放凭甘露，一脉承传赖火薪。

聚力有魂能筑梦，清心无欲可强身。

多情最是寒梅骨，不骛虚声只报春。

九

踏雪寻梅正孟冬，轮回只盼展新容。

世无常态天无咎，人有初心路有踪。

报国理当珍际遇，泛舟何必虑遭逢。

春来更喜东风劲，一片生机日上彤。

2018年2月14日

强晓初诞辰百年感题

曾闻君唱满江红①，击节倾情仰健雄。

治省谋多夸淡定，筹边策稳显弘通。

总将勋业酬家国，更以诗心倡雅风。

回首不堪人去远，谁能相继壮关东？

2018年1月11日

【注释】

①20世纪70年代强晓初书记主政吉林，一次在省宾馆做报告，用新作一曲《满江红》做结束语，气势恢宏，语调铿锵，我当时有幸聆听，对其才气顿生仰慕，其情其景，至今仍难以怀。

依韵和李文朝将军《戊戌咏春》

许国何曾敢惜身，只将微命入年轮。

欣逢盛世频催马，耻近污尘慎做人。

余热有情歌九域，初心无悔报三春。

戊戌今又当惊变，霞灿神州日月新。

2018年2月22日

贺吉林运动员武大靖在平昌冬奥会破冬奥会纪录为中国队夺得首金

奥运凝寒虽欠公，拔牙虎口也从容。

气凌霄汉偏裁敛，技压豪强对手恭。

誓在武林争首位，敢和名将试刀锋。

国歌一曲平昌震，再踏新征路万重。

2018年2月23日

纪念周恩来诞辰一百二十周年

痛忆当年殒巨星，神州九亿送君行。

国家尚乱思长治，时局将危唤力撑。

大有大无虽寡欲，重仁重爱也多情。

而今百二逢华诞，风范千秋励远征。

2018年3月6日

欣闻通化县创建中华诗词之乡有贺

欣闻此地建诗乡，信有传承一脉长。

史继周秦辉日月，文源满汉演雄强。

西江米老声耋远，佟水潮新势起狂。

流派从兹添劲旅，吟鞭再举振华章。

2018年3月7日

依韵和张岳琦先生《八十随想》

已然福寿得双修，花落花开两自由。
任卸坊间传政绩，诗成文界仰风流。
长悬日月心忧国，恒念苍黎梦引愁。
信是廉能消百病，甘将恬淡毕生求。

2018年3月7日

依韵迟贺沈鹏云兄七十初度

莫谓耆年岁到冬，凌寒正好赏霜凇。
一江晨雾迷情态，万树琼花壮晓钟。
翰墨有心逢寿诞，诗词无欲展新容。
闲来只品高唐赋，不问巫山第几重。

2018年3月22日

附，沈鹏云《冬日漫步》原玉：

独向江桥赏暮冬，天低雪静柳垂凇。
匆匆步履量新寿，奕奕诗心撞老钟。

笃志曾经堪自慰，古稀初度亦从容。

残留旧梦闲云共，莫问前方路几重。

应恭王府《海棠诗会》约借叶嘉莹先生联抒怀

逐梦尤需众志城，连天号角最堪听。

潮狂渡险焉无路，业振艰多别有情。

入世已拼愁似海，逃禅不借隐为名。

行来未觉耆年近，依旧闻鸡奋五更。

2018年4月13日

附，叶嘉莹先生原玉①：

尽夜狂风撼大城，悲笳哀角不堪听。

晴明半日寒仍劲，灯火深宵夜有情。

入世已拼愁似海，逃禅不借隐为名。

伐茅盖顶他年事，生计如斯总未更。

【注释】

①此诗为叶嘉莹先生1944年寒冬与顾随先生唱和的六首诗作之一。

贺江密峰第二届梨花节（次养根斋韵）

花不争芳品自幽，一朝相隔似三秋。

虽无驿路霜蹄影，却有茶棚文脉流。

治国理应关大事，安民当更重边陬。

新来倍觉天时紧，怕让蹉跎负白头。

2018年5月3日

登江密峰三块石

攀缘辗转近苍穹，放眼心惊景不同。

玉树亭亭峡谷翠，山花灿灿断崖红。

几多爽气来天外，数度欢声起道中。

信是豪情仍未泯，敢凌绝顶咏奇峰。

2018年5月3日

纪念马克思诞辰二百周年

莫道当初是嫩芽，至今思想尚争夸。

两宗发现辉千古，一部宣言醒万家。

炮震冬宫掀大幕，旗扬共运壮中华。

堪骄后继多才俊，时代开新业蔚霞。

2018年5月5日

贺《长白山日报·大东汇韵》发刊一周年

吟坛劲旅誉寰中，汇韵经年硕果丰。

证史溯源循子固，开新守正赖根翁。

平台已建须加力，流派将成尚欠功。

六百佳篇今细数，诗情再振壮关东。

2018年5月22日

七十感言五首①

一

隔空回望暗生疑，不觉居然到古稀。

戎马英年酬战戍，衙斋霜鬓悯羸疲。

栽花着意虽非愿，插柳无心却有诗。

或是初衷终未改，梦中依旧溯当时。

二

早年进取忆艰辛，盼跃龙门可脱贫。

五鼓晨炊将果腹，三更夜读倍劳神。

书深奥秘求能解，世乱纷繁看未真。

幸以学优应选调，结缘密码惠终身。

三

热血观时感万端，从戎只为国长安。

访贫心仰星空灿，站哨身披月色寒。

笔落虽曾惊战友，声飞不过借文坛。

回眸廿载熔炉炽，铸得精忠一寸丹。

四

纵因转业费颠连，毕竟生涯别有天。

反腐身微能守正，用人权重不沾钱。

五湖浪迹耽佳句，三径徜徉仰大贤。

非是为官声势小，只缘平淡可安然。

五

淡出江湖道未穷，仍携余热赶匆匆。

为诗为画犹添雅，援藏援疆再建功。

闲读春秋明大义，洞观世事啸长风。

新来莫笑登楼懒，能饭当知气尚雄。

2018年5月

【注释】

①我的五首《七十感言》在网上和微信群中发出后，得到诗友的高度关注，蒋力华、张福有、陈岐山、沈鹏云、李铁龙、滕玉琢、高丰清、吴文岩、王学美、王巨山、黄玉春、朝雨、梓瑶、史忠和、徐敏、万良运、云笺、哈岭孤藤、枫叶情思、孟立群、皇玉白、披林撷秀、赶山人、钱多多、爱国者、孙英等或步韵奉和，或写诗撰联祝贺，共得贺诗近七十首，联一副，我已致谢忱并珍藏留念。

襄阳怀古三首

一、登仲宣楼

江天纵览读名楼，得失存亡感未休。
三国昔曾遗胜迹，群英今更演风流。
吟兴总为田畴美，业振多因文脉遒。
王粲当年虽命蹇，却教一赋炳千秋。

二、谒明显陵

千古兴亡叹若何，双陵荒草已盈坡。
几尊石像全身少，一片斜阳乱影多。
可憎先皇频造殿，堪钦春燕只衔窝。
凭栏无语凝眸处，指点残龙问逝波。

三、古隆中武侯祠

神樟汉井古风高，怅望时时入梦遥。
有幸鞠躬知我敬，无缘立雪问谁教。
六征路险酬三顾，五丈原悲报两朝。
难得一生唯谨慎，终赢身后免萧条。

2018年6月1日至3日

贺首届诗人节

梦随吟旅下荆州，穿越时空作畅游。

问鼎无非思取代，和番岂止演风流。

孔明入仕初经国，王粲伤怀屡上楼。

拂去尘封怜旧垒，信将新墨写春秋。

2018年6月16日

贺《张福有诗词选》续辑出版（用蒋力华韵）

莫问英年与老年，只将心血付佳篇。

感时报国人无欲，证史求真腹有天。

苦旅从来尊钓叟，新征今更仰恢宣。

堪骄诗派终成势，再举吟旌慰古贤。

2018年6月30日

夏日感怀四首

一

未信红楼好了歌，怕因虚度付蹉跎。

胸中翰墨增嫌少，案上尘灰扫恨多。

羞以英年酬仕宦，乐将迟暮寄吟哦。

晨来湖畔云霞灿，犹伴蜻蜓觅小荷。

二

频闻中美起争端，夜半披衣背觉寒。

毕竟复兴天尚早，如何未富履维艰？

韬光自古人无险，称霸从来国不安。

当趁韶光忙赶路，太平洋阔五洲宽。

三

半岛忽然阴转晴，几多跌宕惹心惊。

小金纵有回天手，老普焉无悖理行。

烽火熄防燃再起，暗流涌虑败垂成。

静观局变施长策，大忍方能主大赢。

四

观战连番渐释怀，风云难测莫疑猜。

冷门爆处新军起，黑马赢时好局开。

砥砺雄心能再振，蕴涵底气可重来。

羞看举世足球热，国脚何时上奖台？

2018年6月25日

改革开放四十周年再题

卌年回首忆当时，生死攸关一步棋。

突破樊笼飞彩凤，开通航道走蛟螭。

腾飞总为民能富，嬗变终教国不衰。

今日重闻集结号，破冰深改再兴师。

2018年7月2日

和福有兄《刘建封踏查长白山一百一十周年暨百年苦旅十周年有纪》

苦旅留辉过百年，后昆也敢著先鞭。

再探拓路寻根脉，重走攀山证史缘。

诗派初成酬壮志，阙文能补慰前贤[①]。

凌虚再上惊回首，更有新吟动地天。

【注释】

①阙文能补：指福有兄补齐刘建封踏查长白山途中未及成诗的留句。

2018年7月10日

随省作协第四次文化援疆采风团赴疆集咏

一、飞抵阿勒泰

心念同胞向远方，采风今日四临疆。

秋携霜早群山艳，云弄天高大野狂。

丝路通连经贸振，井渠流润米粮香。

欣闻援建将收获，杨柳新栽续锦章。

二、听周晓兵介绍第三批对口援疆工作有寄

一任艰辛伴寂寥，援疆豪气干云霄。

愧将家事托亲友，誓以边筹报舜尧。

银水有情能致远，金山无欲自堪骄。

感人最是不相负[①]，留得丰碑日月高。

【注释】

①感人最是不相负：指第三批对口援疆工作前方指挥部提出的新时代援疆精神"绝不相负"，即：不负组织重托，不负新疆群众，不负家国情怀，不负援疆岁月。

三、再赴北采风题赠阿勒泰地区文联杨建英主席

半世蹉跎半世情，老来难得忘曾经。

闲观朗月拂云影，坐数疏星听水声。

几杵钟扬残夜尽，一窗露上晓寒轻。

欣然毕竟身犹健，又举吟鞭赴远征。

四、访红墩镇萨亚铁热克村"户儿家"农家大院

平常看却不平常，故事温馨大院藏。

桦为同根枝叶茂，餐因兼味蕴含长。

当年逃难寻生路，今日安居奔小康。

老户儿家今胜昔，浩歌一曲共乘凉[①]。

【注释】

①共乘凉：指"户儿家"新编歌颂民族团结的民歌《绿荫底下共乘凉》。

五、随援疆干部王铁华考察草原石城通天洞

遗址飞声誉九垓，遥临凭吊久徘徊。

防寒石厚凭拦雪，避险墙高可挂孩。

狩猎虽能擒虎豹，务农尚未事培栽。

多情幸有通天洞，人类能从此处来。

六、文化援疆采风座谈会感题

一曲浩歌唱大风，吉林儿女气如虹。

忍辞万里家山远，敢藐千钧志向雄。

欲待言时声哽咽，未曾听罢泪朦胧。

难能采访亲来此，融入援疆也建功。

七、访阿勒泰正泰养殖示范基地

大漠钟情起绿洲，牵来春色演风流。

投资未怨机缘少，报本却嫌囊箧羞。

天遂人心因国策，地生财运赖鸿猷。

欣然最是登高望，更有辉煌在上头。

八、临别赠吉林省第三批援疆干部人才

万里秋风大漠行，梦随援友共纵横。

筹边身许关山月，担责心持度量衡。

羞以勋劳说贡献，乐将家国寄忠诚。

不堪挥手伤怀处，谁解其中未了情。

2018年9月12日—22日

卷三 词

忆秦娥·大雪日应征入伍

行程切，不堪春日仍飘雪。仍飘雪，路阻人稀，应征难发。　欣闻探道车能越，凌寒搭乘军营达。军营达，戎装开启，峥嵘岁月。

1968年3月8日

忆江南·赞集安二首

一

通沟美，疑入武陵源。草茂羊肥惊塞外，青山绿水展娇颜。谁不梦魂牵？

二

通沟美，盛迹誉人寰。古墓寻踪知盛代，丰碑溯史证当年。谁不久流连？

1992年8月

浪淘沙·查干湖冬捕

大雪沃松原，冰锁查干。冬渔何惧北风喧。网起鳞腾添喜气，马叫人欢。　百里觅奇观，情趣怡然。临风伫立不知寒。古韵千秋新感受，文化渊源。

2004年1月24日

浣溪沙·巴西感怀

方向居然到此迷，骄阳北望感依稀。未曾举步汗淋漓。　　细品淳风知土沃，饱餐烤肉觉香奇。桑巴劲舞助新诗。

2005年10月23日

行乡子·雪

　　晨起，翻阅毛泽东诗词，重读《沁园春·雪》，再一次被其磅礴大气、深沉优美所折服。我生于关东，自幼对雪十分熟悉，情有独钟，一提到雪，顿时浮想联翩，不能自抑，乃填词一首，以抒发自己对雪的感悟。

　　青女悄临，漫剪冬云。飘飘落，舞絮飞银。销魂最是，晴后黄昏。赏日光隐，星光闪，月光新。　　斗艳群芳，难比斯君。俏自俏，从不争春。洁身玉质，未染纤尘。贵亦无香，亦无叶，亦无根。

2007年6月19日

忆秦娥·梅赞

　　读毛泽东《卜算子·咏梅》与陆游的咏梅词，两词皆为绝唱，但毛词更胜一筹，警人自谦，催人奋进，读后感慨良多，乃不揣浅陋，填《忆秦娥》一首，以赞梅之高洁。

　　春来早，百花未醒梅先笑。梅先笑，只说冬了，何曾争俏。　　曲高自古知音少，多情怎奈无情扰。无情扰，行殊于众，非之莫恼。

2007年6月23日

蝴蝶儿·孙女一扬三周岁

　　吴一扬，俏无双，喜穿新美扮新娘。怕脏不下床。　　　频赞爷爷好，连夸奶奶强。樱桃甜嘴未停忙，惹人疼爱狂。

2007年6月30日

沁园春·和韩长赋同志《新填沁园春·农村改革》

　　与马勇明闲聊诗词，勇明向我推荐韩长赋同志2005年4月10日在《人民日报》第五版发表的《新填沁园春·农村改革》，要来反复品读，获益匪浅，乃不揣浅陋，冒昧奉和。

　　华夏千秋，社稷存亡，要在惠农。斥历朝旧制，皇恩太寡；几番新政，泽被将穷。两税青苗，一条鞭法，入亩摊丁始作佣①。周复始，更太冲定律②，欲破难攻。　　红旗漫舞东风，合作化、田园皆属公。叹大锅饭少，屡交学费；小康道远，总作虚功。土地承包，裕民减负，更有"皇粮"到此终。知任重，走新农村路，岁稔粮丰。

2007年10月10日

【注释】

　　①"两税青苗"三句，指的是古代的两税法、青苗法、一条鞭法和摊丁入亩，分别是唐、宋、明、清历代税赋改革的措施，由于根本制度的原

因，最后都流于形式或走向反面。

②太冲定律：即黄宗羲定律，黄宗羲字太冲，是明末清初的著名思想家，黄宗羲定律是清华大学秦晖教授在一篇论文中概括出来的。黄宗羲的论点是封建税赋制度有"三害"："田土无等第之害，所税非所出之害，积重难返之害。"历代税赋改革，每改一次，税就加重一次，而且一次比一次重。

附，韩长赋《新填沁园春·农村改革》：

> 小岗村头，土地承包，石破天惊。看天南地北，春风到处，人欢马跃，妇孺躬耕。黄土成金，温饱得酬，钟声不灵政策灵。惜当年，不识权与利，空自"三同"。　　江淮再度先行，减负担万众齐欢腾，喜税费改革，一场革命；免税清费，简政精兵。多予少取，利归'三农'，与民一诺百金轻。莫等闲，鉴古往今来，惟有成功。"

韩长赋省长给我的信：

文昌同志：

　　我的所谓词，不是为填而作，实为亲历两大农村改革，感情理性，铭心刻骨，最多算是激情出诗人。你和的比我好，大气，有历史纵深感。引"黄宗羲定律"更合我本意。我的原作最后一句是"算古往今来，几多成功"，发表时为体现积极，改为现在。"更有'皇粮'一扫平"一句可否改为"更有'皇粮'不再征"，虽直白，但可雅俗共赏，也合音律。妥否，供酌。

韩长赋
十月二十六日

西江月·谒中山陵

钟阜龙盘形胜，石城虎踞萧森。谒陵三拜泪沾襟，默念前贤遗训。　　先辈鸿猷万里，后昆任重千金，回眸成就莫轻心，当记仍需发奋。

2008年3月30日

忆秦娥·抗震感怀

2008年5月12日14点28分，四川省汶川发生里氏8级（初报7.8级）特大地震，伤亡惨重。灾报传来，悲情难抑，泪沾胸襟，食不甘味，夜不能寐，只盼这场劫难早些过去。

天施虐，汶川地震灾情烈。灾情烈，环球瞩目，举国关切。　　中央号令严如铁，八方救助同心结。同心结，恶魔消遁，新高重越。

2008年8月24日

西江月·赞奥运"黑马"

竞技风云激荡，夺金战报飞传。新星黑马勇争先，纪录频频改变。　　莫叹名人失手，休悲老将翻船。后来居上赖登攀，当喜春光满眼。

2008年8月24日

鹊桥仙·北京奥运志愿者

蓝衣使者，翩翩身影，志愿新军突显。青春靓丽世无双，所到处、争夸温暖。　　胸中热血，面庞笑靥，服务英姿尽展。"鸟巢一代"最堪夸①，比奉献、登高向远。

2008年8月25日

【注释】

①在"鸟巢"服务的志愿者多是20世纪80年代、90年代出生的年轻人，因此，外国媒体将中国青年一代称为"鸟巢一代"。

满江红·莫高窟

万道金光，辉大漠，世间奇迹。举目望，依山起势，洞连天幕。壁画恢宏惊绝笔，塑雕精美疑神力。谒来迟，惶恐仰先贤，叹无匹。　　丝绸路，沧桑驿。弱贫耻，饥寒迫。恨群强肆虐，虎狼争食。国宝频沦心滴血，山河屡破民挥泣。慰伤怀，华夏正中兴，期完璧。

2008年9月23日

减字木兰花·前和周笃文先生《减兰·庆元宵》①

东风抖擞，拂醒群芳香欲透。放眼寰洲，冬去春回绿渐稠。　　临清舒啸，盛世诗情催笔跳。虽未雕龙，腹有文心气自雄。

2009年2月28日

【注释】

①周笃文：字晓川，1934年生，夏承焘弟子。中国韵文学会及中华诗词学会创始人之一。现为中国韵文学会常务理事、中华诗词学会副会长兼秘书长、中华诗词编著中心总编辑、中国新闻学院教授。编著有《宋词》《宋百家词选》《金元明清词》《华夏之歌》等。

附，周笃文《减兰庆元宵》：

> 神牛抖擞，犁破冰层春意透。月满瀛洲，礼炮烟花喜乐稠。
>
> 金融海啸，北美西欧鸡犬跳。降得乖龙，出手中枢见大雄。

如梦令·梦回

睡里怡然作梗，竟是童年行径。嬉戏忘还家，父母怒来寻领。惊醒，惊醒，犹忆恁时情景。

2009年3月5日

探芳信·代书农民工絮语

一日，偶同一农民工闲唠。他的一番话，让我心积块垒，夜不能寐，填词一首，是为代言。

恁烦恼，睡得正香甜，声声哨扰。道是时令紧，焉敢论昏晓。汗枯人瘦楼高起，唯念能温饱。总担心、老板裁员，欠薪难讨。　　自泪辞妻小，结伴进城来，苦把活找。最让伤情，多歧视、挣钱少。盼中枢再颁新政，春比今年好。别无求、早给农工"摘帽"。

2009年3月18日

沁园春·长白山

千里云山，峡谷幽深，大野浩茫。望三江出闼，银龙饮涧，一池凌绝，仙子梳妆。鹰隼高飞，虎熊深隐，怪兽迷离话短长。休争讲，俱撩人神往，不尽风光。　　回眸细数沧桑。有多少、英豪谱乐章。奋驱倭平虏，抗联火旺，分田反霸，解放旗扬。石化先行，汽车领跑，勤恳农民踊献粮。应继往，振当年基地，再创辉煌！

2009年3月20日

忆秦娥·汶川地震一周年祭二首

一

国殇日，汶川地震周年适。周年适，心香一瓣，泪濡胸臆。　不堪回首恶魔逆，生灵八万随风息。随风息，苍天挥泪，九州同泣。

二

难安席，中枢号令驰援急。驰援急，神兵天降，九州协力。　至尊生命高扬日，无私救助真情识。真情识，家园重建，深恩常忆。

2009年5月12日

永遇乐·麦积山

麦积名山，佛门宝地，天水奇景。近倚重峦，远衔二水①，兀立千寻影。肇基乱世②，沧桑阅尽，香火几番兴冷。登临处，凭栏远眺，心潮顿时驰骋。　　晨钟暮鼓，青灯黄卷，不过劝人警醒。信众纷来，登云问路，叩拜何钦敬。或求寿永，或祈富贵，试问怎分凡圣。君知否，是无牢记③，胜于灌顶。

2009年10月17日

【注释】

①二水，指长江、黄河。麦积山景区坐落在长江黄河之间。

②肇基乱世：麦积山石窟约自五胡乱华、十六国后秦时期创建，历经西秦、北魏、西魏、北周、隋、唐、宋、元、明、清各代，历时一千六百余年，都在不断开凿和修缮。

③是无牢记，取自麦积山散花楼一块牌匾上的题字。清初陕甘一带的书法家王了望，晚年游天水麦积山时，面对河山壮丽，怅然题下"是无等等"四个字。

鹊桥仙·宁夏沙湖

金风送爽，飞凫添趣，湖上秋光正媚。鱼肥菱熟好年成，更有那、兼天荻苇。　　红莲翠羽，金沙碧水，夏日更添秀美。波光舟影响驼铃，忘却是、他乡故里。

2009年10月26日

浪淘沙·贺兰山岩画

千里贺兰山，深锁谜团。谁将精美刻重峦。人兽飞禽神怪像，不尽奇观。　　风雨万余年，剥蚀斑斑。行来一路觅鸿篇。文化开端皆自画，谁解渊源？

2009年10月28日

踏莎行·西夏王陵①

瑟瑟西风，萋萋碧草，斜阳照里荒坟小。贺兰山脚野茫茫，诸王沉睡音容杳。　　迁昊开基，崇仁改号，三分天下曾争俏。倏然一夜泯豪雄，游人不解空凭吊。

2009年10月28日

【注释】

①西夏王陵位于银川市西约三十公里的贺兰山东麓，是西夏王朝的皇家陵寝，在方圆五十三平方公里的陵区内，分布着九座帝陵，二百五十三座陪葬墓，是中国现存规模最大、地面遗址最完整的帝王陵园之一。1988年被国务院公布为全国重点文物保护单位、国家重点风景名胜区。世人誉其为"神秘的奇迹""东方金字塔"。

凤凰台上忆吹箫·痛悼钱学森

瑟瑟秋风，萧萧落叶，不堪噩耗悲传。云易色、山河震恸，草木凄然。痛悼航天之父，再难得、泰斗高贤。潸潸泪，伤情最是，空缺谁填。　　英年驰名欧美，思归切，身心倍受熬煎。报华夏、基开火箭，引领科研。两弹一星惊世，更有那系统鸿篇。公今去，后昆重任谁肩？

2009年10月31日

纪辽东·贺《公主岭风韵》出版

响铃随梦入青云，烟迷公主坟。怀德问心碑刻永，历历见忠魂。　　一天新雨荡秋尘，千篇锦绣文。共建诗乡多硕果，风韵更迷人。

2009年11月23日

西江月·题北国冬鹤兼赠网上咏鹤诸友

雪里翩翩起舞，风中缓缓盘桓。欲行却住不南迁，北国奇观堪恋。　　极目大荒寥廓，寄情沃土缠绵。诸君网上竞佳篇，引得鹤声一片。

2009年11月24日

卜算子·贺澳门回归十周年

盛典壮濠江，焰火长空照。万众当年庆璧还，七子歌犹绕。　　十载不平凡，两制花争俏。同气连枝唱共荣，齐赞回归好。

2009年12月20日

满江红·埃及吉萨金字塔

　　蔽日凌云，出大漠，世间奇迹。沧桑阅，丰姿犹在，塔雄天碧。数隐谜团终未解，咒藏疑窦何能译。炳千秋、争说此辉煌，谁开拓？　　抚青史，寻文脉。叹天工，惊神力。惜民殷国盛，却付镌石。未吝生灵挥汗血，忍将白骨堆窀穸。问前朝、无语对荒陵，游人集！

2010年1月10日

念奴娇·埃及卡纳克神庙①

　　遥临凭吊，凝眸处、神庙参差残缺。鸦噪风凄斜照里，犹显当年伟烈。巨柱擎天，雄碑拔地，惊得人称绝。沧桑阅尽，迄今多少凉热。　　浩叹逝者如斯，问消磨岂止，寻常年月。法老无言，香火冷、祭奠鼓声长歇。渔猎歌中，刀枪影里，百代匆匆别。算来千古，惟留信仰难灭。

2010年1月12日

【注释】

　　①卡纳克神庙：又称阿蒙赖神庙，位于埃及卢克索市以北四公里处，是四千多年前法老们献给太阳神、自然神和月亮神的庙宇建筑群，规模宏

大，全部用巨石修建。庙门巍峨高达三十八米，蔚为壮观。主殿雄伟凝重，面积约五千平方米，有十六行共一百三十四根巨石圆柱，其中最高的十二根，每根直径五米，高二十米以上，柱顶可站百人，柱上残留有描述太阳神故事的精美雕刻和彩绘，庙内尖顶石碑如林，巨石雕像随处可见。在神庙的石壁上，可见到古埃及人用象形文字刻写的他们光辉的史迹。卡纳克神庙是世界上最壮观的古建筑物之一，也是埃及最大的神庙。当年一位西方探险家来到这里，震惊得半天说不出话来。

破阵子·贺申雪赵宏博勇夺温哥华冬奥会双人滑金牌

翩若惊鸿起舞，矫如猛鸷高翔。敢破重围凌绝顶，笑傲群雄冠众芳。国歌天下扬。　　何惧风凉侵骨，任凭汗热沾裳。病痛辛劳终不悔，志在冰坛练最强。苦寒梅自香。

2010年2月17日

西江月·步张福有韵成自勉贺《李元才书法集》出版①

学问理当兢慎，虚名岂可痴迷。江边晨舞夜临池，暗养超然心志。　　行役常忧民瘼，成吟何惧神疲。为人莫笑少玄机，难得真诚二字。

2010年2月25日

【注释】

①李元才：省工业与信息化厅巡视员，书法家，出版《李元才书法集》。

附，张福有《西江月·〈李元才书法集〉出版赠〈荡平岭碑记〉为贺》：

　　木石河探亏，荡平岭辨榛迷。每挥拙笔蘸天池，不枉痴心矢志。
自信险峰堪越，岂疑健足衰疲。山悬水曲觅新机，鸭绿津头牧字！

石州慢·纪念杨靖宇将军殉国七十周年

　　社稷倾颓，民泣苦寒，壮士心烈。临危受命关东，篝火连绵明灭。
沟深林密，鬼没神出难寻，正联军纵横时节。弹尽殉濛江，哭英雄遗
血。　　仇雪。数当年事，忆缅丰功，堪称卓绝。泽被千秋，后辈焉能无
察？而今祭日，振兴帆又高扬，干云号角声清澈。闯漫道雄关，更知真如
铁！

2010年3月22日

纪辽东·再贺《中华诗词文库·吉林诗词卷》付梓

　　阳安剑色三江韵①，千秋一卷成。证史思今吟笔健，诗阵壮豪
情。　　遐荒休道疏文墨，词宗起大东。养得根深枝叶茂，流派树新风。

2010年4月17日

【注释】

　　①阳安剑：指集安出土赵国阳安君青铜短剑。据考证，阳安君乃李
跻，老子李耳五世孙、唐高祖李渊的三十五世祖。

浪淘沙·南江大峡谷^①

绝壁入云端，瀑落飞涟。多情莺燕绕林喧。春水一江排闼去，浪滚波翻。   最爱有余闲，寻觅天然。徜徉峡谷叹奇观。更信湖山能醉客，诗赋联翩。

2010年4月27日

【注释】

①南江大峡谷：地处贵州高原中部的开阳县，距省会贵阳市五十四公里。以发育典型、气势宏大的喀斯特峡谷风光和类型多样、姿态万千的瀑布群落为特色，风光旖旎，景象万千。峡谷全长四十多公里，峭峰耸立，最深处达三百九十八米。

浣溪沙·婺源萧江宗祠^①

曲陌田畴日色曛，粉墙青瓦古风淳。小桥流水倍撩人。   曾有徽商兴福地，更多才俊起江村。千秋余脉耐寻根。

2010年5月12日

【注释】

①萧江宗祠：是萧江氏族在其开基建业之地——婺源江湾旃坑村建造的一座祠堂。原于宋末建在攸山脚下。清康熙甲午年择地重建于村末水口。萧江大宗祠规模庞大，建筑宏伟，雕刻精细，匾联典雅，人文深厚。据《萧江氏大宗统谱》记载：萧何身后七百余年，裔孙萧衍即帝位称"梁"，是为梁武帝。其后有昭明太子、梁宣帝（萧察）、梁孝明帝（萧岿）等君王层出，自是，梁武萧氏宗为"天黄派"。至唐，萧遘等八人有"八叶宰相"荣耀。唐朝末年，唐宰相萧遘之子，柱国上将军、江南节度

使萧祯南渡，因朱温伐唐，王室倾倒，复唐不克，耻事二主，易姓为江，始有"萧江"。萧江氏族支繁派运，原于萧、著于唐，是当之无愧的"文武世家"。

满庭芳·赞长吉图开发开放先导区

鹊上枝头，雁归塞北，春催虎跃龙腾。国颁新略，一石浪千层。先导先行先试，凝眸远、前景恢宏。惊蛰动，征帆竞渡，岸阔自潮平。　　叹蓝图梦久，几番求索，路径难行。近海边疆省，屡惹纷争。教训醒来提速，抓机遇、大计商成。休辜负，天时地利，乘势写峥嵘。

2010年5月26日

一剪梅引·龙湾感怀

莺声燕语翩翩蝶，山影湖光淡淡风。溪水淙淙，潭水溶溶。袅袅轻岚传晓钟，霏霏细雨滞霓虹。醉也朦胧，醒也朦胧。　　千秋政息留遗迹，百变云浮去有踪。争作元戎，相见兵戎。铁马金戈骋大东，珠盘玉敦壮豪雄①。青史烟笼，证史谁功？

2010年7月23日

【注释】
　　①珠盘玉敦：珠盘，用珍珠装饰的盘子；玉敦，玉制的盛器。敦，读"兑"，特指古代天子歃血为盟时所用的礼器。出自《周礼·天官·玉府》："合诸侯则供珠盘玉敦。"

浪淘沙·献给抗洪一线军民

洪水露狰狞，夺路横行。毁田摧屋最心惊。一夜灾民贫似洗，哀泣声声。　　上下倍关情，众志成城。踏平骇浪锁鲲鲸。重建家园终有日，天放新晴。

2010年8月2日

南歌子·依周笃文韵贺沈鹏先生八十大寿

著名书法家、诗人沈鹏先生八十大寿在即，原中华诗词学会副会长、秘书长周笃文先生作《南歌子·寿鹏公八十》，乃步其韵以为贺。

字岂千金贵，人夸两袖清。呼朋携友过颐龄，同是无求无欲自相倾。　　书界声蜚早，诗坛誉老成。出言每让各家惊，都道鹏公白发尚穷经。

2010年8月4日

附，周笃文《南歌子·寿鹏公八十》：

诗品东阳逸，襟怀秋月清。八方瑞气庆椿龄，喜见蟠桃寿酒两同倾。　　今代无双士，龙头属老成。挥毫墨浪九州惊，胜似黄庭初写换鹅经。

江梅引·寻梅（依王观韵）①

　　江边闻道有新梅，雪中开，月宫来。清浅横斜，倩影映池台。辗转寻呼千百度，两三步，一徘徊，知念谁？　　芬芳最是经寒蕊，蓄暗香，藏心里。不争瑰绮，含笑对、云走云飞。零落成泥，仍作护花衣。莫问卿卿何可比，风无惧，蕴根深，任劲吹！

2010年9月17日

附：王观《江城梅花引》：

　　年年江上见寒梅。暗香来。为谁开。疑是月宫，仙子下瑶台。冷艳一枝春在手，故人远，相思寄予谁。　　怨极恨极嗅香蕊。念此情，家万里。暮霞散绮。楚天碧，片片轻飞。为我多情，特地点征衣。花易飘零人易老，正心碎，那堪塞管吹。

【注释】

　　①王观：宋代词人。字通叟。如皋（今属江苏）人。生卒年不详。王安石为开封府试官时，擢置高等。仁宗朝（1057）进士。王观词不出传统格调，但构思新颖，造语佻丽，艺术上有他的特色。他的词集取名《冠柳集》，表示高出柳永之意。

苏幕遮·五台山

　　殿巍峨，山料峭。圣地清凉，台顶祥云罩。兵燹风霜摧未老。虽历沧桑，更显重光貌。　　磬悠悠，烟袅袅。法号经声，香客争祈祷。福祉安康谁可保？漫步归程，依旧红尘扰。

2011年5月6日

望海潮·参观遵义会议旧址（为迎接建党九十周年而作）

仰瞻遗址，敬翻青史，当年革命垂危。强敌截围，左倾干扰，航船掌舵由谁？迷惘更思归。喜长夜终去，清算前非。路径重探，大旗同树，掌军机。　　毛公千古丰碑。自韶山日出，国现新晖。举火南湖，揭竿湘赣，会师天下扬威。"三剿"化飞灰。任道难关险，每挽倾颓。今览前贤胜绩，依旧感风雷。

2011年6月1日

浣溪沙·观振国药业雁阵碑

一雁高翔众雁随，总推强健作前麾。搏风击雨傲东陲。　　身越关山行寄远，声凌霄汉志存奇。领军舍我问由谁？

2011年6月20日

望海潮·乌镇

洪塘西望，嘉兴东踞，江南古镇驰名。错落楼台，连绵巷陌，蜿蜒依水斜横。倒影映清澄。小桥接芳翠，舟缓波平。社戏咿呀，游踪迤逦，醉风情。　　遥临百感频生。仰千秋魁阁，一脉传承。茅盾故居，昭明书院，纷呈绝代精英。久慕梦魂萦。盛世犹存憾，谁继文旌？道是明朝花好，抑或有新星！

2011年6月30日

踏莎行·赴西藏实勘赵春江摄影发现羌姆石窟

　　路远山深，天荒地老，秘藏石窟人难晓。浮雕壁画美无伦，祥云古洞凡间少。　　翻越重峦，攀缘陡峭。为求发现殷勤找。镜中羌姆渐驰名，谜团引得专家考。

2011年9月3日

浣溪沙·春夜咏雪难成

　　一夜飞花入梦长，人争咏絮我羞藏。无才愧对老江郎。　　皆知冬尽天将暖，谁料春来雪更狂。窗前翘首独彷徨。

2012年3月8日

沁园春·延边朝鲜族自治州成立六十周年致贺

　　阿里郎悠，金达莱香，象帽舞欢。喜州迎盛典，龙翔凤翥；地承甘露，蛙鼓莺喧。林茂粮丰，楼高路阔，教卫科文奏合弦。欢庆日，数累累硕果，巨变空前。　　回眸百代云烟。更知晓、峥嵘伴暑寒。昔挹娄拓土，终归大统；玄菟立郡，从未偏安。清令封山，倭谋犯境，救国图强奋抗联。千秋业，继先贤雄起，通海开边！

2012年3月13日

浣溪沙·虽未去亦戏题鹿鸣山庄赠石头兄二首

一

郑五诚邀动迤遐,四方吟友会卿家。穿行三径乐无涯。　　酒后言多君莫笑,诗成味厚理当夸。一时都唱浣溪沙。

二

水静山幽隐士家,鹿鸣鸟语数声蛙。邀来吟友盼添花。　　东倒西歪人醉卧,横涂纵抹纸飞鸦。细看多是浣溪沙。

2012年5月6日

永遇乐·欣逢吉林省对口支援西藏十周年敬赠援藏干部

今年是吉林省按照中央部署开展对口支援西藏工作十周年。十年来,省委、省政府对援藏工作高度重视,动员全省力量,在西藏日喀则地区及定结县、吉隆县、萨嘎县开展对口援建工作,先后派出四批一百零六名援藏干部,投入近六亿元的资金,援建一百八十三个项目。援藏干部发扬"特别能吃苦、特别能战斗、特别能忍耐、特别能团结、特别能奉献"的老西藏精神,创造了光辉业绩,为西藏繁荣稳定和国家的长治久安做出了历史性的贡献。在纪念对口援藏十周年之际,由省领导作序,省委常委、组织部部长黄燕明和副省长王祖继任编委会主任,吉林省文化援藏促进会编辑的五本大型史诗性丛书《情牵雪域——吉林省对口支援西藏工作十周年巡礼》(分为《足迹篇》《梦回篇》《文萃篇》《聚焦篇》《发现篇》)即将出版,记录和歌颂了援藏干部崇高的精神和可歌可泣的事迹。特填《永遇乐》以记之。

万里迢遥，十年甘苦，千秋功业。回首征途，凝眸雪域，犹觉胸中热。珠峰倦倚，雅江渴饮，奋斗何其卓绝。凯旋日，相牵难舍，至今尚忆伤别。　　天荒地老，山高路险，屏障西南无缺。松赞求婚，文成喜嫁，早有亲情结。格桑两朵①，藏汉一体，骨肉焉容分裂？齐援藏，繁荣长治，同心似铁！

2012年6月18日

【注释】

①格桑两朵：有一首藏族歌曲，唱的是"你是一朵格桑，我是一朵格桑，离开哪一朵格桑，花儿都不能芬芳"，表达了藏汉牢不可破的民族团结友爱之情。

海龙吟·再贺梅津汇律采风活动

词宗本自东陲，剑主焉非北地。大荒文脉，振千秋浩气。　　和风细雨良田，古渡新城盛事。棹声吟旅，送征帆万里。

2012年7月10日

浣溪沙·贺三余诗社二十周年暨乌拉草堂落成

廿载虽然只一挥，三余诗苑早芳菲。草堂八友誉东陲。　　湖上荷香风细细，座中酒满话依依。吟旌再举展新姿。

2012年8月10日

沁园春·壬辰初秋登揽海阁赏向海新姿

　　野旷秋高，霞灿云飞，气象万千。感荻花瑟瑟，风荷满目；榆阴隐隐，塞草连天。舟荡青萍，鳞腾碧水，远避尘嚣守淡然。凝神处，正牧歌一曲，几缕苍烟。　　难能百鸟争喧。胜多少、丝弦鼓乐篇。赏莺啼燕语，声声自在；鸥翔鹤舞，款款悠闲。无意凫群，有情鸳侣，各恋清波任往还。忘归矣，笑当年刘阮，枉入仙源！

2012年8月25日

海龙吟·感王云坤为《海龙吟》题写书名

　　龙吟古渡生辉，笔落宏编借势。墨浓情重，蕴豪雄大气。　　白山武继前贤，松水文传后裔。积深源远，送新征迢递。

2012年10月31日

浣溪沙·小令吟成又一春

　　祝福声中共贺春，匆匆又是一年新。纵情佳酿洗征尘。　　回首堪骄夸灿烂，前瞻更美展缤纷。图强信可梦成真。

2013年2月10日

浪淘沙·另韵和沈鹏云兄《谒敦化金顶大佛》

法相入苍穹，俯瞰敖东。任凭风雨演浑蒙。细数古今多少事，看透皆空。　　回首路匆匆，未负初衷。禅心诗意寄情浓。目送归鸿夕照里，乐在从容。

2013年5月21日

沁园春·赞中国墨宝园

稀世名园，恢宏气度，誉载三江。仰千秋书圣，序涵博雅；百家墨宝，碑沁芬芳。隶篆行真，重轻急缓，鹤瘦叔悲凝锦章。徜徉处，与先贤心语，身染余香。　　欣逢国祚隆昌。春风劲、鹅池继更强。喜男童秉笔，全无稚嫩；女娃运腕，多有阳刚。势展新姿，根承古韵，雏凤声追晋汉唐。谁堪比，我中华文脉，源远流长！

2013年8月10日

玉甸凉·情满通榆

四野浑茫，一天清丽。塞秋高，更频添、几分大气。千载牧歌依旧唱，细品已含新意。向海飞琼，墨园聚雅，古调今声嘹唳。潮涌瞻榆，倏然间、迎面风生水起①。　　劲旅移师，文星献瑞。展胸襟，井喷般、吟成强势。玉甸凉夸自度曲，绝律更多精粹。把酒倾心，挥毫寄韵，痛快问谁能比。分手相拥，虽伤别、却是征帆重启！

2013年8月16日

【注释】

①风生水起：出自孙洪君为墨宝园题写的碑文："风生水起，人杰地灵"。意指发展生态经济，做好风电和水利两篇文章。

浣溪沙·谒香海寺

雨雪风霜岁月稠，庄严仍守大荒陬。难能境界在无求。　　香客虽多祈福寿，流年却只送春秋。晨钟暮鼓自悠悠。

2013年8月28日

浣溪沙·枫岭雪后清晨即景

雾色晨光淡淡风，洒银铺玉砌玲珑。雪乡佳景誉关东。　　几缕炊烟初袅袅，半轮朝日渐融融。爬犁忙送读书童。

2013年11月24日

沁园春·戏改手机热传短信《沁园春——酒》

近日，一文友传来短信《沁园春——酒》，虽无格律，但语言犀利，针砭时弊，令人忍俊不止。乃按格律改成一词，倒也有点意思。

打虎除蝇，狠刹奢风，酒肆萧条。看卓垆减火，人稀车少；华筵改号，菜素汤高。贵胄茶楼，私家会所，罗雀门空守寂寥。逢佳节，叹瘾中君子，实在难熬。名醪曾惹魂消。引举国三公斗阔骄。昔珍馐美馔，趋之若鹜；琼浆玉液，饮者如潮。源远甘醇，根深老窖，越近豪华越畅销。今去也，喜庆丰包子，傲领风骚！

2014年2月8日

沁园春·咏中国梦

浩浩神州，千载辉煌，一度隐沦。叹列强染指，生灵涂炭；清廷拱手，奥壤蒙尘。志士横刀，先驱喋血，空有蓝图换太频。伤困惑，问茫茫长夜，谁指迷津？　惊雷重振乾坤。红船启、锤镰奋报春。喜阴霾扫去，三山委地；人民站起，九鼎回尊。探索多艰，逡巡少路，改革终开大道新。前行处，信复兴伟业，梦定成真！

2013年5月13日

满江红·甲午战争一百二十周年祭咏

甲午虽同，今华夏，已非往昔。雄姿展，锤镰高举，挺坚梁脊。重整金瓯辞旧貌，再开新局筹长策。更强军，几度惩凶顽，均无敌。　思国耻，壮心激。吊英烈，悲情剧。泣东沟浴血，舰沉人溺。未忘弱贫遭屈辱，弥知腐朽终亡息。雪前仇，圆梦振天威，期来日！

2014年2月19日

念奴娇·追思焦裕禄感怀

浪淘风簸，岁更迭，难得雄姿犹立。脚踏中州兰考地，心系苍黎生息。雪夜探贫，牛栏问计，治水封沙碛。荒原绿处，哭君肝胆披沥。　　堪骄血火当年，有人民托举，凭谁能敌？政怠患成，多考验，骨肉居然相隔。幸启新航，便强基固本，楷模重拾。春盈华夏，焦桐遥接天碧！

2014年4月3日

沁园春·贺吉林省政协成立六十周年

六秩华年，细数峥嵘，硕果正香。忆同舟共济，几番风雨；并肩合作，一副肝肠。参政监督，建言献策，拱月群星会赞襄。经磨难，砺协商制度，国运隆昌。　　春来追梦旗扬。大潮涌、新征路更长。继先贤业伟，凝神聚力；后昆任重，励志图强。正义回归，公平重塑，民主文明振远航。弘优势，建和谐社会，再创辉煌！

2014年5月5日

念奴娇·辽春纳钵遗址凭吊

塞云生处，夕照里、辽帝行宫遗迹。漫步前朝形胜地，满眼苍凉难识。故垒横斜，残陶散乱，谁是争雄客？尘封鸦噪，凭吊更添追忆。　叱咤风雨当年，赖金戈铁马，曾夸无敌。习武张鹰，头鹅宴、议政倾觞同席。两制初开，三分争问鼎，一时煊赫。兴亡虽邈，青山依旧如壁！

2014年5月22日

沁园春·参观东丰农民画馆感题

出在农家，身染粮香，誉满九州。赏恢宏长卷，世间百态；玲珑小品，掌上千秋。红绿蓝黄，勾描涂抹，挥洒无拘竞自由。登圣殿，跻万邦大展，海外争优。　艺苑几度凝眸。溯源本、当知起弱柔。感前贤创业，逆风冲顶；后昆接力，顺势飞舟。黑土滋营，民情陶冶，蕴厚根深渐劲道。期来日，有诗词入画，更显风流！

2014年7月9日

临江仙·扎兰芬围大车店遥想当年车老板生活

入店自知身是客，相逢问暖嘘寒。旱烟烧酒话灯前。古今中外事，越唠越开颜。　大炕联排酣入睡，马倌草料当班。明晨无奈又扬鞭。鸡声休太早，梦正到乡关。

2014年7月12日

浣溪沙·浣溪沙里唱东丰四首

一、盛京御围

遥想当年设御围，皇家纵马示天威。原来渔猎有军机。往事不堪行渐远，遗踪毕竟未全非。无名花草映斜晖。

二、寒葱

新叶萌初雪未消，争先不为赶时髦。只将鲜嫩奉佳肴。绝顶寄身甘寂寞，浓阴匿迹远招摇。凌寒自处品堪骄。

三、聚鲜园品新摘黄瓜

不必担心农药残，此因呵护保新鲜。品尝未洗也安全。凝露含香夸嫩脆，顶花带刺展娇妍。更凭绿色赚银钱。

四、横道河龙头诗社

黑土生辉赚眼球，画廊迤逦韵悠悠。农家岂止稻粱谋。茧手拓开新意境，乡情催展靓歌喉。三千佳作起龙头。

2014年7月17日

浣溪沙·御泉酒业

十里依稀闻酒香，客来不问李张王。未曾落座便争尝。史蕴蒸烧添厚重，文参勾兑助优良。晓荷醉后舞诗乡。

浪淘沙·贺中华诗词学会纳兰祖地行诗词研讨会

山色渐斑斓，果硕瓜鲜。文坛盛举史空前。领略纳兰词好处，祖地寻源。　　韵美在天然，凄切缠绵。缁尘京国总无欢。侧帽秋风留瘦影，画扇谁怜？

2014年8月29日

鹊桥仙·贺吉林省第十七届运动会在东丰开幕

金风送爽，高歌献贺，彩练鲜花劲舞。健儿四路汇东丰，便演绎、龙骧凤翥。　　夺标踊跃，创优奋力，共铸文明曲谱。堪骄硕果正飘香，又启动、新征速度。

2014年9月1日

忆秦娥·甲午秋登叶赫东城遗址

笳声歇，西风落照残城阙。残城阙，当年形胜，倍添凄切。　　相煎未惜弯弓月，建州一统群雄灭。群雄灭，不堪青史，哪篇无血！

2014年9月3日

长相思·无题同韵四首（用纳兰性德韵）

一

逆一程，顺一程，无意之间宦海行。书房枉亮灯。　寒一更，暑一更，报效苍黎终未成。可怜风雨声。

二

思一程，走一程，无奈时朝反向行。凭窗暗数灯。　睡一更，醒一更，梦到真时难自成。落花流水声。

三

甜一程，苦一程，唯向文山险处行。寄情长夜灯。　读一更，写一更，总恨裁诗功未成。耻追唐宋声。

四

闲一程，累一程，三径苔深自在行。心明夜有灯。　酒一更，茶一更，书画琴棋胡乱成。戏称天籁声。

2014年9月15日

南歌子·赞容国团

敢搏英姿爽，能赢战果殊。拍挥如电慑千夫，更率中华乒女捧隋珠。　薪火传恒久，风云绘宏图。小球转后地球趋，硬骨忠魂伟业永堪书。

2014年9月20日

浣溪沙·辽源鸳鹭湖湿地公园

湿地流连几忘归，深深蒲苇隐鱼肥。蓼花香远沁心扉。　　鸳鹭撩人时隐现，野凫弄水总来回。波光舟影对斜晖。

2014年9月20日

念奴娇·甲午金秋重走抗联路缅怀杨靖宇将军

抗联故垒，路重走、满目苍凉凄切。指点长埋忠骨处，几度无声凝噎。蒿子湖中，密营帐里，散落多遗物。寻踪凭吊，采花争献英烈。　　叱咤靖宇当年，请缨驱日寇，千秋高节。跃马横枪，旗奋举、杀敌何曾稍歇。力尽蒙江，饥寒吞草絮，志谁能夺？魂今安在，漫山红叶如血！

2014年10月7日

沁园春·贺关东诗阵十周年

又是金秋，回首征途，不觉十年。忆初成诗阵，即多人气；继兴流派，更有佳篇。松水营滋，白山瑞护，土沃根深叶自繁。凭高望，正朝阳冉冉，一页新翻。　　中华文脉长传。随时代、新航破巨澜。喜创牌度曲，辽东重振；溯源证史，古调今弹。撷韵池南，放歌向海，围绕中心铸梦圆。迎华诞，看吟旌再举，志在登攀。

2014年10月10日

沁园春·游黄龙风景区

　　西蜀名区，遥临圣境，感慨万端。赏雪峰积玉，遥生寒意；芳林叠翠，近起岚烟。碧水飞虹，彩池献瑞，不尽清流布满山。微风动，送溪声朗朗，鱼鸟悠闲。　　行来美景堪餐。惹多少、游踪醉欲仙。看俊男靓女，并头合影；耆翁老媪，挚手言欢。诗赋名家，丹青妙笔，各展才情赋锦篇。回眸处，最离愁难遣，百转流连。

2014年11月11日

念奴娇·南京大屠杀死难者国家公祭日前夕感怀

　　漫天飞雪，遍缟素，疑似山河同泣。每念国殇心欲碎，更况重逢忌日。酹酒三杯，焚香一炷，遥祭冤魂魄。夜阑辗转，衔悲焉得安席。　　罄竹倭寇凶残，妄侵吞禹甸，屠城相逼。兵燹劫灰，奸杀掠、卅万生灵遭殄。旧恨新仇，兴衰凝血泪，最当珍惜。百年追梦，今迎华夏雄立！

2014年12月12日

浣溪沙·成都市崇州街子古镇

　　古镇徜徉怨寡闻，不知此处竟藏珍。恍如穿越旧时尘。　　叫卖悠扬频入耳，游踪密集总挨身。当街小吃最撩人。

2015年1月19日

临江仙·《寻访额赫讷殷》付梓致贺

　　千古漫江流不息，无言孕育豪雄。弯弓策马剑横空。征鼙人已远，故垒血曾红。　　辗转奔波求证史，讷殷岂止遗风。初谙手斧似重逢。偶然些许事，都在必然中。

2015年1月29日

浣溪沙·再贺南湖诗社成立十周年二首

一

　　回首堪骄已十年，喜将佳作汇鸿篇。鹤龄舒啸百花园。　　湖上涛声频入耳，心中绮梦屡巡天。诗情不老焕童颜。

二

　　一夜东风暖水隈，几行雁阵自南来。多情布谷唤春回。　　初绽芳菲萌艺苑，渐浓葱翠映边台。心花能引百花开。

2015年2月8日

浣溪沙·春讯三题

一、冰凌花

　　惊见冰凌展笑颜，金光带冷靓河滩。多情蜂蝶尚沉眠。　　都道冬深唯结冻，谁知雪沃也防寒。生机早已孕其间。

二、雁阵

雁影翩翩天际来，身携日色暖江隈。声声嘹唳唤春回。　一字成时初列队，人形聚处又重排。求新求变莫疑猜。

三、头场雨

一自春云暗渡江，便闻好雨夜敲窗。似连还断总牵肠。　泥泞莫因悲失路，润滋当喜利农桑。梦回乡下备耕忙。

2015年4月5日

西江月·再访龙楼一号

广厦池台错落，庭园草木荣昌。恍如仙境信无双，一派龙楼气象。　格调兼容南北，慈航护佑安康。利民利国利家乡，公德堪夸无量。

2015年2月1日

忆秦娥·东方之星沉船罹难者头七祭

江风咽，悼亡汽笛声凄切。声凄切，同胞走好，魂兮安歇。　不堪灾变频摧折，虽能挺住心流血。心流血，擦干眼泪，痛中重越。

2015年6月7日

浣溪沙·灵隐采茶女

鹫岭晨来露尚寒，如花越女满茶园。争将玉指采明前。　　七碗芬芳能至味，一壶清澈可通禅。个中甘苦向谁言。

2015年6月1日

忆秦娥·大布苏国家泥林公园

殷勤觅，泥林满目形如壁。形如壁，遥连天外，叹多神力。　　万年风雨曾雕饰，千秋功业新开辟。新开辟，宏图再展，豪情难抑。

2015年7月16日

浣溪沙·贺北京偕张家口申办二〇二二年冬奥会成功

喜讯飞传动迤逦，京张申奥展奇葩。五环满贯最堪夸。　　抛却病贫人气旺，迎来崛起国名嘉。更教冰雪壮中华。

2015年8月1日

满江红·纪念中国人民抗日战争暨世界反法西斯战争胜利七十周年

　　七十春秋，欣回首，扬眉时节。横巨舰、倭酋签署，受降文牒。九域重光家国振，五洲同庆朋侪悦。快人心、最是惩元凶，屠夫灭。　　关东陷，金瓯缺；南京破，苍生血。问当年抗战、敌强谁遏？砥柱能持因浩气，狂澜力挽凭先烈。祭忠魂，更待奋长缨，缚顽劣！

2015年8月23日

绮罗香·暮春游杭州西溪湿地①（附杨廷玉、文新国老师步韵）

　　2015年4月28日，在参加中国作协组织的杭州休假期间，游览西溪湿地，填词一首。不料两个好友——文坛大家杨廷玉、文新国竟步韵奉和，令我感动不已，特将拙词与两位和词一并发出。
　　一水横斜，三烟缥缈②，奇景梦般浮显。舟荡鱼翔，鸥鹭乍飞还返。旭日暾，火柿欣荣，晓风爽，栀花清浅。隐依稀错落亭台，酒茶香暗送春暖。　　千秋回首已远，凝睇桑田沧海，迭更频演。已尘封，天子题诗，久淹没，汉儒书匾③。莫沉吟岁月无情，只平中有变。

2015年9月16日

【注释】
　　①西溪湿地：位于杭州西部，是国内唯一的集城市湿地、农耕湿地和文化湿地于一体的罕见湿地，也是全国首个国家湿地公园，现占地11.5平方公里。西溪始起于汉晋，发展于唐宋，兴盛于明清，衰落于民国，再兴于当代，它的变迁，折射着国家的兴衰。

②三烟：指西溪湿地著名景观水烟、树烟、炊烟。

③天子、汉儒句：指江南名士高士奇题匾《天子重英豪》，被康熙发现，赞赏不已，并对西溪湿地题诗盛赞。

附，著名作家杨廷玉步韵赠答：

竟有如此巧事！余亦在当日即公元 2015 年 4 月 28 日游杭州西溪湿地。今晨醒来，读文昌大兄美词，不禁情动，心旷神怡，和其韵，狗尾续貂，博兄一哂。词曰：

　　西水滟漾，烟霭氤氲，湿地绮丽向晚。舟行鱼浪，鸥鹭几声鸣啭。苇蒲幽，火柿缤纷，杨柳曳，栀花温婉。怎作速离舟泊岸，不舍意暗留缱绻。　　千秋旧事早逝，似听袅袅古曲，丝竹弦管。苏白遗迹，范郎携西子远。奇江南，天子神驰，也惆怅，兴衰难挽。最堪叹人世沧桑，唯风景不减。

附，著名作家、长篇小说《冼夫人》作者文新国将军步韵赠答：

　　一座杭城，三番阅读，古今胜迹尽显。水天一色，流连西湖忘返。水不深，鱼儿撒欢，苏白堤，花色浓浅。若隐若现山廓影，暗香流溢心自暖。　　他乡景总遥远，名人常在心海，殊荣频演。诗圣诗仙，美文美髯齐展。更羡那，满江红词，气如虹，要天作匾。铮铮气节，岂随日月减。

沁园春·咏刘建封

末代孤忠，半世穷儒，苦旅百年。感心悬日月，大同砺志；身离桑梓，奥壤筹边。斩棘披榛，勘山察水，十六峰名万口传。逢华诞，问江冈略后，谁继高贤？　　不咸已换新颜。弘流派，关东写续篇。喜文从时运，情关民瘼；史铭殷鉴，魂系尧天。觅渡梅河，泛舟向海，遍采豳风唱变迁。吟声起，更铁军成阵，再跨征鞍！

2015年11月21日

沁园春·献给以阿勒泰地委冯庆忠同志为首的第二期援疆干部

壮别松辽，万里西行，受命进疆。感二期援建，千钧责重；三年相处，一世情长。雨雪风沙，酸甜苦辣，思念妻儿恋梦乡。身许国，便欣然忘我，斗志高扬。　　回眸历数沧桑。有多少、仁人奋自强。念虎贲讨逆，左公栽柳；铁军跃马，王震催缰。屯垦兵团，戍边战士，各逞英豪绘锦章。今胜昔，继安边伟业，再铸辉煌！

2015年12月22日

浣溪沙·四咏长白山美人松

一

众口争夸集一身，出凡气质美无伦。玉容冷漠更撩人。　　不以虚名争位次，只凭实力立乾坤。远离俗艳最堪珍。

二

仰望弥知此树高，于凌云处展肢腰。堪称大隐远尘嚣。　　雷打头昂终不悔，风吹身立总堪骄。历经磨难见情操。

三

冲破红尘入太清，铅华洗尽世无争。卓然不见一斜横。　　身直皆缘心主正，枝繁全赖干支撑。更凭风雨养豪情。

四

丽质天成岂用栽，亭亭玉立满山隈。常教游客久徘徊。　　貌美总能招嫉妒，行高仍可被淹埋。并非此树不成材。

2015年12月26日

浣溪沙·再赞海东青

日借天光夜借灯，当年把式苦熬鹰。原来严厉是多情。　　正果修完筋骨壮，心魔除尽技能精。时艰更念海东青。

2015年12月31日

浣溪沙·应安忠凯邀长春部分诗人小聚贺春

问暖嘘寒忘笔耕，只将厚意付杯倾。座中叠起是欢声。　　回首纵然无去日，前瞻毕竟有吟旌。好诗成句即多情。

2016年2月4日

减字木兰花·次韵周笃文先生

天公抖擞，卷地风雷惊彻透。气振东方，扫尽妖氛路径香。　　凯歌万里，追梦中华今崛起。壮我金瓯，敢立群峰最上头。

2016年2月8日

西江月·新疆吉木乃口岸感题

桌上唇枪舌剑，樽前假意真情。中苏交恶两纷争，留得伤怀当警。　　历史终翻旧页，外交再启新程。亲诚容惠莫相倾，拓展空间取胜。

2016年2月17日

浣溪沙·丙申上元飞雪感题

好雪随心入梦遥，尽将洁净掩尘嚣。未能赏月莫牢骚。　　微信传时无近远，知音觅处有箫韶。团圆何止在今宵。

2016年2月22日

沁园春·西藏札达土林国家地质公园

万里遥临，驻足凝眸，一片莽苍。叹神工鬼斧，空余惆怅，名家妙笔，难状沧桑。起伏参差，阴阳错落，震撼惊心展野狂。奇崛也，正群峰奔涌，虎跃龙骧。　　问谁留此无双。信来自、混元日月长。昔山崩地裂，陵夷旧貌，风雕雨蚀，景换新妆。物是人非，星移斗转，不过匆匆各在忙。欣回首，感顺应天道，变乃平常！

2015年8月29日

水龙吟·海棠犹在（次韵奉和叶嘉莹先生）

慵容丽质香魂，名姝岂用夸娇媚。恭王府畔，梅龙镇上，闺中靓妹。苏子吟奇，易安词美，皆因情系。信东君到处，新芳竞放，焉只睡，宫闱里。　　曾伴周公经世。喜将身、西花厅寄。馨淳韵厚，清幽声远，儒风雅志。蓄叶成阴，落红为土，忧劳生计。感斯人虽去，海棠犹在，正长天霁！

2016年4月13日

浪淘沙·依马凯先生韵贺建党九十五周年

闪电荡嘉兴，舟启峥嵘。锤镰高举领航程。血沃神州终伏虎，告慰英灵。　　鼓角及今鸣，时代回声。百年崛起梦初成。九五虽尊犹赶考，浴火重生！

2016年4月27日

附，马凯先生《浪淘沙·中国共产党成立九十周年感怀》原玉：

九秩驶中兴，岁月峥嵘。开云破浪领航程。两岸杜鹃红似火，莫忘英灵。　　贯耳警钟鸣，风雨声声。征长万里未垂成。大业安能传不断，道法苍生。

2011年6月

浣溪沙·看大型歌舞剧《长恨歌》感怀

祸起渔阳爱正多，太真无命奈如何。君臣相顾泪婆娑。　　比翼难圆成晓梦，连枝易断化悲歌。千秋演绎惹吟哦。

2016年5月7日

沁园春·贺中国共产党建党九十五周年

九五回眸，觅渡当年，策论杂陈。幸南湖船启，锤镰旗举；井冈辉耀，土地权分。血染湘江，天晴遵义，四奋奇兵越险津。挥巨手，便运筹帷幄，横扫千军。　　神州万里迎春。共和国、生来卓不群。敢抗衡霸主，扬威世界；复苏经济，重整乾坤。失误偏多，成功渐少，改革终开日月新。今胜昔，正同心筑梦，再建殊勋！

2016年6月29日

如梦令·看电视剧《海棠依旧》怀念周总理（用李清照韵）

尝遍雨狂风骤，不改情浓胜酒。尽瘁为苍生，人去海棠依旧。忧否，忧否，唯怕官肥民瘦。

2016年7月18日

浣溪沙·西藏林芝行四首

一、微雨

二下林芝意更浓，如烟丝雨洗娇容。多姿山色韵无穷。　　时重时轻林起雾，半明半晦水飞虹。原来大美是朦胧。

二、初晴

疑入仙源访绿洲，此中春色四时留。不知别处已深秋。　　水似柔情生缱绻，花如少女掩娇羞。香沾衣袖惹回头。

三、群马

漫步河滨两两三，忽然列队奋争先。牧人打弹不挥鞭^①。　　骨峻蹄轻思战阵，身强力壮慕耕田。长嘶当是厌休闲。

【注释】

①牧人打弹不挥鞭：指这里的牧人用弹弓放马。

四、古柏

饱览沧桑势接天，千秋风雨任摧残。青云励志老弥坚。　　只在人间寻沃土，不朝世外觅桃源。内心原本重微寒。

2016年8月1日

念奴娇·凭吊西藏古格王城遗址

晨风摇曳，日初照、一片金黄明灭。断壁残垣，谁辨得，斯为当年宫阙。君主临朝，僧家上殿，法号经声彻。兵强马壮，偏安都道如铁。　　烟消云散成迷，引纷纷史笔，纠缠无歇。人祸天灾，多互通、何必硬求真切？古格探源，柔情原是误，战端曾烈。登高方觉，兴亡书就凭血！

2016年9月9日

渔家傲·偶感（依张岳琦先生《知足》韵）

窃笑江郎因笔乱，耆年我幸文思健。心系民忧与外患。虽消遣，梦里龙泉犹作伴。　　昨夜星光仍灿烂，晨来更觉霞添绚。打虎除蝇迅似箭。齐声赞，阴霾荡处天回暖。

2016年9月13日

附：岳琦主席《渔家傲·知足》原玉：

久享和平离战乱，虽多小病还康健，有吃有穿无债患，闲时遣，看书听乐诗为伴。　　今岁中秋尤灿烂，杭州盛会增新绚，国力升腾飞似箭，应点赞，正能知足心常暖。

忆秦娥·国庆前夕举国悼念人民英雄感题

追思切，神州缟素酬英烈。酬英烈，悲歌如泣，誓言如铁。　　精忠自古尊名节，同心筑梦争超越。争超越，雄风永继，国威重夺。

2016年9月30日

浣溪沙·双瑞农业园太空育种基地

个大形殊色彩鲜，菜蔬瓜果展奇观。太空育种抢高端。　　失重总能生异态，出凡方可谱新篇。更知胜算在超前。

2016年10月7日

西江月·贺吉林市龙潭区博物馆开馆赠馆长于化冰女士

馆内千秋历史，心中一片痴情。龙潭有女最虔诚，只为文华兴盛。　　论证高端立项，施工细处求精。艰辛尝遍事终成，赢得八方钦敬。

2016年10月9日

浣溪沙·江密峰金秋稻田

秋满町畴喜满村，金风金浪两迷人。九州贡米此为珍。　　江密峰环田润沃，牤牛水育稻香醇。品牌因绿自超群。

2016年10月13日

念奴娇·谒新疆可可托海三号矿坑感题①

沧桑凝滞，此间是、前辈勋劳遗迹。残矿余坑，深百丈，断面九层绝壁。身上伤痕，心中苦水，几代留神秘。遥临凭吊，潇潇飞雨如泣。　　驻足不忍回眸，怨强邻攫取，资源吞吸。旧痛方消，偿巨债、又遇新伤相逼。瘦骨撑天，掏空犹奉献，建功无匹。堪骄追梦，老兵依旧加力！

2016年6月9日

【注释】

①可可托海三号矿坑位于新疆准噶尔盆地的东北边缘，是伟晶岩脉矿坑，也是世界上最大的矿坑，深二百米，长二百五十米，宽二百四十米，边壁上的盘山道呈螺旋状，积水漫到矿坑腰部。这里盛产着目前世界上已知的一百四十多种有用矿物中的八十六种矿，其中铍资源量居全国首位，铯、锂、钽资源量分别居全国第五、六、九位。其矿种之多，品位之高，储量之丰富，层次之分明，开采规模之大，为国内独有、世界罕见，与世界最著名的加拿大贝尔尼克湖矿齐名，是全球地质界公认的"天然地质博物馆"。三号矿坑与中华人民共和国的命运息息相关，因为正是这个坑，在20世纪60年代曾为国家偿还了苏联百分之四十七的债务。也就是这个坑，为我国第一颗原子弹、氢弹的爆炸立下了不朽功勋，这个大坑，不仅

为中国第一颗核弹提供了必需的稀有金属，而且更为航空航天事业以及相关尖端科技的发展提供了坚实的物质基础和资金后盾，专家称之为中华人民共和国的功勋矿。目前正拟将"地质三号坑"申报为国家级世界罕见地质博物遗产。

贺新郎·依郑欣淼先生韵再贺中华诗词学会和吉林省诗词学会成立三十周年

卅载何曾歇！势凌云、铁军列阵，大旗频揭。禹甸吟坛驰杰俊，佳作争相咄咄。惊突起、关东风烈。土沃根深枝叶茂，更逢时、逐梦心添热。流派壮，展新页。

当年虽弱诗情勃。感先驱、负膺呐喊，几多诚澈。幸喜八方齐响应，日夜推敲不辍。终换得、文华承接。雪化冰消天渐暖，趁春光、力奋焉堪竭？峰峻峭，再翻越。

2017年3月30日

附，郑欣淼先生原玉：

骚雅嗟销歇！破沉喑、九重云涌，一旗高揭。深脉长流焉能断，扼腕诸公咄咄！奋袂起、吟坛鸿烈。卅载行行风雨路，更相赓、总是中心热。复兴业、写新页。　于今诗国诗情勃！遍神州、襟怀酣畅，诵声清澈。皋浒山陬芳菲在，学府弦歌不辍。今与古、绵绵相接。而立之年年恰富，重任膺、我辈当穷竭。正叠嶂、待攀越。

卜算子·丁酉清明祭双亲

往昔盼清明，唯吊尊萱墓。一自添悲今又来，同祭天伦父。　　供品叠追思，冥币含凄楚。三叩难酬养育恩，愧怍心常苦。

2017年4月4日

钗头凤·原韵和马凯先生《美哉中华诗词》

香盈袖，箫韶奏，春风归处门轻叩。莺成对，花相配，嫣红姹紫，云蒸霞蔚。美！美！美！　　诗为友，情如酒，雄豪委婉争开口。精纯贵，真含内。新雏老凤，清音淳味。醉！醉！醉！

2017年4月13日

附：马凯先生《钗头凤·美哉中华诗词》原玉：

霓裳袖，丝竹奏。泪盈潮涌心扉叩。格工对，律谐配。落寥寥笔，尽收霞蔚。美！美！美！　　诗良友，词醇酒，万年难断香传口。真为贵，魂融内。敲平平仄，无穷滋味。醉！醉！醉！

念奴娇·贺首届吉林（安山）贡梨文化节

大东留迹，骋眸处，一夜梨花如雪。着意东风偷送暖，温润仙姿高洁。扑鼻清香，撩人冷艳，雅韵迷蜂蝶。些些俊骨，流芳当信难灭。　　驻足回首凝思，想前朝贡果，何其超绝。驿路繁忙，秋夜里、车马晋京争说。香软酸甜，帝王夸特属，庶民无涉。喜江山改，普天同享同悦。

2017年4月28日

浪淘沙·贺吉林省诗词学会成立三十周年座谈会

何事惹关情，岁月峥嵘。百年苦旅壮吟旌。流派已然夸现象，时代回声。　　盛世业恢宏，待展鲲鹏。同心筑梦笔端凝。而立更闻传鼓角，再续新征。

2017年5月13日

浪淘沙·新疆阿勒泰魔鬼城

震撼仰洪荒，驻足思量。谁将大地著奇妆。古堡残垣神怪兽，各自张扬。　　览胜读沧桑，细品华章。风雕雨蚀写无双。到此人当生敬畏，天道恒昌。

2017年6月30日

浪淘沙·再度来中国作协北戴河创作之家休假感怀

避世远尘埃，胜似蓬莱。通幽小径印苍苔。盛夏文人争到此，别样情怀。　　休假我重来，又见朋侪。争相问讯笑颜开。入夜品茶围坐侃，难得优哉！

2017年6月30日

沁园春·新疆吉木乃草原神石城

大漠凝珍，九域奇观，举世震惊。叹神龟宝象，祥笼丝路；雄关锁钥，气壮边庭。怪石嶙峋，野花烂漫，坚劲温柔各有情。登临处，问当年此地，谁主输赢？　　回眸海底曾荣。有多少、冥顽自在行。想风嚣浪涌，鱼龙共舞；沙沉戟折，虾蟹相争。攻守轮回，弱强转换，五彩缤纷演废兴。君知否，乃山隆水退，崛起新城！

2016年6月7日

沁园春·贺中国人民解放军建军九十周年

猎猎旌旗，滚滚洪流，号角震天。更神鹰展翅，碧空亮剑；艨艟斩浪，蓝海维权。血性扬威，军魂定向，谱写攻无不克篇。长车驾，正图强追梦，再越重峦。　　不堪回首当年。惊政变、腥风血雨寒①。幸一枪破晓，古城首义；三湾换骨，新旅开端。北战南征，东平西荡，万里驱驰人未还。逢九秩，喜雄师再振，薪火相传！

2017年7月30日

【注释】

①惊政变：指蒋介石发动的"四一二反革命政变"和汪精卫发动的"七一五反革命政变"。

浣溪沙·贺第九次长白山文化研讨会

研讨重开硕果多，千红万紫竞祥和。多元立导正偏颇。　　回首寻根尊奥壤，前瞻追梦续新歌。白山文起势巍峨。

2017年8月10日

忆秦娥·农安宝塔博物馆感宋徽宗《在北题壁》意

灯明灭，当年孤馆西风彻。西风彻，不堪留句，几多悲切。　　靖康之耻终难雪，家山千里音书绝。音书绝，诗中含泪，泪中含血！

2017年8月18日

附，宋徽宗赵佶《在北题壁》：

彻夜西风撼破扉，萧条孤馆一灯微。

家山回首三千里，目断天南无雁飞。

沁园春·喜迎十九大①

紫气东来，九域争辉，筑梦建勋。赖内修善政，强兵富国;外交好友，结伴融亲。打虎除蝇，肃贪惩腐，日朗风清正义伸。闻鼓角，更小康决战，福惠生民。　　回眸数载艰辛。涉深水、前行骇浪频。感雷区无惧，攻坚啃骨；险途有志，抓铁留痕。高举锤镰，坚持道路，思想升华境界新。迎盛会、待鸿猷大展，再振乾坤！

2017年10月4日

【注释】

　　①此作在《人民日报》2017年10月17日16版头题刊发。

浪淘沙·四读十九大报告感怀四首

一

　　盛会谱新篇，启后承前。回眸五载话攻坚。硕果累累秋气爽，正好扬鞭。　　时代此开端，更越重峦。小康决胜令如山。乘势再圆强国梦，旗帜高悬。

二

　　回首忆峥嵘，风险频仍。斩关夺隘奋前行。舵手主心方位准，旗指航程。　　思想化雷霆，时代之声。信将椽笔写恢宏。决战图强同筑梦，再赴长征。

三

　　号令动山川，再跨征鞍。重开时代启鸿篇。思想红旗高举处，一往无前。　　回首忆当年，贫弱相煎。拯民水火奋先贤。伟业初心今未改，继续登攀！

四

发展为人民，字字温馨。初心底色更纯真。满足需求图美好，甘献终身。　　反腐挽沉沦，打虎除尘。紧随时代自更新。伟大工程重振起，永葆青春。

2017年10月19日

念奴娇·九台东湖梨花岭

暮春湖畔，大美处，满树梨花如雪。漫步园中，犹感到、阵阵冷香吹彻。化韵清新，成泥厚重，众口皆称绝。今游故土，行来无比亲切。　　驻足回溯渊源，有缤纷故事，撩人争说。北海芳名，妃子泪，设帐三郎情结①。苏老题诗，梅溪留美赋②，最难磨灭。沧桑虽变，人心唯向高洁。

2018年4月28日

【注释】

①这三句中北海，指孔融，以让梨名传于世；妃子，指杨玉环，"玉容寂寞泪阑干，梨花一枝春带雨"；三郎，指唐玄宗李隆基，开设梨园。

②以上两句中苏老：指苏东坡，曾咏《东栏梨花》；梅溪，指史达祖，曾作《赋梨花》。

浣溪沙·二下江密峰贡梨苑采风

满树银花满苑香，琼林疑是雪梳妆。徘徊犹感背生凉。　　北海让梨尊孝悌，贵妃凝睇谢君王。千秋古韵振新腔。

2018年5月3日

浪淘沙·春游感怀（依文阁弟韵）

为避世嚣喧，来此休闲。景幽趣雅惹痴看。朋友呼来浑不觉，忘我流连。　　春意任阑珊，逸兴无边。生来从未叹时迁。流水落花烟过眼，都上吟鞭。

2018年5月13日

附，文阁弟《浪淘沙·净月徒步》原玉：

徒步笑声喧，难得偷闲。群鸥艳羡屡偷看。雾水淋衣浑不觉，一任留连。　　春意正阑珊，新绿无边。花开花落感时迁。潭水波平心涌浪，催振先鞭！

沁园春·改革开放四十周年感言

回首当年，万马齐喑，百废待兴。幸拨开迷雾，千山复暖；唤回真理，九鼎重生。革故扬帆，开边借势，四个坚持兆永恒。风波定、趁南巡号角，奋力前行。　　堪骄梦筑恢宏。新时代、新航促转型。喜反贪治党，北宸拱立；惠民理政，帅纛高擎。发展升华，思维嬗变，深改攻坚敢破冰。从头越，守初心不改，继续长征！

2018年6月

沁园春·古都开封

满目葱茏，不尽生机，誉饮八荒。看云飞风起，鹏抟豹变；潮平岸阔，虎跃龙骧。百业兴隆，千帆浩荡，革故开新展靓妆。寻根处，仰文深土沃，底蕴绵长。　　前朝曾写华章。惊回首、犹能感富强。昔子瞻笔下，词雄墨润；汴河图里，物阜民康。铁面包公，忧心范老，一脉承传万古扬。今去也，更后昆发力，再续辉煌！

2018年10月5日

古风·观震海兄为余画罗汉伏虎图

著名画家龙震海先生为余乔迁作巨幅伏虎图，装裱后，长3米，宽1.65米，余喜不自胜，感激不尽，乃作古风一首相酬，并戏言曰：咱俩扯平矣！

龙兄自幼喜丹青，性格耿直人老成。
老莲笔法清圆劲①，法古开新别有情。
无奈从来不炒作，民间少有知其名。
一日余暇访龙府，我道乔迁壁需补。
龙兄听罢微带笑，慨然应允画伏虎。

八尺名宣铺案上，点染皴擦笔跌宕。
大胆落墨雄豪甚，小心收拾绣花样。
汪洋恣肆何淋漓，罗汉猛虎成绝唱。
罗汉托腮稳如山，猛虎肘下回眸望。

翠柏苍山云雾绕，山花烂漫牡丹放。

龙兄题款大自在，伏虎罗汉又有像。

观者无不发惊叹，皆云此画实鲜见。

若非大师新意匠，谁把巨作人间献。

可叹时人多画虎，类犬似猫自鼓舞。

炒作包装虚名噪，无聊追捧趋若鹜。

我劝诸君睁慧眼，来看龙兄写巨幅。

跳出世俗名利场，人间才有真艺术。

2011年9月16日

【注释】

①老莲：即陈洪绶，字章侯，号老莲，明末著名画家，擅长画人物，兼工山水、花鸟，力量布局，超过前人。

卷四　联

贺九台诗社成立三十年

榆庐韵厚尚香三径；
战垒痕多曾壮八旗。

2016年4月18日

自题寓所

架上诗书，信以文章能济世；
庭前忠孝，知凭道德可兴家。

2016年5月3日

人 和 家 苑

蛙鼓声喧，东风入夜催春早；
杜鹃花重，好雨随心润物苏。

2016年5月6日

乘飞机从海口回长春俯瞰偶得

八万里巡天，春临祥瑞和谐地；

五千言治世，运起文章道德家。

2017年2月3日

长春德苑正门

上下五千年，一脉文华凭立世；
纵横九万里，两篇道德赖兴邦。

2017年2月1日

友人画迎春图

心中丘壑，涛声不尽来天地；
腕底乾坤，春色无边入画图。

2017年2月8日

赠吉林广厦集团

志存高远，自有鸿猷兴广厦；
心寄苍黎，即多春意暖龙楼。

2017年5月7日

吉林广厦集团海南文昌龙楼壹号会馆

问人间何为胜境；

登宝岛此即龙楼。

2017年6月3日

吉林日升木业松花石馆

坚因起自龙兴地；

净为源于泽润心。

2017年6月14日

长白山温泉宾馆

三生真有幸，韵起蓬莱凝日月；

一洗即无忧，脉承汤谷润乾坤。

2017年6月20日

友人玉器店

生性温良，历尽艰辛成好事；

守身澄澈，倍经磨难法完人。

2017年7月3日

白山承天顺酒业集团

因泉韵承天，香浓岂用牧童指路；
为真情把盏，名重犹须司马当垆。

2017年7月6日

北京恭王府《海棠雅集》

雅士遥临，雅韵雅情催雅集；
新花竞放，新征新梦赋新诗。

2017年7月15日

赵春江摄珠峰照片

雄冠五洲，一柱擎天独揽胜；
势凌三岛，万山俯首共朝宗。

2017年7月28日

长白山门

十六峰奇涵圣水；
三千界小远红尘。

2017年7月29日

刘建封诞辰一百五十周年

百年苦旅留艰涩；
一世丰功化永恒。

2017年8月3日

田子馥先生八十寿辰

诗源胸臆抒佳句；
史起蛮荒壮大东。

2017年9月20日

临　清　居

临清养性，佳句难成忧却少；
心远怡情，好诗随意乐偏多①。

【注释】
①联中临清、心远分别指作者的诗集《临清集》《心远集》。

2008年5月3日

南京古城墙

登山凭吊，问钟阜龙蟠，是耶非耶，多少英雄多少梦；
临水追思，叹石城虎踞，成也败也，几番风雨几番悲。

2008年5月4日

红石望江阁

把酒临风，烦恼千般皆逐水；
吟诗览胜，江天万里此登楼。

2009年8月3日

赠家乡九台

是日我辈登台，感柳浪千重天地阔；
前朝谁人饮马，留涛声一脉古今雄。

2010年3月5日

上好茶楼

心常宁能悟道；
茶细品可通禅。

2010年7月8日

子昂古读书台

一代起文宗，诗中遗韵读风雅；
三唐留胜迹，阶上苔痕辨古今。

2010年8月11日

应老家九台约撰纪念联三副

一、其塔木老宅

故土最难离，身居域外常思桑梓地；
乡音终不改，心在边台总忆少儿时。

二、九台文化历史

饮马河长，听涛声动地，文承跌宕千秋史；
边台柳翠，望春色撩人，晖暖寻常百姓家。

三、成多禄故居

心怡三径，无意权钱，毫不逊四知太守；
身寄五湖，钟情翰墨，实堪称一代书家。

2014年7月25日

大布苏湿地

一片浑茫，试问史前谁曾主宰；
千秋功业，堪骄今日我最风流。

2015年7月16日

龙震海先生新作张三丰画像

通微显化，当信成仙凭大隐；
尚志韬光，岂疑弘道仰无求。

赠吉林省对口援藏工作中心组二副

一

筹边脚拓三年路；

援藏心存一世情。

2015年10月6日

二

铸俊骨丹心，三载建勋身许国；
羡冰河铁马，一生追梦志酬边。

2015年10月7日

题龙震海先生画作《达摩面壁图》

十年面壁终成圣；
一苇凌江只渡禅。

2015年10月8日

赵春江文化援藏工作室

举镜撩开千载秘；
倾情勘定五条沟。

2015年10月8日

赠吉林公安战士

镇邪恶，壮八面威风，挺身履职；
保平安，养一腔浩气，守土倾心。

2016年2月5日

赠吉林《爱盈领未来》晚会

献一片爱心，德继尧天凝雨露；
伸八方援手，情牵奥壤惠苍黎。

2017年6月18日

敦化六鼎山大佛三副

一

运十方法眼，定能明察秋毫，莫疑善恶终须报；
怀万世慈恩，总会均施天下，当信是无俱有因。

二

下脚莫嫌脏，能扫尘埃皆净土；
立身当向善，肯施仁爱即如来。

三

六鼎莲开辉佛国；

十方瑞献振敖东。

2017年9月12日

向 海 禅 寺

佛号经声，唤起慈云萦妙相；

晨钟暮鼓，呼来法雨润金身。

2017年11月14日

赠吉林省高校工委

立德塑魂，旗帜高扬兴学业；

育人增智，春光常驻暖黉门。

2018年2月1日

赠长春市高新技术开发区实验中学

开蒙明志，育八斗英才，新区新生屡惊豹变；

立德树人，展九天云翼，大计大业共仰鹏抟。

2018年2月3日

吉林省文化援藏援疆办公室

仰圣水神山，身在关东思雪域；
梦秋风大漠，心随明月到边庭。

2018年2月5日

贺《米萝文存》分享会二副

一

胸中翰墨，笔下风云，马呈万象人争赏；
北地情思，南方才俊，鼎重千钧肩独扛。

二

染指本无求，敢以丹青夸骏马；
耕耘原不辍，更将才调入文章。

2018年6月10日

题二书房二副

一

梅骨竹心松柏韵；
荷姿菊品桂兰风。

二

挑灯看剑思明志；
读易调琴静养兰。

2016年12月5日

小弟文阁书房四副

一

已临池砚勤挥笔；
未悟人生细品茶。

二

庭前竹影胸中画；
案上书香笔底情。

三

琴能解语人添雅；
茶可通禅室蕴香。

四

翰墨钟情迷晋字；
歌吟寄雅恋唐诗。

2016年12月

吉林文经书院

一院诗书，信松水有源，文明及远传薪火；
千秋功业，知白山无欲，经致于今展略韬。

2017年12月5日

陆 羽 茶 楼

明月清风，禅机未解吃茶去；
鸿儒雅士，挚友应邀访戴来。

2018年2月6日

长春大戏楼二副

一

演悲欢离合，只几个人，能尽显三生百态；
歌荣辱盛衰，才一台戏，便纷呈九域千秋。

二

丑净旦生，无非戏中故事；
甜酸辣苦，多是世上风情。

2006年1月

秋实茶庄

精行酬大业；

简德法完人。

2006年2月

吉林省人事厅春节楹联

谋强国良图，筑人才高地，引四海英贤投热土；

施振兴大计，搭事业平台，呼八方风雨会鸡林。

2006年2月

乙未贺春

新绿上梢头，催春雁阵横河汉；

红灯辉塞外，辞岁钟声贯古今。

2015年2月9日

自　勉

修身处世，静养乾坤正气；

击棹赋诗，放歌时代新风。

2015年2月10日

戊戌贺春

利剑示天威，除蝇打虎山河振；
仁心施大爱，送暖扶贫草木亲。

2015年2月11日

赠纪检机关友人戊戌贺春

筑梦岂虚言，抓铁有痕能酬伟业；
正风乃大事，锄奸无畏必得人心。

2015年2月11日

赠家乡九台戊戌贺春联

攻坚深改，转型进入新常态；
固本清源，反腐呼回老作风。

2015年2月11日

与诗友迎春唱和

绿染梢头，数行鸿雁携春讯；
风生天际，百丈云帆动海潮。

2015年3月

春节自勉

寡欲清心，细品名茶添雅韵；
修身砺志，轻弹长剑壮豪情。

2016年2月5日

父九十大寿

仰九秩星辰，好人自享千秋岁；
承三春雨露，旺族能传百代兴。

2013年8月

贺刘福龄先生八十八岁大寿

乐享天伦，载誉人生迎米寿；

欣逢盛世，盈门福瑞续松龄。

2017年11月7日

父仙逝三周年

去虽已三年，仍日夜追思，慈善音容心永驻；
生未能百岁，却儿孙继起，勤贤风范世长存。

2017年8月

贺著名画家牛连和从艺五十周年

明年5月，是著名画家牛连和从艺五十周年。牛兄学贯中西，画凝古今，尤以彩墨画蜚声艺坛，特撰联以贺。

艺贯古今，五千年文脉新开，知百岁鸿猷才酬半世；
心通中外，九万里风鹏再举，信一生绮梦更写全篇。

2018年10月

悼赵秉哲

正披肝沥胆，英才竟长逝，万众衔悲呼莫去；
曾惩恶驱邪，浩气当永存，千声泣血唤归来。

2010年1月

悼周维杰

　　惊悉周维杰兄因病医治无效，于2012年10月12日下午6时逝世，不胜悲痛，乃含泪撰联二副，沉痛悼念周兄。

一

　　书称翁笨，甘两袖清风，染指无非因涤砚；
　　省号徒狂，挺一身傲骨，折腰不过为浇花①。

2012年10月13日

【注释】
　　①周维杰兄练字甚苦，自号"笨翁"。又因狂傲不羁，被戏称为"吉林狂徒"。

二

　　翰墨虽香，难能瘗鹤博鹅，白山松水同悲才俊；
　　音容宛在，谁合品茶磋艺，书苑诗坛永忆先生。

2012年10月13日

悼桑逢文

　　12月5日4时40分，桑逢文同志因病医治无效，在长春逝世，终年七十三岁。桑老既是老领导，又是良师益友，我闻讯非常悲痛。在他病危期间，我曾到医院看他，还鼓励他好好养病，出院后请他喝酒。他苦笑了一下，说声"谢谢"，不料竟成永别。省人大领导让我撰灵堂联，我撰了一副，也算我送桑兄一程吧，祝桑兄一路走好。

坦荡为人，养浩气千秋，总让朋侪生景仰；

精勤做事，树丰碑一座，长留履迹引回眸①。

2012年12月5日

【注释】

①履迹句，指桑逢文同志留下的一部反映大半生历史的著作《履迹回眸》。

悼石宗源

今天中午，接到李申学短信，得知石宗源先生因患癌症医治无效，于今晨4时在北京逝世，终年六十六岁。石宗源先生政治立场坚定，为人低调，作风朴实，礼贤下士，工作干净利落，是难得的优秀领导干部，也是回族干部的优秀代表。噩耗传来，我很震惊，也很悲痛，特撰联一副，表达心意，送他一路走好。

一世精勤做事，更坦荡为人，曾身献东陲酬奥壤；

三餐谨慎循仪，原虔诚护教，竟魂归西域守清真。

2013年3月28日

悼人民好公仆汪洋湖

今天下午，得知汪洋湖已于今天上午逝世的消息，心里很难过。他二十九年如一日，牢记宗旨，克己奉公，勤政为民，一身正气，两袖清风，精神高尚，事迹过硬感人，堪称人民的好公仆，是全党领导干部的楷模。他的逝世，是我们党先进性、纯洁性建设方面的重大损失。我怀着十分崇敬的心情，为他撰得一联，送洋湖一路走好。

追公仆情怀，问音容何在，一代英模悲去远；

继清廉本色，知松柏未凋，毕生名节贵流芳。

2013年7月13日

悼李政文

恪廉洁奉公，重修为完善，一世忠淳尘不染；

思精勤报国，促民族和谐，毕生奉献史留芳。

2013年7月28日

悼翟志国

仙班乐动，赏千首风流，凌霄新迓豪吟客；

诗友泪飞，钦一生磊落，奥壤常怀耐寂翁。

2014年7月28日

灵前跪撰父母墓碑联

双亲倾大爱，曾春晖布暖，一生心血凝丹桂；

五子沐深恩，正寸草衔悲，三匝哀鸣染杜鹃。

2014年8月6日

悼李向武

丹心昭日月，书检察辉煌，业绩永垂青史；
厚德立乾坤，育新星灿烂，光风长励后人。

2014年10月6日

悼老同学何向东

曾商海浮沉，报国身微心不改；
任世间冷暖，处人情重誉长留。

2015年3月4日

悼念李德明同志

　　5月29日，李德明同志因病逝世，享年八十六岁。李书记是我崇敬的老领导和恩人，他一生坦荡清廉，疾恶如仇，忠贞不贰，夙夜在公，在主持吉林省纪检监察工作期间，坚决贯彻落实中央和省委的决策部署，围绕中心，服务大局，早在1999年就超前提出了多管齐下，特别是靠改革和制度建设从根本上解决腐败和不正之风问题的总体思路，在全国开了先河，为吉林省的反腐败和党风廉政建设做出了不可磨灭的贡献。对老书记的逝世，我万分悲痛，乃含泪撰联一副，寄托最后的思念。老书记一路走好！
　　丹诚昭日月，吐哺三番，忍使嬴躯酬社稷；

铁面镇奸邪，尽忠一世，只将清气慰苍生。

2015年6月1日

悼张笑天老师

悲君去也，影壮国魂，文辉奥壤，曾将夙夜酬桑梓；
唤尔来兮，源承黑水，情系白山，再以丹忱唱庶黎。

2016年2月25日

悼人民艺术家阎肃

心底丹忱凝战味；
笔端豪迈寄征尘。

2016年2月12日

悼安忠凯

思坦荡为人，忆音容宛在，关东自此无忠凯；
感真淳入韵，念肝胆犹存，天上从今有爱卿。

2016年5月

悼念老友原省烟草公司副经理徐智

磊落为人，仗义胆侠肝，立世唯求心坦荡；
精勤做事，拼丹忱碧血，建功何计运浮沉。

2017年3月23日

清明悼双亲祭母亲

昨晚闻三弟文秀告母临终呼我，入夜难寐，乃含悲成联以酬。
榻上憾弥留，一息犹存，尚有遗言呼长子；
灵前悲竟去，百身莫赎，再无反哺孝慈亲。

2017年4月4日

悼杨廷玉

盼千古八荒，悲雄心未竟，忍使文坛平减色；
读女人月亮，幸大作长存，能教艺苑永生辉[①]。

2017年4月7日

【注释】

①千古八荒，是杨廷玉未完成的历史长篇小说，女人月亮，是指他创作的《女人不是月亮》。

悼念老政委赵军三副

一

令统千军，严共半生戎马，能使风云忽变色；

情牵百姓，爱凝一世勋劳，堪同日月永争辉。

二

问谁可两袖清风，无畏无私，总以丹忱酬社稷；

信尔能一身正气，有仁有爱，尽将光热奉苍黎。

三

铭记深恩，甘结草衔环，遥祭泉台悲政委；

秉承遗志，誓为民报国，追寻足迹效忠魂。

2017年7月2日

悼谷长春

谷老生前有一次和我开玩笑，说："我和家人商量好了，将来灵堂联请你来撰。"不想竟一语成谶，呜呼，谷书记一路走好！

白山铸脊梁，可贵忠贞一世，政坛争夸赤子，总为乾坤留浩气；

松水凝魂魄，难能儒雅满身，文界共仰奇才，终于著述见初心。

2017年10月12日

戊戌清明祭六叔六婶三副

一

德邵行高，春风仁里留晖远；
恩深思切，泪雨仙乡寄爱多。

二

一世含辛，恩因泽及深如海；
三生跪乳，孝为偿难重似山。

三

大爱深恩慈严一世；
精行俭德风范千秋。

2018年4月3日

后　记

　　经过一个多月的努力，《长白山诗派丛书·吴文昌诗词选》终于杀青，即将交稿。若打印出来，这本书稿不算薄，大约有九百多首诗词，还有部分楹联。这些作品，是从我多年创作的二千多首诗词中筛选出来的。其中大部分来自2010年11月份以后在中华诗词论坛、主要是关东诗阵版块上发表的新作。其余一小部分，是我从出版过的三本诗集《临清集》《心远集》《俯仰集》中选出的我自认为较好且有代表性的作品。这些作品，我都认真地一首一首地重新作了审核，大部分都做了修改。

　　初稿完成，我心里一阵喜悦。喜悦的原因不在于完了活，不在于成了书，而在于通过编这本书，能为长白山诗派的形成和发展贡献自己的一份微薄之力。

　　"长白山诗派丛书"的推出，是长白山文化建设深入推进的合乎逻辑的结果，也是长白山诗派基本形成的一个标志性事件，其意义不可低估。诗派不是什么新提法，古已有之，像边塞诗派、田园山水诗派、江西诗派、花间诗派等等。但近现代，一个地方的格律诗能形成流派的，却极为鲜见。出版诗派丛书，既是对全省诗词创作成果的充分肯定，也是对中华诗词百花园献上的一份厚礼，更是我省诗人文化自觉、文化自信、文化自强精神的集中体现。

　　古往今来，一个文学艺术流派的形成，一般来说都需要一个较长的过程。这其中有历史的积淀，文化的熏陶，时间的筛选，作品的积累和打磨，以及形成自己独特的风格，得到广泛的社会认可等等。可见，这绝非易事。我省长白山诗派的基本形成，就是全省几代诗人和广大诗词爱好者长期努力、负笈前行、不辍耕耘的结果。粗略划分，大体经历了新中国建立以后奠基起步，改革开放以来加快发展，进入21世纪自觉推进这样的历史进程。经过近七十年的探索、奋斗、磨砺和总结提高，形成了以吉林人为主体的领军人物、诗词骨干和创作队伍；形成并坚持了主要描写、歌颂长白山历史、自然、人文的创作取向；形成了有别于江南和其他地方的雄浑、厚重、大气、疏朗，具有雄厚历史积淀和鲜明时代特色的长白山风格。同时，吉林诗词现象得到了全国范围内的广泛认可，也引起了专家学者的高度关注，推出了一批理论性、实践性、创新性很强的阐述长白山诗派形成和发展的理论文章。可以毫不夸张地说，长白山诗派的形成是客观存在的，吉林诗词拥有长白山诗派这一名称是当之无愧的。

　　这次组织编撰"长白山诗派丛书"，编委会确定了这样一条原则："省内作者的作品，主要按诗词质量选用。省外作者，主要收其与东北和长白山有关的作品。"我觉得这一规定很有见地。长白山诗派，是长白山文化的重要组成部分。长白山文化，既有独特的历史性、地域性、民族性，还有很强的进取性、包容性、开放性和与时俱进的品格。一千六百多年前的好太王碑，碑文用典型的汉隶书写，就说明了东北文化自古以来就十分注重与中原文化和其他文化的交融和互鉴。普天之下，莫非国土；率土之滨，莫非国民。亲吻每一寸国土，热爱每一个国民，讲好每一个中国故事，都是吉林诗人应有的情怀和责任。在全国人民同心追梦的今天，吉林诗人更应该敞开心扉，放开眼界，迈开双脚，大胆地走出去，在写好吉林、写好长白山、写好东北的同时，写好你能到过的祖国的每一个地方。前些年，我曾为敦煌市题写一首七律，被制成碑刻，立在市中心的党河风情线上。秦始皇陵区也有我题的七言绝句碑刻。看碑刻的人，多不知道我是谁，但看到落款有"吉林山人"字样，就知道是吉林诗人、长白山诗人写的，我觉得这就足够了。所以，不管你写什么地方，写什么内容，只要是吉林诗人的优秀作品，就属于长白山诗派，就是长白山文化的组成部分，这不应该有什么歧义。

高山仰止，景行行止。是的，长白山是我们心中的圣地，长白山情结是我们最可宝贵的乡愁，热爱长白山是我们家国情怀中最独特的生命体验。但我们也必须看到，长白山既可以使我们产生"一览众山小"的宽广眼界和博大胸怀，也能使我们产生"正入万山圈子里"那种被山围困和遮挡的无奈。因此，热爱长白山、讴歌长白山从一定意义上来说，就必须跳出长白山，走出长白山。否则，那就真可能是"不识庐山真面目，只缘身在此山中"了。

读万卷书，行万里路，是前人治学、修艺的理想境界和不懈追求，也应该是培育长白山诗派的实践要求和迫切需要。读万卷书很难，行万里路也不易。但诗词创作，若不提倡行万里路，不提倡走出去，不到时代大潮和人民群众中去呼吸新鲜空气，不知道"外面的世界真精彩"，创作的眼界就必定受限，创作的体验就会不足，创作的灵感就可能枯萎。我的一些诗友，有的由于受工作条件限制，有的由于受经济条件制约，有的由于受身体条件困扰，真正能走出去的还不多，走出去的作品就更少了。这种状况如不改变，长此以往，写来写去只写眼前，只写长白山，一山障目，不见五岳，势必削弱长白山诗派作品应有的生命张力和丰富内涵，影响长白山诗派的建设和发展。这么说很可能被认为是杞人之忧，但既然想到了，我觉得还是说出来为好。

在整理这本诗集的过程中，养根斋主、塞上白衣子、紫衣格格等都给予了具体指导。吉林省文化援藏援疆促进会副秘书长杨静同志不辞辛苦，帮我收集诗稿，打印校对，做了大量的艰苦细致的工作。在此，我一并向大家表示衷心的感谢。

吴文昌

2018年5月成稿10月修订

于长春市临清居

总　　跋

　　经与蒋力华先生多年的思考、谋划与操办，在我省老领导王云坤、张岳琦、唐宪强的关心、支持下，在吉林省委宣传部、吉林省财政厅、白山市委、吉林省文史研究馆、吉林省长白山文化研究会和时代文艺出版社的大力支持下，吉林省诗词学会、长白山诗社认真操作、实施，"长白山诗派丛书"终于面世。

　　"长白山诗派丛书"，原思路是编撰"长白山诗词流派丛书"，以长白山天池为发端，将沿大泽、松花江、鸭绿江、图们江、伊通河、东辽河、辉发河、浑江、牡丹江、嫩江等江河的诗人之作品分别结集成卷，再加上一卷黑土地农民诗人卷，共编辑出版三百卷，已经列出入围名单。在征求意见时，各方普遍感到规模过于庞大，缺乏财力支持，难以启动和实现。后来，便收缩了范围，缩小了规模，改为"长白山诗派丛书"，规模为一百卷，分三年完成。2019年，是新中国成立七十周年，就先出七十卷，向国庆七十周年献礼。2020年，是长白山诗社成立三十七周年、吉林省诗词学会成立三十三周年、吉林省长白山文化研究会成立二十周年，再编辑出版三十卷，完成一百卷的创新、补白之举。

　　中国作为诗的国度，"诗派"之说古已有之。盛唐之诗代表了唐诗的最高成就，这是唐诗的第一个高峰。其标志是两大诗派：一是以王维、孟浩然为代表的山水田园诗派，二是以高適、岑参为代表的边塞诗派。李白和杜甫是盛唐双峰并峙的伟大诗人，他们的诗歌代表了唐诗乃至中国古典诗歌的最高成就。唐德宗贞元到唐宪宗元和年间（785—820年），唐诗发展的第二个高峰出现了。其标志也是两大诗派的崛起：一个是以白居易为首，元稹、张籍、王建、李绅等人为羽翼；另一个是以韩愈为首，孟郊、贾岛、卢仝、李贺等为羽翼。他们面对诗的创作"极盛难继"的困境，敢于追求变化创新，努力从博大精深的杜甫诗中汲取开拓创新的思想艺术营养，学习杜甫"因事立题"、用乐府诗反映民生疾苦，使杜诗的现实主义精神得到进一步发扬光大。他们继承了杜甫在艺术上刻意求新、富于创造性的精神，写险怪、写幽僻、写苦涩、写冷艳等，以散文章法、句法入诗，并且大量使用一些非前人诗中所习见的词语，押险韵，拓展了诗的表现领域，丰富了诗的创作手段和艺术风格，推动了唐诗的发展。现在，我们距唐诗第二个高峰，已历约一千二百年。

清代诗人宋荦在《漫堂说诗》中写道："唐以后诗派，历宋、元、明至今，略可指数。宋初晏殊、钱惟演、杨亿号'西昆体'。仁宗时欧阳修、梅尧臣、苏舜钦谓之欧、梅，亦称苏、梅，诸君多学杜、韩。王安石稍后，亦学杜、韩。神宗时，苏轼、黄庭坚谓之苏、黄。又黄与晁补之、张耒、陈师道、秦观、李廌称苏门六君子。庭坚别开'江西诗派'，为'江西'初祖。南渡后，陆游学杜、苏，号为大宗。又有范成大、尤袤、陈与义、刘克庄诸人，大槩杜、苏之支分派别也。其后有'江湖'四灵徐照、翁卷等，专攻晚唐五言，益卑卑不足道。金初以蔡松年、吴激为首，世称'蔡吴体'。后则赵秉文、党怀英为巨擘，元好问集其成。其后诸家俱学大苏。元初袭金源派，以好问为大宗。其后则称虞（集）、杨（载）、范（梈）、揭（傒斯），元末杨维祯、李孝光、吴莱为之冠，前如赵孟頫、郝经，后如萨都剌、倪瓒，皆有可观。明初四家，称高（启）、杨（基）、张（羽）、徐（贲），而高为之冠。成、宏间李东阳雄张坛坫。迨李梦阳出，而诗学大振，何景明和之，边贡、徐祯卿羽翼之，亦称四杰，又与王廷相、康海、王九思称七子。正、嘉间又有高叔嗣、薛蕙、皇甫氏兄弟稍变其体。嘉、隆间李攀龙出，王世贞和之，吴国伦、徐中行、宗臣、谢榛、梁有誉羽翼之，称后七子。此后诗派总杂，一变于袁宏道、锺惺、谭元春，再变于陈子龙。本朝初又变钱谦益。其流别大槩如此。"

关于清诗流派，众说纷纭。《清诗流派史》一书细分了二十多个诗派，竟无一个长白山诗派，显然值得思索与商榷。长白山诗派是个客观存在，不论是否论及，都否定不了其实际上的存在。这一点，本书总序中已有论述，恕不赘言。

长白山地处东陲，"东陲无文"之见根深蒂固。传承、繁荣长白山诗派，是长白山地区诗人责无旁贷的使命。在这方面，我们努力了。从1994年蒋力华在白山市主持召开全国第一次长白山文化研讨会、1996年我在白山市主持召开全国第二次长白山文化研讨会、1998年我在白山市主持召开第三次长白山文化研讨会暨《长白山诗词选》首发式起，我们持之以恒地努力了二十多年。这二十多年，我们主要做了三件事：

一是，梳理了长白山诗词在中华诗词中的源流关系。雄伟的长白山和广袤的关东大地，是孕育长白山诗词的肥沃土壤。类利的《黄鸟歌》，是长白山下第一首有确切作者名字的带有《诗经》风格的四言诗。隋炀帝的《纪辽东》，是词的源头。其中写道"清歌凯捷丸都水，归宴洛阳宫"，丸都，就在长白山下。李世民的"驻跸俯丸都，伫观妖氛灭"，亦然。李白的《高句丽》《送王孝廉觐省》，直接写长白山下的土著。苏东坡的《人参》，直接写到长白山的特产。陆游的"鸭绿桑干尽汉天""却回射雁鸭绿江"，都是写长白山发源的鸭绿江。张元幹的"山拥鸡林，江澄鸭绿"，正是长白山的景物。王寂的《张子固奉命封册长白山回以诗送之》，是以诗证史的权威诗作。赵秉文的《长白山行》、刘敏中的《卜算子·长白山中作》，不可多得。元曲中的"雄赳赳，气昂昂"，成为中国人民志愿军军歌的歌词。朱元璋的《鸭绿江》，康熙的《望祀长白山》《松花江放船歌》，尤侗的《长白山赋》，吴兆骞的《长白山》《长白山赋》，曹寅的《乌拉江看雨》，纳兰性德的《柳条边》，乾隆的《望祭长白山》《吉林土风杂咏十二首》，顾太清的《冰灯》，吴大澂的《皇华纪程》，张凤台的《赠刘建封勘查长白山》，刘建封的《白山纪咏》，吴禄贞的《又留别长白山》等，不胜枚举。两千多年，诗咏长白，一脉相承；脉发长白，源远流长。中华民族诗的传承在东北、在吉林有脉可寻。从隋炀帝的《纪辽东》到康熙的《松花江放船歌》，就是一部史诗，也是关东大地的历史，清晰地记载着、深远地影响着中国的历史。以诗可以纪事，以诗可以证史。

二是，搭起了以诗词贯通古今的桥梁和平台。新的长白山诗派，由1998年《长白山诗词选》的出版开始，代表着新气象之开端，至今已二十一年。2004年，吉林省诗词学会与"中华诗词论坛"合办"关东诗阵"，至今已历十五年。"吉林诗词现象""关东诗阵现象"，已经在中华诗词界得以公认。这应是中华诗词由复苏到复兴进程中的新生事物。我们以"关东诗阵"为主要平台，组织东北以及关内关心东北地区诗词文化建设的诗人，坚持集中开展采风创作，紧紧围绕长白山诗词流派建设，以诗纪事、以诗证史，在创作中培养、提高队伍。"吉林诗词现象"和"关东诗阵现象"，实质上是当代中华诗词的一种创造性实践，是长白山诗派复兴和崛起的象征。

自2007年以来，我们搞了二十多次采风创作，在吉林人民出版社、吉林文史出版社、时代文艺出版社出版了二十多部大型主题诗词专集。在"华夏杯"等全国诗词大赛上，邵红霞等诗人多次获大奖，吉林省诗人甚至曾囊括一、二、三等奖和优秀奖。

《长白山诗词》杂志，有国内和国际公开刊号、有经费、有编制，成为诗人永远的家园……《长白山诗词》创刊三十五年，已出刊一百五十期，刊发诗、词、曲等七万多首。《长白山诗词选》收录诗词作品一千一百六十一首。《中华诗词文库·吉林诗词卷》刊发诗词三千五百五十五首。二十多部采风专集收录诗、词、曲、赋三万余首。直接写长白山等景物的计约一万五千首。这是之所以敢称长白山诗派的雄厚的诗词作品基础和现实的工作基础。

三是，培养了队伍，创作了一批标志性作品。拙斋与蒋力华先生写长白山及关东地区景物的诗词，都在一千首以上。这都是从来没有过的。我们整理、新创了《纪辽东》《玉甸凉》《海龙吟》《一剪梅引》等新词牌，得五千多首作品，温瑞先生称其"具有里程碑的意义"。自2005年以来，连续十五年举办迎春唱和活动，范围包括全国各省，和诗数量近万首，古之未见。在诸如"呼唤""蟹岛唱和""海棠雅集"等当代国内最重要的诗词活动中，我们大致都提供了二分之一的作者、三分之二的作品。范围之广、数量之大、反应之灵敏、集结之快速，都是关东诗阵、诗域吉林的特殊存在、实力所在。拙作《张福有诗词选续辑》的出版，被誉为当代长白山诗派的代表作和巅峰，直接促成了"长白山诗派丛书"的立项。

从诗教和诗词基本建设方面来说，我们有意识地下了很大功夫。吉林省诗词学会老会长、长白山诗社社长张岳琦携女张昕所著的《诗词格律简捷入门》，一版再版，深受欢迎。拙著《诗词曲律说解》，公木先生作序，畅销南北，免费发在"国学宝典"网上，惠人无数。吴文昌的援藏援疆新边塞诗，蒋力华的《纪辽东》，张应志的《关东历史名贤百咏》，温瑞的民间风情，聂德祥的《虎啸集》等，都可圈可点。在被周笃文先生誉为"关东铁军"的兵团中，有十分耀眼的女子方阵和农民方阵。王述评、于子力、胡玫、王丽珠、赵凌坤、李容艳、奚晓琳、黄春华、陈静、卢海娟、林丽、吴菲，被称为"十二仙媛"，出版了《十二仙媛集》。许清忠、李彦、刘振翔、张利春、王雪梅、王玉孚、杨丽、高俊香、常红岩、冯振江、杨秦山、郎丽萍、金福昌等一批农民诗人和赵志梅等一批工人诗人，已经成为吉林黑土地上的知名诗人。

由上可知，2010年杨金亭先生关于"可以说，长白山诗词流派，现在已经初步形成"的概括，是符合实际的。面对如此丰厚的成果，我们有责任将其裒辑成卷，以便于当代及后人研究。我们面临一个新时代、好时代。这一时代的长白山诗词创作，着眼历史使命，秉持人民立场，坚定文化自信，繁荣诗词创作，记载发展历程，积累创作经验，是不可断条、不可或缺的。留下我们所处时代的诗的韵律、诗的画卷、诗的记忆，不负我们所处的伟大时代和庄严使命。这套丛书的出版，也有助于消除"东陲无文"的偏见。

"长白山诗派丛书"已入选的作者和作品，无疑是当前吉林省和辽宁省、黑龙江省诗人中的佼佼者和代表作，但并非没有不足之处。同时，由于名额所限等因素，还有一些作者、佳作未能入选。这当然是一个遗憾。好在还有多种渠道和路径，会不断弥补这个遗憾。应当相信，只要是好诗词，就不会被埋没。

"长白山诗派丛书"的出版，既是对一个阶段长白山诗词成果的集中检阅，又是一个新的起点和标志。以往若干研究中国东北文学和诗词的学者，大都无视当代旧体诗人之作。这不能怪别人，至少我们没有系统呈现这方面的丰硕成果。相信"长白山诗派丛书"出版之后，这一情况会有所改观。如此丰硕的诗词成果，是不容忽视的。至于如何评价，那是又一回事，而且对于现在来说，那不是主要的。是非成败，悉由后人评说。

最后，还要由衷地感谢王云坤同志为"长白山诗派丛书"题签。感谢省委宣传部和时代文艺出版社，自觉贯彻落实习近平总书记关于文化建设一系列重要指示，积极立项"长白山诗派丛书"一百卷。这是长白山文化事业建设的大举措，是一种高度的文化自信和文化自觉。时代文艺出版社决定要出精装本，精心选择印刷厂家，体现了高度重视和担当精神。在编辑的过程中，经费不足，得到了白山市委的给力支撑，这也是高度的文化自信和文化自觉的鲜明体现。全省各级诗词学会和诗词组织，认真贯彻落实省诗词学会的部署，精心选择、推荐作者，积极帮助准备作品，在极短的时间内，高效地完成各项任务。所有作者都积极主动，像珍惜生命一样珍惜这样千载难逢的好机会，认真选稿，反复修改。"长白山诗派丛书"的主编、副主编、编委会成员以及出版社的编辑、制作团队，日夜兼程，加班审稿、改稿，扫除差错。正是各方面的配合与努力，使这项空前的诗词文化工程得以顺利完成，并以此向新中国成立七十周年献礼。

总 跋 赘 语

赫然百帙出东陲，率发洪荒力共推。

十六奇峰围大泽，三千弱水毓雄碑。

磬音启昧缥缃醉，手斧披榛锦绣维。

聊引逦迤通韵府，一开绮卷一扬眉。

张福有

2019年4月20日于长春养根斋